庫 JA

敵は海賊・海賊版

DEHUMANIZE

神林長平

早川書房

6734

敵は海賊。一匹残らず撃ち殺してやる。
——ラテル

海賊が主人公だなんておもしろくない。
お、おれを主人公にすべきじゃないか。
——黒猫アプロ

警句をひとつ。さわらぬ猫に祟《たた》りなし。
——CAW

敵は海賊・海賊版

DEHUMANIZE

本書を書くにあたっては，次のコンピュータ著述支援用ツール・ソフトウェアを使用した.

CAW-system Version 2.3

Copyright © 2010 by Longpeace & Co.

CAW-system は古典的な人工知能である.

わたしは何度も CAW に“その形容詞はふさわしくない”などと注意され，あげくのはては，“あなたの書き方では意味が通らない．あなたは要するにこう書きたいのか？”というメッセージとともに全面的に改稿されてしまった.

CAW を利用して書いていたつもりが，どうやら利用されていたのはわたしのほうらしい.

なにはともあれ，CAW-system が完璧に動作したことは認めなければなるまい.

——O・J・カルマ

DEHUMANIZE

＊＊＊CAW-system Ver 2.3＊＊＊

now write over
auto reset
dimension chr. #（12）
set chr. attribute
#1, 2 : attribute=DEHUMANIZE
⋮
ready
hot-start

0　open level0

begin

どこにも逃げ場がなくなったら、火星の赤い砂漠のなかの町、サベイジに来るといい。ここまではだれも追ってはこない。もちろん、ここには警察はない。法律も道徳もない。わたしのバーにはありとあらゆる種類の無法者たちが集まってくる。

わたしはこの世に絶対的な善悪が存在するなどとは思わない人間だ。善悪は相対的なものであり、一種の価値基準だ。ようするに、当事者にとってつごうのよいものが善で、つごうのわるいものが悪だ。わたしにとっては、バーに金をおとしていってくれる者はみんな善人である。神は死んだか？　そうかもしれない。

わたしは海賊だった。ちんぴらの海賊。いまでは老いてしまって、この火星の無法者の町、サベイジにおちつき、無法者たちの自慢話を聞くのをなによりの楽しみにしている。

美人の詐欺師、管理された海賊組織に籍をおくサラリーマンふうの三下海賊たち、自分が殺した相手の血がどうしてもおちないと言っていつも手を洗っている小心な殺人犯、一時的に広域宇宙警察の追手をまいて逃げこんでくるプロの殺し屋。そういう宇宙全体を取り仕切る法を犯した者たちばかりではない。もっとささやかな基準からつまはじきにされた連中も多い。教会のやり方がきにくわなくなってとびだしてきた宣教師、妻と子から逃げてきた男、ニンフォマニアなどとうるさいことを言われずに自由恋愛を楽しみたいと思っている女、動物愛護協会と喧嘩した犬嫌いの老人。

それが一目で警察に追われていることがわかる男であれ、わたしには理解できない複雑な慣習から逃げ出してきた異星人であれ、どういう道徳面からてらしても非のうちどころがないように見える乙女であれ、みんな〈やがて死んでゆく者たち〉の仲間だ。悪人などいない。むろん、善人も。

だが、ただ一人、そんなわたしの思いを吹きとばしてしまう男がいる。一匹狼の海賊、匋《ヨウ》冥《メイ》・シャローム・ツザッキィ。

この男は死ぬことはないのではないか。匋冥と顔を合わせるたびにわたしはそう思う。彼は、わたしやサベイジの住民や他のすべての生物とは違うような気がする。〈やがて死んでゆく者たち〉という仲間として彼を見ることがわたしにはできない。匋冥は生まれながらの悪人だ。眉ひとつ動かさずに子供を射殺できる男だった。必要なら恒星ごと一つの星系文明を破壊するだろう。

わたしもかつて海賊だった。数えきれないほどの人間を殺し、財産を奪ってきた。わたしは海賊の組織のなかで生まれ育ったから、そうすることに疑問を感じたことはなかった。人を射つのは生きる手段であり、狩人が動物を殺すのをためらわないのと同じことだ。わたしは宇宙警察に追われたが、警察というのは、わたしが襲おうとしている獲物を横盗りしようとしている牛どろぼうのようなもので、それ以上の存在ではなかった。同次元の敵であり、一歩高いところから、「おまえたちの行為は人の道に反する。悔いあらためよ」などと教えを垂れるような力はもっていない。捕まるのはこわかったが、わたしは警察を畏れたことは一度もなかった。海賊が海賊行為を働くのは当然だ。仕事なのだ。悪事ではない。少なくとも、わたしにとっては。警察だってそう思っているだろう。人間に畏れを抱かせる神はとっくの昔に消えてしまったのだ。

匋冥・シャローム・ツザッキィも海賊だ。だから彼が何人殺そうと、わたしはなんとも思わない。彼の邪悪さはそんなものではないのだ。もっと異質なもの。彼の邪悪さは、その邪悪さゆえに神の存在をよみがえらすような力がある。

彼の瞳は澄んでいる。とても海賊には見えない。狂気に血走ることもなければ不安で曇ることもなく、悲しみや感動に濡れることもない。年齢不詳。不惑は越えていないだろうが、彼の態度や様子、立ちいふるまいは、とっくに惑うことをやめているようだ。いつもクールだった。まるで生きていないかのように。

わたしのバー〈軍神〉ではもの静かに飲み、わたしが話をしてくれないかと頼むと、淡々と語る。彼には語る才能がある。聞いているわたしをその話の舞台に引きずり込んでしまう。

どういう計略で、どんな手段を使って、どう敵を追いつめたか。話のクライマックスはたいてい、「そこでおれは愛銃を抜き」となり、「射ち殺した。強敵だった」で終わり、彼は金をカウンターにおくとバーを出てゆくのだった。彼の話は作り話だった。わたしも承知している。彼が銃を抜くことはめったにない。狙った敵は、彼の海賊船の副攻撃システムを作動させた瞬間に船ごと吹き飛んであとかたもなかった。もっとも、それもわたしの想像だが。匋冥は自分がやったという手がかりをわざわざ残してゆくような目立ちたがりやではなかった。彼は善良な市民、海賊たちにさえ、その名をおそれられてはいたが、どうおそろしいのか実際に知っている者はいない。知ったときはもう殺されているわけだ。

わたしが匋冥を初めて知ったとき、とてもこの男が伝説的な幻の海賊だとは信じられなかった。外観のせいもあったし、それと、彼がつれているペットがまた少女趣味なのだ。匋冥はそのぬいぐるみの猫を思わせる白いクラーラをかわいがった。その様子は、そう、毛布を放したがらない幼い子供のようだった。

クラーラ、それは猫型の有機ロボットだ。銀色の眼をしたやさしい猫。声も毛なみも美しいが、喋る内容といったらこちらが赤面するようなやさしさだ。「カルマ」わたしの名だ、「元気かい？　あまり無理してはいけないよ」こんな猫をペットにしている海賊など他にはいない。この猫はまさに天使だ。醜い争いごと、バーでしょっちゅうもちあがる喧嘩騒ぎなどを見つめるクラーラの銀の瞳は、喧嘩や暴力ざたがいかにばかげた行為かということを訴えているように悲しくうるむ。わたしは過去にこんな瞳をした人間に出会ったことがない。

猫やロボットならなおさらだ。わたしは猫は大嫌いだった。わたしが海賊をつづけられなくなったのも、もとはといえば猫のせいだ。正確には猫ではなかったが。海賊課刑事の黒い残忍な猫型異星人。海賊以上に海賊的だった。

実は匋冥の邪悪さはそのクラーラと関係がある。クラーラはそれと正反対の性質を持っている。クラーラの正体は、匋冥の良心そのものらしかった。自分の心のなかの、やさしさや良心の部分を抜きとって猫に移植する――それで匋冥は他を圧倒するタフな精神力を手に入れた。良心から生ずるストレスや、相手への同情で一瞬銃の動きが鈍ることや、その他もろもろの枷から解放されたのだ。それは悪魔に魂を売る、という話を思い起こさせる。完全に良心を殺してしまわなかったのは、良心もときに役に立つからという打算が働いたからだ。匋冥ほど狡猾な男を他にわたしは知らない。彼はいうなれば悪魔をも欺いたのだ。自分の魂は手元に残し、悪魔的な力を手に入れたのだから。

人間であることを拒否して悪魔に一歩近づく――匋冥がそういう道を選んだのは、彼の信条のためだった。匋冥の信条というのはこうだ。

〝おれに命令できるのはおれだけだ。おれを支配しようとする力には、手段を選ばず対抗し、必ず打ち砕いてやる〟

まともな人間にできることではなかった。平凡な人間ならそもそもそんなことを思いもしないだろう。どんな力の束縛をも受けないなどというのは不可能だ。実行しようとすれば、この宇宙を消滅させるしか方法はないのではないか。しかし、わたしには匋冥を笑うことはできなかった。彼は実際に宇宙をも消してしまいかねない。そういう男だ。彼は自分を生んだもの、創造主に対して復讐をしようとしているのかもしれない。どこでそんな思いにとりつかれたのか、わからない。ごく平凡な、平和な家庭に生まれたのだ。とくに厳しい道徳教育に縛られたのでもなく、愛情に飢えていたわけでもなかった――彼自身はそう言っていた。彼は幼いころ姉を殺した。少年期には教師と父親を殺した。青年期に母親を殺し、捕まりそうになって市民をまきぞえに警官を数人殺した。警察をふりきった匋冥は海賊の仲間に入り、その仲間を殺して海賊船を得た。すべて、束縛から逃がれるためにやったのだ。まるでそうするために生まれてきたような男だ。

わたしは匋冥を畏れる。彼は、わたしやたぶん他のみんなが無意識に感じている、唯一の〈やってはならない、触れてはならない〉タブーを犯している。そのタブーが絶対悪ならば、匋冥こそは真の悪人ということになる。彼が死ぬときは、この宇宙を道づれにするかもしれない。

いや、現に、いまこうしているうちにも匋冥はわたしたちの宇宙をごくわずかずつだが崩壊させている。彼の持っている銃のせいだ。

匋冥はフリーザーを持っている。並の冷凍銃じゃなかった。そいつは冷気を吐くわけではない。その銃は匋冥が狙ったもののエネルギーを吸いとってしまう。そのくせ、その銃は決して熱くならない。吸いとった熱はこの宇宙以外のどこかへ消えてしまう。その銃は別の宇宙につながっていて、匋冥が引き金を引くとそこへの窓が開くのだ。その銃の背後にはわたしたちの知らない世界があって、匈冥がそれを射つたびにその世界はエネルギーを得る。そしてわれわれの宇宙は冷えてゆくわけだ。ばかげているか？　わたしもそう思う。その銃が時空を超えた二つの場の交点になっているらしい、というのは認めよう。旧式の宇宙船はそのようにして飛ぶ。しかし船はこの宇宙以外のどこかへ行ったりはしない。そこがどんなに奇妙なところで、二度と帰れない空間だとしてもだ。しかし、別の宇宙がある、と匈冥は言った。「おれはそこへ行ってきた」と。そして匈冥はバーのカウンター、わたしの目の前にフリーザーをおいて、言った。「この銃はその世界からおれに贈られたものだ」

匈冥の例の作り話かもしれない。そうだとしたらあまり出来のいい話ではなかった。

だがその銃は手に触れることができた。その銃、フリーザー、魔銃をどうして匈冥が持っているのか、そして、クラーラを匈冥がどこで得たのか、それを語ろう。

continue

そもそも、事の起こりは、一人の女がわたしのバーに来てこう尋ねたことからはじまった。

「キャプテン・ツザッキィに会いたいのですが」

「匈冥に？」

わたしはその女を見た。ランサス星系人だった。かすかに青味をおびた白い肌、濃緑の豊かな髪、絹に似たミッドナイトブルーのロングドレス。右の上腕に傷を負っていることをのぞけば、とてもわたしのバーにやってくる人種には見えなかった。ましてや、海賊に会いたいなどという女には。可憐な、というほど幼くはなかった。が、この無法者の町にやってきて、たぶん町の入口あたりで暇な男たちにちょっかいをかけられて逃げ出し、射たれ、それでもなお町を出てゆかずにわたしの店まできたというのがいじましく思える、そんな女だった。だれかが守っていてやらなければすぐに枯れてしまう花のような。

わたしは酔客の相手はバーテンのジョーにまかせてカウンターから出ると、女を店の奥の、わたしのねぐらにつれていき、昔手に入れた様々な道具、小型錬金機とか——これは金を造るためにそれ以上の金がかかるという代物だった——銃のコレクション、自動翻訳機、情緒治療機とか、宇宙の全法律を記憶しているホロディスクとか、コインを入れないと扉が開かない小金庫とか——こいつもまたやっかいなことに、開けるには中味より多くの金額が必要だ——この世がバラ色に見えるピンクのハート型コンタクトレンズのケースとか、心臓の機能を高めるハート・パワー・ブースターとか——動脈硬化の人間が使うと一発であの世にいける——そしてもう度の合わなくなった老眼鏡とか——わたしはいまだに自分の眼を使用しているのだ——ようするに、がらくたの山をどけて、やっとのことでまともなファースト・エイド・キットを探しだして、女の傷の手当てをしてやった。

「ありがとうございます」

女は流暢な太陽系標準語を使った。

腕の傷は安物のヒートガンによるものだった。火傷用アミノプラスタを貼って包帯を巻きながら女のドレスに触れたわたしは、高価なスターシルクの感触におどろいた。シンプルなデザインにつり合わない高級繊維だ。海賊稼業を長年やってきたわたしだ、間違えっこない。この女は金持ちだ。

「いや、いいんですよ。礼なんかいりません」とわたしは言った。「ええ、いりませんとも。礼なんか。そんなつもりで手当てしたわけではないんですから」

「申し訳ありません」女は目を伏せた。「お金は盗られてしまって」

「フムン」

わたしは落胆した顔をしたのかもしれない。なにも、金を目当てに女を助けたわけではないのだが、ギヴアンドテイクでやってきた海賊の性は簡単には消えない。

「きっとお礼はさせていただきます。でも、いまは――」

「なぜだ？　なぜあなたのような身分の高い人間がこんなところに」

スツールに腰をおろした女の頭の髪飾りをわたしはいぶかしんだ。そいつは、ランサス星系を支配するフィラール星、フィラール王家の紋章を象《かたど》ったプラチナの髪飾り。まさか王家の一族がこんなサベイジくんだりに一人でやってくるはずもない。この女がどうしてそれを身につけているのか、わからない。女海賊か？　まさか。

「身分が高い？　わたしが？　どうしてです」

「わしは海賊だ。だった。あなたの星系からもかなり稼がせてもらったものだ……その紋章は忘れられない」

「いい――カモだったわけですか」

女は哀しい眼をした。わたしはあわてて、大昔のことだ、と言いそえた。女は深く息を吐いた。

「この髪飾りは母の形見です」

「女王だったのか？　するとあなたは――」

「いいえ。わたしの母は現女王陛下の即位前、王女時代の陛下の子守り役でした。政変があったとき陛下をお守りして殺されました。この髪飾りは亡き母のために、わたしが代わって賜《たまわ》ったものです。わたしはいまの王女、ランサス・フィラール・フィロミーナⅣづきの首席女官、シャルファフィン・シャルファフィア」

名前の部分だけは彼女は母星語で言った。それは木の葉が風にさやぐような音にしか聞こえなかった。ランサスにしろフィラールにしろ、太陽系での便宜上の呼び方なのだ。正確じゃない。正確な音は表わせないが、それはしかたがない。翻訳機ならこう記したろうと思われるが、しかし細かいところまではわからない。その女の名は、喋る相手や時が異なると微妙に語尾が変化するはずだった。相手の身分、関係、気分、天候、場所、その他が複雑にからんで、名に変化を与える。わたしの耳にはそれが聞きとれない。フィラール人は感情を顔にめったにあらわさず、名や言葉にこめるのだ。わたしには、彼女に嘲《あざけ》られているのか頼りにされているのか、その名を聞いてもわからなかった。彼女は表現したにちがいないのに。残念なことだ。

「なんで匐冥を捜す？　彼を知っているのか」

「わたしのせいなのです。わたしがいたらないばかりに」

「わかった、わかったよ」ぜんぜんわからなかったが、シャルファフィンの涙のうかぶ瞳は、そう言わせずにはおかなかった。「心配はいらんさ。大丈夫、うまくいく。あなたはなにかとてつもないことをしでかしたんだな？　いいとも、力になってやろう。だが、海賊になりたいといっても、匈冥の下では働かんほうがいい」

「そうではありません」

きっと唇をかんでシャルはわたしをにらんだ。わたしは肩をすくめた。わたしは身分を意識したことなんか、これっぽっちもなかったのだが、この女に見つめられると、なんだか自分がいやしくなったような気になる。

「あんたは」とわたしは言ってやった、「たしかに高貴な生まれらしい。しかしここでは通用せん。匈冥ならなおのことだ」

「王女のことなのです――」

「わしはカルマ。みんなはオールド・カルマと呼ぶ。で？」

王女は失踪した。そうシャルファフィンは語った。誘拐されたのかもしれない。火星に通商使節としてやってきた王女が、ぶらりと火星見物にでかけてそのままホテルに帰ってこなかった。

「フーム、そいつは大事件だ。火星連邦は大あわてだろうな」

「いいえ。王女は別にいるのです」

行方をくらませたというだけのことなのです。表面上は」

「つまり、王女は気ままに旅を楽しみたいからと、自分の身がわりに仕事をまかせて、お供の者の立場で火星に来られたのです……陛下には内緒で。もちろん、火星の高官の方々にもそのことは隠して。ですからガードされていたのは偽王女で、この事件は単なる供の女官が行方をくらませたというだけのことなのです。表面上は」

「なんだ?」

「それでも大変なことだろう?」

「火星連邦警察が腰をあげてくれましたが、でも行方不明になったのが王女だとは――わたしの独断では明かせません。太陽系とわが星系は微妙な関係にあって――」

「母星には連絡したんだな?」

「陛下はわたしに捜すように言われました。極秘のうちに。王女が誘拐されたのだとしたら、王女を王女だと知っていた者のやったことだと思われます――戦いを望んでいるグループかもしれません」

「海賊とか、死の商人とか、か。いや、やつらなら、偽の王女をさらうさ。本物だろうと偽物だろうと、騒ぎになればいいのだから。きっと王女はラカートあたりのバーで飲みすぎてぶったおれてるんだ」

「もう一週間になります。わたしは広域宇宙警察にも行きましたが、とりあってもらえませんでした。王女だ、とは言えませんでしたし、連邦警察が動いているのに、われわれの出る幕ではない、と」

「昔から広域宇宙警察とローカル警察は仲がよくないんだ。とくに海賊課は毛嫌いされてる」

「アプロという刑事に会いました」

「アプロか——黒猫野郎だろう」あいつのせいで三年前に海賊稼業をあきらめさせられたのだ——思いだしても胸くそがわるくなる。殺されなかったのは奇跡だ。「あいつ、笑ったろう」

「ええ。それで、海賊の手でも借りたらどうかと言いました」

「それで匋冥に会いにきたのか」

「ちがいます」

「まわりくどいな……ランサス機動部隊をつれてこい。報復にラカートを4D攻撃で消しちまえよ」

「それはできません」

「どうでもいいが、匋冥に会っても無駄だ。彼はお姫さま捜しを引き受けるような男じゃない。並の海賊とはわけがちがう。あんたはあの男を知らないんだ」

「知りません」シャルはうなずいた。「でも、あの老婆が——占い師なのです、ラカートの裏通りにいた不思議な占い師——水晶球を持っている……わたしを呼びとめて、こう言ったのです。『王女はキャプテン・ツザッキィにしか救えないだろう』わたしはおどろいて老婆を問いつめました。ですが、老婆は酔いからさめたように、きょとんとして、自分の言ったことは覚えていないのです」

「くさい話だ。そいつを警察に引き渡したのか」

「いいえ。仮に彼女が犯人の一人だとしたら、王女のことが公《おおやけ》になってしまう……どうしていいかわたしにはわかりませんでした」

「それで、ここに来たか。占い師はここに来れば匋冥に会えると言ったのか」

「はい」

「ただ者ではないな。匋冥のことを知っているのはほとんどおらん。知りつつ生きている者は」

わたしは店からブランデーを持ってきてシャルファフィンに一杯おごってやった。

「匋冥はいつ来るかわからんよ。金もなしで、どうやって待つつもりだ」

「ここには星間通信局はないのですか？」

「ないね」

シャルはグラスを回し、思案していたが、やがて顔をあげて、「町の入口にわたしの乗ってきたAVがあります。あれを売ればなんとか――」

「ならんさ。乗り捨ててきたんだろう？　いまごろはだれかがかっぱらっているよ。車はちゃんと管理屋に預けなくちゃ。一時間だってそのままになってやしない。ここはそういうところなんだ」

「では――」

「あんたが働くしかないだろうな」

「わたしが？　どうやって？」

「今夜はここで寝るといい。わしは夜は忙しい。明日のことは太陽が決めてくれるさ」

シャルファフィンは不安そうにわたしを上目づかいで見た。が、サベイジを出てゆくとは言わなかった。わたしはシャルをいじめるのはやめて、がらくたの山のなかから武器になるものを探した。銃は似合わない。使えもしないのに持っていたら、殺してくれと宣伝しているようなものだ。わたしは銀のネックレスを拾ってシャルの首にかけてやった。

「これは？」

「お守りさ。サベイジでは身を守るものが絶対に必要だ。そのペンダントのスイッチをオンにすると、それは、きみに触れる者を殺す。同時に、きみも仮死状態になって、やがて回復するが、体調が悪ければそのままあの世いきだ」

リヴァイヴァは巧妙な武器だ。しかし匈冥には通用しないだろう。

「感謝します。カルマ」

鷹揚にシャルは言った。わたしは少しむかっときた。

「店で働くときは、やたらとそいつを使ってもらってはこまる。客を殺しては金がとれないからな」

「ホステスに？　わたしが？」

眉をひそめたシャルにわたしは海賊時代の笑顔でうなずいた。

「ナンバーワンになれるぞ。いっそ王女捜しなんかやめて――」

それ以上言うのはやめた。シャルが出ていこうとしたからだ。店を出て何分生きていられるかわかったものじゃない。

だがシャルはホステスにならなくてもよかった。匈冥が来たのだ。翌日。

その日、サベイジの住民は天が落ちてくる大音響で目を覚まされた。サベイジの朝は遅い。午《ひる》に近かった。

わたしはそのものすごい地鳴りと雷がごたまぜになった音でたたきおこされ――店のボックス席だということを忘れてテーブルをひっくりかえしてしまった――外にとびだした。

まさに天が落ちてきた。巨大な漆黒の船がサベイジ上空を、家々の屋根すれすれに通過しようとしていた。鏡面仕上げされたなめらかな剛構造の船だった。形は大きすぎてわからない。天をおおい隠す、山だ。

わたしは初めて匈冥の海賊船を見たのだ。最強無敵の船、カーリー・ドゥルガー。しかしカーリーは、火星の大気の底に沈みつつあった。惑星に降りるなど、カーリーにとっては最大の屈辱だったろう。これは沈没だ。

ものすごい風が立って、わたしは吹きとばされる前に店の中に逃げ込んだ。カーリー・ドゥルガーはサベイジに嵐をまきおこして飛びすぎ、やがて砂漠に接地して大地をゆさぶり、家々をきしませた。

それがカーリー・ドゥルガーだと知ったのは、サベイジが活気づく夜になってからだった。

客たちが今朝の騒ぎを話題にしているなかに、匋冥・シャローム・ツザッキィが入ってきた。だれも彼に注意をはらわなかった。みんなは知らないのだ。しかしわたしは知っていた。知っていることを、知っている者以外に言わないから生きていられるのだ。

匋冥のあとから相棒のラック・ジュビリーが入ってきた。彼は匋冥が信用している唯一の男だ。信じてはいるだろうが、頼りにしているわけではない。その相棒はそうだ、シャルと同じランサス星系人。二人の海賊は疲れた顔でカウンターのすみにつき、いつものやつ、と言った。

「砂まみれじゃないか」

匋冥用にブレンドした火星ウィスキーを差し出したわたしに匋冥は不機嫌にうなずき、グラスをとると黙ってあおった。

「歩いてきたんだ」とラック・ジュビリーが口を出した。「カーリーのエネルギーが消えちまってさ。キャプテンは魔女のせいだと言うんだが」

ゴリラを人間の顔に整形しようとして失敗したような面をしかめ、ジュビリーがやれやれというふうに首を振る。

「魔女はキャプテンに魔銃を渡し、魔境に来いと命じた」

「それで、行ってきたのか、匋冥」

それまで黙っていた匋冥は、グラスを静かにおいて、こう言った。

「これから行くんだ。おれを操ろうとしたやつの正体をあばきに。そして必ず、殺してやる」

stop
break in level 0

1　define main characters

匋冥《ヨウメイ》・シャローム・ツザッキィ：#1
シャルファフィン・シャル：#3
ラウル・ラテル・サトル：#5
アプロ：#7
ラック・ジュビリー：#9
フィラール・フィロミーナⅣ：#11

comments

オールド・カルマは、海賊匋冥の話を文章化して、わたしのメモリ空間にそのデータを入力した。わたしはそのデータに、あらたに広域宇宙警察・対宇宙海賊課の公式レポート・CPOFのデータを加えて合成し、文章出力する。

わたしはＣＡＷシステム。ロングピース社によって開発された著述支援用人工知能である。

continue

2　stack level 1

act 2.1 enter # 1, 3, 9

おまえに会いたいという人間が来ているとオールド・カルマに言われた匋冥は、ぴくりと眉を動かしてグラスをおいた。

「だれだ」

「あれさ」

グラスを磨く手を休めずにカルマは目で指した。バーの中二階につづく階段の最下段でひとりの女が手すりに片手をおき、半身の姿勢で匋冥を見つめていた。青磁色の肌、シンプルなロングドレス、深い緑の髪を結った頭上に白銀色に輝く髪飾り。バーの騒々しい音と麻薬まじりの煙とアルコールの蒸気のなかで、その女の立っている場所だけが静かだった。優雅な雰囲気をたたえて女は身動きせずに立っていた。眼は半ば閉じられていて、それが不安を表わしているのか、にらんでいるのか、あるいは酔っているのか、匋冥にはわからなかった。

「……シャルファフィンだ」

ラック・ジュビリーがつぶやく。匋冥は女から目をそらして、「知っているのか？」

「女王に最も信頼されている女だよ。女王はシャドルー戦士たちよりもあの女を信じているくらいだ。シャルファフィンにシャドルー……おれにはもうどうでもいいことだが」

「彼女はおまえに会いにきたのだろう」

「まさか。おれを知っているはずがない。身分が違う」

「身分か」

唇を曲げて匋冥が笑うとジュビリーは横を向いて口をつぐんだ。

「会うかい、匋冥」とカルマが訊く。

「あの女はどうしておれを知っているんだ。カルマ、おまえが――」

「とんでもない」

カルマはシャルファフィンが会ったというラカートの老占い師のことを話した。

「フウム。そいつは奇妙な話だ。おそらく、カーリーの戦闘情報司令室に現われた魔女と関係がある」

「魔女だと？　本気で信じとるのか、匋冥。この世はファンタシィじゃないんだ」

「そいつがそう言ったんだ。こいつをおれに渡して」匋冥はベルトにさしていた大型の拳銃をカウンターにおいた。「そしてカーリーのエネルギーを吸いとって消えちまった」

「見たことのない銃だ」カルマは手にとって調べて言った。「美しい銃だな。少し重いがバランスはいい。高性能の武器に共通する妖しい魅力がある――こうして見て触れているだけでも価値がある。芸術品だ。おまえの使っている安物のWJB《ダブラ》とは比べものにならん」

「人を殺すには水鉄砲《ダブラ》でたくさんだ」

「しかしキャプテン、あの魔女は水撃銃《ダブラ》では殺せなかったぜ。そいつで撃てばよかったんだ。魔銃で」

「引金を引いたとたんに爆発するかもしれない得体の知れぬ銃でか？　おれはおまえのような楽天家にはなれん。いずれにせよ、魔女と名のったやつはおれを操ってなにかをさせたいらしい」

「シャルと会うかね、匋冥」カルマは銃を返した。「たまには高貴な女に相手をさせるのもわるくはあるまい」

匋冥がうなずくと、カルマはシャルファフィンを手招きした。シャルは半眼の目を一瞬またたかせて、手すりをはなれてやってきた。

「……キャプテン・ツザッキィですね？」

シャルファフィンは膝をおって礼をし、そのままひざまずいて海賊を見上げる格好で、王女捜しの件を語った。

「お願いです、キャプテン……あなただけが頼りです」

匋冥は語りおえたシャルファフィンの首筋に手を伸ばし、首にかけられた銀のネックレスを人差指にかけた。その指で緊張にかすかにふるえる女の肌をなぞる。

「そんな正体不明の占い師の言うことを信じるのか。——おまえは何者だ。本当の目的はなんだ？　このネックレスでおれを殺しにきたのか」

「そのリヴァイヴァはわしが彼女にやったんだ。丸腰でサベイジに来るなんて自殺行為だからな」

「王女を捜し出していただけるなら、なんでもいたします……キャプテン・ツザッキィ」

匍冥はシャルから手をはなし、グラスをとる。

「なんでもする、か。ならば、女王をここに呼んでこい。王女を捜してもらいたいと願っているのは女王だろう。女王が頼みにくるのが筋というものだ」

「それは――」

「無理だよ」とラック・ジュビリーが言った。「しかしいい稼ぎになる」

「あなたは……同星系のお方ですね」

「昔のことさ。いまは海賊だ」

「お願いです、シャドルー」

「シャドルー……なつかしい言葉だな」

女王を守る戦士たちを呼ぶ言葉、勇敢な者に対しての敬称でもある。ジュビリーは深く息を吐く。

「もしかしたらあなたはシャドルー戦士だった――あのシュフィール？」

「シャドルー・シュフィール？　裏切りシュフィールだというのか？　知らんな。おれはジュビリー。そんな男はとっくの昔に死んでる」

「王女がどうなろうとおれの知ったことじゃない」匍冥が冷酷に言った。「殺されないうちに出ていけ」

「わたしはどうなってもかまいません。お願いです、お願いです、シャドルー・ツザッキィ」

「だれの願いだ？　女王か、おまえか？」

「……わたしの願いです」

「利口な女だ」匈冥はひざまずいているシャルファフィンを見下ろした。「おまえが頼むというのなら、ではなにを礼として差し出すつもりだ。女王ならランサスの惑星のひとつくらいはくれるかもしれん。だがおまえにそれができるか？」

「わたしには……わたしにできることといえば……そう、これしか」

シャルファフィンは頭に手をやって、プラチナの髪飾りをとった。まとめられていた髪がとかれて、豊かな長い髪が肩に流れた。

「これしかありません」

シャルファフィンはいとおしそうになでて匈冥に差し出した。

「プラチナか。たいした価値はない」

「母の形見です」

「それは王家の象徴だよ」とジュビリー。

「わかった」あっさりと匈冥は言った。「引き受けよう」

「本当ですか。感謝の言葉もありません、シャドルー・ツザッキィ。ありがとうございます」

　深々と頭を垂れたシャルファフィンに匋冥は魔銃を向ける。

「だまされてはいけない、シャル」オールド・カルマが声をかける。「あんたはほんとに初《う》心《ぶ》だよ」

　顔をあげたシャルファフィンはつきつけられた銃を見て血の気を失ったが、逃げようとはしなかった。

「海賊なんだよ、シャル」カルマは首を横にふって、「あんたの形見を奪って、殺す。それが海賊のやりくちなんだ。帰ったほうがいい。あんたはよくやったよ。女王もまさかあんたを処刑したりはしないだろうさ」

　カルマは匋冥が引金を引く気がないのを見抜いていた。爆発するかもしれぬ銃、と匋冥は言っていた。自分でそれを試してみる男ではない。

「帰れません……どうすれば願いをききとどけていただけるのですか？　なんでもいたします。なんでも。おっしゃって下さい」

　匋冥は魔銃のグリップから手をはなし、トリガーガードにひっかけた指を支点にくるりと銃を回転させて、それをシャルファフィンにつき出した。

「撃て。自分を。それですべて片がつく。悩むこともなくなる」

「……わかりました」

　シャルファフィンは銃をとった。匋冥の背後でラック・ジュビリーが本能的に自分のガンに手をかけて、身がまえた。シャルファフィンは海賊たちを撃ったりはしなかった。銃口を自らの胸に向ける。

「やめろ、シャル」

カルマとジュビリーが同時に言った。

「お願いです、シャドルー・ツザッキィ。わたしに払えるものは、この生命《いのち》だけです――王女を」

撃て、と匋冥は自分の水撃銃を抜いて、命じた。シャルファフィンは目を閉じた。そして短く祈りをささげ、観念し、引金を引いた。

カチンと音がした。それだけだった。何事も起こらない。

「オーケー。ジュビリー」

匋冥はシャルファフィンの手から素早く魔銃をとりあげ、ホルスターにおさめる。

「遊びはおわりだ。カーリー・ドゥルガーのプライマリー・エネルギーを調達しろ。サベイジの電力波をかっぱらえ。行くぞ」

「行くのか、キャプテン。魔女の誘いにのるのかい。いや……おれはちょっと頭痛が……腹の具合もよくないな――歯医者の予約もあるし――女も待っているんだよな」

「おれが治してやってもいいんだぜ、ジュビリー」

「行くよ、行くさ、もちろんだよ」

「それとAVを一機だ、ジュビリー。歩いてカーリーにもどるのはごめんだ。きょうは充分運動したからな」

「膝がガクガクだよ」

ジュビリーはグラスをあけて、カウンターをはなれかけ、よろけて、人相のよくない大男の客とぶつかる。

「や、わるい」

いいや、許さない——大男の後ろの小男が言った。カルマは顔をしかめる。こいつら、喧嘩を売る相手をまちがえやがって。

「お客さん——」カルマ。

「だまれ」大男。

「相棒は急いでいるんだ。許してやってくれ。行くんだ、ジュビリー。エネルギーを調達したら一人でカーリーへもどれ。待っていなくていい」匂冥。

「わかった、キャプテン」ジュビリー。

「キャプテン、だって?」小男がキイキイ声で笑った。「海賊か、あんた」

「おまえ、名は」と大男。

「シャローム」

一言、匂冥はそう言った。ジュビリーは二人の男の間をすり抜けた。男たちが銃を抜く。しかし射つことはできなかった。かまえることさえ。

ジュビリーは目を見開いて、自分が狙った相手を捜した。二人の男は凍ったように動きをとめ、次の瞬間身体が半透明になり、色を失い、そして爆発、四散した。一瞬の出来事だった。男たちの立っていた空間に小さな銀粉が輝きながら舞った。男たちは消えていた。

「フリーザーか」とカルマ。

「わからない。この銀の小結晶は……空気中の水分が凍ったものらしいが」匈冥は魔銃をホルスターにもどす。「かわいそうな連中がかわいそうな最期をとげたってことはたしかなようだ」

「雪の降るバーか。あまり風流とはいえないなあ」口笛を吹いてジュビリーは愛銃をおさめる。「じゃあ、キャプテン。カーリーで」

この出来事に注目した客はほとんどいなかった。女たちの嬌声、どっとおこる喚声、テーブルからテーブルへと浮遊するミュージックバルーンが目にもとまらぬ速さで直径を五センチから五〇センチほどに振動変化させて立てる音楽。そんななかでは匈冥に撃たれた男たちの吹きとんだ音など、猫のくしゃみほどにも注意を引かなかった。フロアのまんなかに爆弾がおちても気にしない連中ばかりだった。死ねば気にしようがないし、生きていれば飲みつづけるだろう。たとえ匈冥が二人を殺したところを目撃したとしても、こんなことはサベイジではめずらしくもない。

だが彼女だけは別だった。シャルファフィン・シャル。

「……なんてこと」

「おや、女王の忠実な雌犬がまだいるぜ。カルマ、もう一杯くれないか。ついでに犬を追っぱらってもらいたいな」

「シャル、帰ったほうがいい。送って行こう」

「では、わたしとの約束は――シャドルー」

「おれは約束を一度として破ったことはない」

「捜していただけるのですね」

ゆっくりと立ちあがったシャルファフィンに匌冥は微笑む。カルマは天使のような海賊の笑いにぞっと身をふるわせる。

「いいや。つまりだな、おれは約束を交したことは一度もないんだ。だから破りようがないというわけだ。わかるか？」

「返して下さい」シャルファフィンは涙をためる。「母の形見を」

匌冥はウィスキーをすすり、シャルファフィンを見つめた。

「ことわったらどうする」

シャルファフィンはカウンターにおいてあった匌冥の水撃銃《ダブラ》に手を伸ばし、握った。

「なぜだ。どうしてそんなにしてまで王女を捜したい？　なまいきなじゃじゃ馬娘だろう、フィロミーナは。おまえが命をかけてまで捜す必要などあるまいに」

「人殺しの海賊の命令に従うつもりはないわ」

「気に入った」

「海賊に、わたしの気持などわかってたまるものですか」

「カルマ、いくらだ」

「もう行くのか。きょうはおごりだ」

「いや、はらうよ。これで」

シャルファフィンの形見を匋冥はカルマに投げる。

「シャルファフィンといったな。おれは、王女捜しなどする気はない。しかしおまえは役に立ちそうだ。海賊になれ。それならカーリーに乗せてやってもいい。目的地は同じだろう。一〇秒だけ待ってやる」

「わたしは……わたしは……」シャルファフィンは水撃銃を下げた。「わかりました……つれていって下さい」

匋冥はにっこりとうなずいてシャルファフィンに自分のグラスをもたせる。「きみに殺戮の女神の加護があるように」

シャルは匋冥から目をそらさずにウィスキーを飲んだ。

「海賊になった気分はどうだ？　おれの気持がわかるようになったか」

「いいえ」

匋冥は大声で笑う。「ともあれ、おまえは海賊になった。初仕事をやってみろよ。その銃を使え。カルマを狙うんだ」

「よせよ、匋冥」

「カルマ、女海賊がそのプラチナの髪飾りをよこせと言っている。抵抗しないほうがいいぞ」

やれやれという表情でカルマはシャルファフィンに髪飾りを手渡した。

「ありがとう……ありがとうございます、カルマ。恩は忘れません」

匌冥はシャルファフィンから水撃銃をとり、ベルトに差してバーを出ていった。

「では……行きます。王女を捜さなくては。キャプテン・ツザッキィは……思ったほど悪い人ではなさそうですね、カルマ。これを返してくれましたし」

「いいや」カルマは厳しい表情で首を振った。「匌冥を甘く見てはいけない。あんたはもう何度も殺されているところだ。運がよかったのさ。あの魔銃はあんたには反応しなかった。匌冥はその理由を知りたがっている。おそらく、あの銃はやつの手にあるときだけ作動するのだろうな——あるいはそうではないのかも。いずれにせよ、あんたは利用価値があるとやつに判定されたんだ。その形見だってそうさ。フィラール王家の紋章がどこかで役に立つと判断したんだ。シャル、あの男の外観にまどわされてはいけない。どんな悪党面した海賊よりも恐ろしい男だ。それを忘れるな。気をつけてな、シャル……わしはあんたが気の毒でならん。力になってやれなくて残念だ。無事を祈ってるよ」

「ありがとう。シャドルー・カルマ」

「……シャドルーと呼んでくれるのか、このわしを？」

シャルファフィンは微笑んで、「わたしはシャルファフィナ」と言った。

カルマはその名の語尾変化が聞きとれたように思ったが、意味はわからなかった。気をつけてな、とカルマはもう一度心をこめて言った。シャルファフィンはうなずいて、店を出た。

海賊は〈軍神〉の外壁によりかかって腕を組み、空を見上げていた。身じろぎもせずに。

シャルファフィンはそっと、その孤独な海賊に近づく。およそ場ちがいな姿だ、とシャルは思った。華やかな町の毒々しい光のなかで、この男の周りだけは静寂に包まれている。まるで天から下界におとされた天使が、地上の退廃を憂えながら、天に帰りたいと祈っているようだ……

「なにを考えていらしたのですか」

海賊は腕をほどくと、黙って無表情にシャルファフィンの眼を見つめた。

「あの……船へはどうやって行くのです」

「海賊船のない海賊など、海賊とはいえん……カーリー・ドゥルガーはブート回路だけ残して全機能を凍結している。あの船が。プライマリー動力もないいんだ。信じられない。魔女は強敵だ」

「長い航海になりそうですね」

「そう、長くなるかもしれんな。行こう」

「船は遠いのですか」

「乗船する前に買物だ。その格好では海賊らしくない」

「あなたの姿はキャプテンには見えませんね」

「アドミラルの制服を着てサーベルを下げろとでも？」

「コットンのセーラーパンツにウールのセーターでは、水夫か、漁師のよう」

「おれは海賊だ」と匋冥は言った。

カルマの店から近いマウザー街で、匋冥はシャルファフィンに〝水夫〟スタイル一式を買った。着がえたシャルはそれでも優雅な雰囲気を失わなかった。

マウザー街は武器取引のマーケットだ。匋冥はシャルファフィン用の小さめの水撃銃を、ネズミのような顔のなじみの男チェンラから値切って買う。

「少し高いが、まあ、いいだろう」

「そちらのお嬢さんなら、ウィンクで男を殺せそうですがね」とチェンラはにやにや笑いを浮かべて、「いいえ、その銃にはおまけがついてるんで。情報ですよ、ツサキの旦那。広域宇宙警察の海賊課刑事が来てますぜ」

「まさか。サベイジは聖域だ。それを知りつつやってくるやつといえば――フム、ラテルだな……やつに撃たれた古傷がうずく」

「アプロも」

「うるさい蠅どもだ。おまえのところには蠅たたきはおいてないのか」

「さわらぬ蠅に病気なし、ですよ」

「やつらだれを捜しているって？」

「キャプテン・匋冥・ツザッキィとかいう幻の海賊ですよ。もちろん、あたしゃ知りませんよ、ツサキの旦那。なんにも、知りません」

「おまえには長寿の相が出てる」

「そいつは嬉しいことを。急いだほうがよろしいようで」

「そうしよう」

匋冥はチェンラの店を出る。シャルファフィンは着がえたドレスや靴を入れた包みをかかえて小走りに後を追った。

「シャル、射撃の練習をさせている暇はなくなった。ＧＥＭを手に入れるんだ」

「――わたしが、ですか？」

「手段は選ばん。――ジュビリー、応答しろ」

左腕のブレスレットにこたえがかえってくる。〈聞こえるよ〉

「いまどこだ」

〈マイクロウェーヴ受信所だ。ちょっと手こずった。二分以内に停電になるぞ〉

「わかった」

匋冥は立ちつくしているシャルに、道に停まっているエアカー《GEM》を指して、行け、と命じた。

「でも、あれには人が乗っています」

「ドライブにつれてってもらったらどうだ？　いい男のようだ」

シャルファフィンはぶるっと身をふるわせて、それから心を決め――やるしかないんだわ
――乾いた唇をなめて、エアカーに近づく。

「カーリー・ドゥルガー」匋冥は腕にはめたブレスレット・コマンダーで海賊船を呼ぶ。

「スタンバイＰＰＳＳ、モード０６／フォーマット０１０。艦外動力支援による一次動力発生手順を確認しろ」

《ＰＰＳＳ‐スタンバイ：モード０６／フォーマット０１０‐ＯＫ：オープン‐ＥＰＲＳ：》ブレスレット上の文字。《レディ》

シャルがエアカーの男と話をつけて、乗り込む。エアカー、スタート。

「とめて！」とシャル。

「え？」とエアカーの男。

匐冥、急停車したオープンエアカーに飛び乗る。

「おれの女に手を出しやがって。慰謝料にこのＧＥＭはもらった」

男はその言葉がおわらないうちにぶん殴られてエアカーから放り出される。

「どろぼう！」

「それは税務署に言え」

エアカー発進。サベイジ上空で宇宙発電衛星の送電アンテナが微動する。サベイジの電力受信所を狙っていたマイクロウェーヴが、サベイジから二〇キロほど離れた砂漠に沈んでいるカーリー・ドゥルガーに命中。

カーリーの一次動力発生回路作動。一次加速機が始動モードに入る。

《ラン‐ＰＰＳＳ：ＰＡＳ‐スタンバイ：ＳＡＳ‐スタンバイ：ＰＰＳＳ‐クリティカル・レベル／カウントダウン‐５》《４》……《０：ＰＰＳＳ‐クリティカル：シャット‐ＥＰ

RS：ラン‐PAS：SAS‐スタンバイ》

カーリーに電力を横盗りされたサベイジは闇と混乱に包まれた。カーリーが外部電力を必要としたのは九〇秒ほどだったが、電力受信所にいたジュビリーはアンテナ方位の修整をせずにそこをとびだしたので、サベイジの混乱はそのままだった。

匈冥とシャルファフィンを乗せたGEMは出力四〇パーセントで町なかを飛んだ。闇が主催するお祭りさわぎ。喚声や悲鳴があちこちであがり、埃が舞い、その汚れた空気中にレーザービームが細く切れ切れに走る。

アクセルをフルに開けても四〇パーセント以上出なかったのは、そのレーザービームの一本がGEMの後部右エンジンを発火させたからだった。

「火が——燃えています」

「消せ」

「どうやって」

「水鉄砲《ダブラ》」

シャルファフィンは水撃銃を握り、身をよじって後部エンジンフードを狙う。フードのすきまから火が見えてはいるものの、どこを撃っていいものやらシャルには見当がつかなかった。渦巻く黒煙が眼にしみて、ろくろく狙わずに引金を引く。バン。強い反動。エンジンフードがはね上がり、どっと炎が吹き上がる。

「自動消火器が作動しない。安いGEMだ」

炎と煙の尾を引いたままGEMは町を出て砂漠に突入。砂煙をあげて驀進。

「とめて下さい。爆発します」

「歩くのはごめんだ。もう少しだ。まだ動いてるんだ。大丈夫さ」出力低下。背が熱くなる。

「大丈夫でなさそうな予感」

左エンジンでフルリバースをかける。

「安車め。エアスタビライザが壊れた」

片寄ったトルクをかけられてGEMは独楽《こま》のように回り出す。黒煙に包まれる。匈冥はシャルファフィンを抱きかかえて、飛びおりる。砂地だったのが幸いだった。転がる。GEMは大きなネズミ花火のように飛び回り、爆発。

シャルファフィンは咳こみ、海賊から身をはなした。ドレスの包みはしっかりと抱いていて手放さなかった。

赤い砂漠に紅の炎が立った。匈冥はフリーザーをかまえる。海賊課刑事に居所を知らせるような火は消さなくてはならない。フリーザーで消せる自信はあった。引金を引く。射線は見えなかった。が、GEMの炎は一瞬にして消えた。落雷の直撃をくらったような爆発音と衝撃波。二人は砂の上に再び突き倒される。頭の砂をはらって起きあがる二人の前に小さな銀色の龍巻が立つ。その冷気の旋風はすぐに弱まり、龍巻はくずれるように消滅した。そして雪が舞った。GEMの破片が混じった雪が。

「きょうは運動不足解消の日か」匈冥はカーリーをめざす。「また歩きだ。ぞっとする」

「船を動かせばよいのでは」

「原子転換機が作動して主動力機構にエネルギーを入れてやらないと動けない」

歩きながらシャルファフィンは、夜の闇になれた眼で砂漠を見る。

「この乾いた運河は、昔は水をたたえていたのですか？」

幅五〇メートル、深さは二〇メートルはあるだろうV字型の溝が、一直線に延びて、遠く、夜空より黒い山地へと続いている。溝は一本でないのにシャルファフィンは気づいた。左右にある。二〇〇メートルほどの間隔で平行に走っている運河にはさまれた砂地を歩いているのだった。進むにつれて運河は深くなるようだ。

「運河にはさまれてしまって――船へ行くにはこちらでいいのですか、キャプテン」

「運河じゃない」と匋冥は言った。「カーリーへの道さ。こいつはカーリー・ドゥルガーの艦底フィンが掘った溝なんだ。まだ温かいだろう。摩擦熱だ」

「これが？　ではカーリーは、あの山？」

「全長一・六キロ。中型の攻撃型宇宙空母だ。剛構造の船はいまでは旧式だが、しかしパワーはある。軟弱な船がふえたんで海賊稼業はやりやすくなった。――急ごう。海賊課刑事に見つかる前にもどらないと面倒だ。――カーリー、艦外地表を探査。レベル0、一〇秒間」

《オン-MEWR：オン-GEWR：オン-IRPR：オン-MTDS》一〇秒後、探査終了のサインとともに警告が示される。《DIS・UN：DDY-0・01／L：UNO001》

「フム。カーリーはおれのすぐ左に正体不明の生体をキャッチしたと警告している」

「わたしを、ですか？」

「このまま乗船しようとすると自動排除される。船に殺されるんだ。カーリー、不明体００１を味方として認識しろ。仲間だ」

《ＵＮＯ００１‐ＥＮ／ＦＲＤ１０３：ＯＫ》

「受動早期警戒システムは作動させたままにしておけ」

《ＣＯＮＴ‐ＰＥＷＳ：ＯＫ》

ブレスレット・コマンダーがピッと鳴って、カーリーが移動目標を探知したことを知らせる。

《ＤＩＳ・ＦＲＤ１０２：ＤＤＹ３６７０／Ｂ：ＡＰＰ》

ラック・ジュビリー接近中。匈冥はジュビリーと連絡をとり、待った。一分もたたないうちに小型ヘリカー《ＡＶ》が降下してきた。

「歩いてきたにしては速いな」とジュビリー。「走ったのか」

「そうさ」

シャルファフィンの手を引いてＡＶに乗り込んだ匈冥は大真面目に言った。

「火を吹いて走ってきたんだ」

「そんなにあわてててどうしたい」

「海賊課刑事が来ている。ラテルとアプロだ」

「くそ」ＡＶ発進。「あのアホコンビにはいつも泣かされるよなあ」

匍冥とジュビリーが六時間かけて歩いた道をＡＶはひとっとびで飛んだ。シャルファフィンは目前に迫るカーリーの威容に息をのんだ。

カーリー・ドゥルガーは砂丘のいくつかをけしとばして艦首を砂に突っ込んでいた。砂にもぐりこもうとしているカラス貝を連想させた。表面はどこまでもなめらかで黒く、美しかった。夜空の星を映すほどに。

「降りる。ＡＶはどうする、キャプテン」

「カーリーに入れよう。ＭＡＳへつけろ」

ＡＶは急降下。視界いっぱいにカーリーの艦体が広がる。それでもまだ距離はだいぶあった。

「なんて船なの」

「この大きさが欠点になることもあるんだ。意外と宇宙では大きさが問題になる」とジュビリー。「大問題さ。意外と、どころじゃないな。だだっぴろい宇宙だってのに」

ＡＶは砂漠の地表すれすれにまで降下し、カーリー艦尾《スターン》の、フィンとフィンの間の空間にとび込んだ。巨大な洞穴だった。ＡＶはそこで空中停止。それからいきなり急上昇する。シャルファフィンが悲鳴をあげる。

「ぶつかります！」

一瞬シャルファフィンは視力を失った。

「やれやれ、着いた」ジュビリーが伸びをする。「カーリーが発進できるまでどのくらいかかるかな。MAGUは始動したか」

「臨界レベルまであと一時間というところだ」

「永久に飛べる船なのにな。心臓部の火を消されてはカーリーもかたなしだ」

三人の海賊はAVを降りる。広い格納庫だった。小型無人迎撃機が四機。シャルファフィンは目をしばたたいた。海賊船のなかだった。

〈おかえりなさい、キャプテン〉

女神カーリーの声が庫内にひびいた。

act 2.2 enter # 5, 7

「アプロ」

広域宇宙警察・太陽圏・火星ダイモス基地所属の対宇宙海賊課・一級刑事のラテル・サトルは同僚刑事を捜す。サベイジは真っ暗で、混乱していた。

「アプロ！　駄犬、じゃない、駄猫、こいこい、餌をやるぞ。くそ猫め、どこへ行ったんだ。アープーロ！」

だいたい、黒いというのが気にいらん、闇夜のカラス、闇夜の黒猫め。

ラテルはマウザー街のケーキ屋で同僚刑事が店のケーキを混乱にまぎれてかぶりついているのを見つけた。

「この黒猫！　どろぼう猫」

「おれわにゃこやにゃい、かいぞくかいっきゅーけいにゃ」

小型の黒豹が短い後足で立ち、ケースに寄りかかって両手にショートケーキをそれぞれしっかりと握り、口いっぱいに砂糖菓子をほおばって、もぐもぐとこたえた。

ラテルは猫型異星系人のヒゲを引っぱる。アプロは口のものを吐き出した。

「なにをするんだよ、ラテル。もったいないじゃないか」

「カンシャク玉をねじりこんでやりたいぜ。この、駄ネコ、不細工ネコ、アホネコ、ううう、言葉が出てこん」

「こないだおもしろいライブラリを見つけたぜ。罵詈雑言辞典。各星系語で――」

「死ね。いいか、おれの給料が上がらんのは、おまえのせいなんだぞ。なんでいつもいつもいつもいつも、おまえと組まなきゃならないんだ？　迷惑だ。こいつは悲劇だ。いいや、怒《ど》劇《げき》だ。あたまにくる」

「給料が上がらないのは財政難だからだよ。海賊が悪いんだ」

「金をはらえ。ケーキ代だ。早く。アプロ！」

「持ってない。たてかえといて」

「おまえな、おれを――」

「いいじゃないか。ラテル、独身だし、恋人もいないんだろ、金なんかいくらもいらないはずさ。熱き友情のためのささやかな投資だと思えば？」

「いやだ。絶対はらわん。いちいち胸にぐさっとくることをぬかしやがって。なにが熱き友情だ」

「どうせサベイジの店なんか税金納めてないよ。その分、おれがこうやって現物で取り立て——」

ラテルはアプロの首筋をひっつかみ、店の外へ出る。アプロはぶらさげられながらもチョコレートを放さず、両手で持ってかじる。

「ネズミをかじるなんざ、やっぱりおまえはネコだ」

「地球ネズミは甘いのか？　それならネコでもいい」

ネズミ型チョコをぺろりと食べたアプロをラテルは地面に放す。

「走れ。くそ重い。甘いものばかり食ってるから肥るんだ」

「このしなやかな身の、どこが肥ってるって？」

アプロの首にはめられたインターセプターから、周囲の殺意に感応してレーザーが発射される。刑事たちを襲おうとした五、六人の男たちがそのレーザーの一閃で地に転がる。

「急ごうアプロ。専用AVは破壊された。AVの通信中継機は使えない。サベイジの電力を回復させて基地と連絡をとる」

「なんで」

街路を駆ける。電力受信所は町のはずれ、砂漠近くに建っている。

「海賊匋冥はカーリーに向かったはずだ。この停電はやつの仕業だ。しかしまだカーリーは発進できない。チャンスだ」

「４Ｄブラスタで吹きとばそうぜ」

「そいつは無理だ。サベイジの町も消えちまう」

「かまうもんか」

「おまえが海賊課のボスになったらこの世は消滅するかもしれないな」

「あんまり速く走るなって、ラテル」

「そらみろ、やっぱり肥ってるからだ」

　アプロは立ちどまる。

「そうじゃない。ラテル、サベイジは海賊の町だ。電力が回復しても、おれたちの言うことをきくコンピュータなんか一台もないぞ」

　海賊課刑事が身につけているインターセプターは各種コンピュータに割り込んで、海賊課刑事が自由に操ることを可能にする強力な力をもっている。しかし海賊版のコンピュータには通用しない。

「それにさ、もう匋冥は捕まえられないよ。コンピュータ支援なしじゃ、捜せない。帰ろうぜ。ＡＶをかっぱらってさ」

「貸してもらって、と言えよ。いいぜ、おれはそれでも。そのときは、ありのままをチーフ・バスターに報告するからな。アプロ、いまから言い訳の文句を集めた辞典でも借りて、せいぜい研究することだ。ま、減給処分はかたいな」

「おまえだって同罪だ」

「恋人もいないんでね、痛くないさ」

「ウーム。ガミガミ顔は苦手なんだよなあ、チーフはなんであんなに気持わるい顔をするんだろう」

「鏡を見てみろ。どっちが——」

ラテルは大出力レイガンを抜き、身をひねり倒しながら背後から突進してきたGEMを撃った。最大出力で撃たれたGEMは白熱し、大きな火の玉となり、爆発四散した。

〝無人だ。インターセプターは反応しなかった。しかしおれたちを狙ったんだ〟

アプロが高速言語を使って言った。ラテルは身を起こし、火の粉をはらう。アプロ、

「いつでもどこでもおれたちは嫌われ者だよな」

「おまえのせいだ。行くぞ、アプロ。このままでは何人死人が出るかわからん。とにかく電力を早くもとにもどそう」

「だけど、ラテル」走ってラテルの後を追いながら、「ほんとに匍冥なんて海賊がいるのかな。サベイジの近くに沈没したあのでかい船だって正体不明なんだろう」

「名札をつけた海賊なんかいるものか。アプロ、おれはやつと撃ち合ったことがある」

「ほんと？　へえ。火星連邦海軍がもっと早く報告を入れていたら、あの船もろともぶっ壊せたのにな。六時間もたってからじゃ、海軍も海賊とぐるだと思えてくる」

「可能性はあるよ」

「なんだって？」

「匈冥とはそういう男だ。カーリー・ドゥルガーは太陽系最強の攻撃型空母として軍が設計したものなんだ。どうやって匈冥がそれを手に入れたのかはわからない。しかしやつがそれを得たのはたしかだ。やつには敵はいないよ。海賊課だってあいつに支配されていないとは言いきれない」

「給料安いのはそのせいかな。海賊はケチだ」

「弱点がないわけじゃない」

「なんだ」

「やつは独りだってことだ。自分の後継ぎを育ててはいない。やつが死ねば——」

「長生きしそうじゃないか。絶対、殺そう。金を横盗りしよう。そしたら刑事なんかやめてさ」

「匈冥IIを名のるのか？　世も末だな。ネコにこの世界が牛耳られるなんて」

「皿洗いに雇ってやるよ、ラテル」

「ひねり殺しちゃろか」

サベイジの町のはずれに来た。パラボラアンテナが夜空をバックに浮かびあがる。電力受信所だった。

ガードロボットが三体、フェンス内に転がっていた。ラテルとアプロは暗い建物を外からうかがう。

「生体反応はないぞ、ラテル」

「入ろう」

窓のない白いぶあいそな建物に足を踏み入れる。ラテルはインターセプター、腕にはめているブレスレット、を環境探査モードにする。空気は正常。脅威反応なし。光はほとんど感じられない。インターセプターが周囲の空間形状の探査を始める。ラテルの腕にその情報が直接入力され、脳に伝わる。視覚ではなかったが、ラテルには建物内の壁や室内の様子が見えた。

「コントロール室だ。アプロ、動力系統を調べろ」

「自家発電システムも壊されているなあ。お手あげだ。インターセプターで基地と直接交信できないかな。いまなら電磁雑音は入らないぜ。サベイジは電磁的に死んでるから」

「屋上へ行って吠えてこいよ。バイオリンでも弾くか、屋根の上で」

「なんで？」

「冗談だよ。だめだな。インターセプターの出力では無理だ。中継しなくては。フムン、自家発電システムはこれか」

「旧式だ」

「予備のパワーパックがあるはずだ。敵は急いでいたらしい。予備のパックまで壊す暇はなかったろう。探せ」

ぶつぶつとアプロはつぶやいたが、やがて金属製のボンベを転がしてくる。

「重いエネルギーチューブだ」

「メインのジェネレータ回路はここだ」

ラテルはコンソール下パネルを開き、手をつっこむ。

「アプロ、入って調べろ。ダイレクトに接続してはだめだぞ。セーフティが作動する。レギュレータを探せ。そこに接続する」

「こういう旧式なのは苦手だ」

「最新だと、苦手どころか歯が立たんのだろ」

「ラテルだって似たようなものじゃないか」

ごそごそとアプロは穴蔵のようなパネル裏に入って、無事に接続。

コンソールに光が次々に点灯。壁のディスプレイパネルが輝く。ラテルはまぶしさに目を細める。

「――なんだ、正常じゃないか、ラテル」

アプロの言うとおり、上空の電力送信アンテナは正しく受信アンテナをとらえている。

「APIはたしかにそう指示しているな。しかし実際はサベイジからずれている」

ラテルはディスプレイのアンテナ方位インジケータを見ながら首をひねる。

「敵はなにを考えているんだ？　入力インジケータは入力ゼロを指してる――それでもアンテナの方位異常を示すサインは出ていない。敵がただ停電を狙うならこんな手のこんだ細工をするはずがない」

「カーリーに送ったんだよ、電力を」

「なるほど。おまえにしてはいい勘だ。敵はアンテナの方位制御機にリピータ・ジャミングをかましたんだ。上空の目標ロック・レーダーの水平方向掃査間隔に同期させて、ここから離れたカーリーを本物の目標だと欺いたんだろう」

「そんなに原始的な制御機なのか」

「多重の制御機構があるだろうさ。ディスプレイに示された情報から、どの機構のどの辺に細工したかわかる」

「メインAPCシステム内だな」

再びアプロが複雑なセット内にもぐりこむ。

「あったよ、ラテル。壊す」

「まて。下手にやると元も子もなくなる。調べろ」

アプロが這い出てきた。

「だめだよ。外れない。電磁ロックがかけられてる」

「外すにはどのくらいの電力が必要だ」

「あの電磁ロックを解除するには、ざっと一ギガVAは要るな」

「一瞬でいいんだろう。強力なパルス電力を加えれば。待ってろ」

ラテルは表に出て、転がっているガードロボットからレーザー発射ユニットをひっぺがした。精密射撃モードにしたレイガンで分解して、もどる。

「爆発発電器だ。こいつもえらく旧式だな」

レイガンのエネルギー・カートリッジの一つを爆発発電ユニットにセット。アプロに渡す。

「オーケー。タイマーをセットしたぞ、ラテル」

アプロが穴蔵からとび出してくる。三、二、一、ゼロ。ラテルとアプロは後ろを向いて耳をふさいでいる。ディスプレイ上の入力インジケータがグリーンに変わる。

「やった。旧式の勝利だ」

「アプロ、発電衛星の制御システムを動かせ。もう一度停電させよう。基地を狙え。ダイモスだ」

「コンピュータの支援なしではできないよ」

「そうだった。われながら天才的なひらめきだと思ったんだが」

「ここは帰ったほうがいいぜ。町にもどってAVを借りよう。それともコンピュータの位置計算プログラムを解析して組みなおすかい」

「そんな時間はない」

「そんな知識はない、と素直に言ったら？」

「そうだな。おまえに見栄をはってもしようがない。こっちがみじめになるだけだ」

「なんか、ばかにされた気分」

「海賊を目の前にして帰るのか……」

「うん。最後の手段があるけどな」

「どうするんだ」

「レイガンを緊急モードで発射するのさ。空に向けて」

「緊急でもないのに使ったら、くびだぞ。海賊課が総力をあげて救援にくるんだ。しかし、総力といわずともせめてラジェンドラの支援がほしいところではある」

「カーリーにはラジェンドラの対コンピュータ破壊能力も通用しないと思うけど」

「時間がない……カーリーは逃げるぞ。どうしたらいい」

「帰って寝よう。腹もいっぱいになったし。いやあ、いい仕事をしたなあ」

「くびにしてやりたい」

アプロが四つん這いになり、うんと前足をふんばって伸びをする。そして、そのまま凍りついたようにコンソールを凝視した。

〝――どうした、アプロ〟高速言語。

ラテルは危険を感じた。レイガンを抜き、腰をおとしてアプロの視線方向へレイガンをかまえる。

光があった。空中に。白い光。ゆっくりと降りてき、コンソールでガラスが砕けるように光が散る。そしてそこに、まるで光の卵からかえったように、小さな人形が立った。半透明で背後がすけて見えている。

〝アプロ。なんだ、これ〟

〝わからない。こんな星系人は知らない〟

二人の刑事の持つ、脅威に反応するインターセプターは沈黙していた。そこにそんな物体がある、ということも感知しなかった。

〝幻覚か〟

〝おれにも見えるよ、ラテル〟

〝グロテスクだ。人間の体に蠅の頭をのっけたようだ。背から鳥の羽のようなものがはえてる〟

〝ちがうよ。おれの星に伝わる、救いをもたらすという伝説の神だ——グロテスクだってのは認める。羽がはえてるのも。でも身体はヒト型じゃない。十六の手足をもつ〟

〝やっぱり幻覚だ。気をつけろ、アプロ。催幻装置があるのかもしれん——海賊の罠か〟

〝だとすると敵はどこに〟

（わたしはあなた方の敵ではない）

それが言った。口はしかし動いていない。

「何者だ」

ラテルはレイガンを油断なくかまえたまま訊く。目をそらすことができない、異様な力を感じる。

（わたしはあなた方の物質界とは別の世界から来た。心のなかからと言ってもよい）

「ばかな。二元論などとうの昔に——」

（正確に伝えることができないから、そのようにたとえたまでのこと。わたしは天使族の戦

士。助けてほしい。魔鬼族がわたしたちに反抗して一人のあなた方の仲間を呼んだ）

「海賊か」

（そうだ。いま発進しようとしている）

「まいったな。アプロ、おれたちが狂っているとしたら、匋冥も狂ったんだ。喜ぶべきか、自分を心配すべきか、迷うね」

「撃て！　ラテル！」

　ラテルはレイガンを発射。目に見えないレイビームが天使をつき抜けてディスプレイパネルを吹き飛ばす。半透明の像はそのままだった。

（助けてほしい。わたしたちにはこの世界の生き物を操ることができない。来て、海賊を、あなた方の敵を、殺してほしい。魔鬼族は海賊に強力な武器を与えた。この世界の熱を奪って作動する、わたしたちを殺せる銃だ。わたしは、あなたの銃に、海賊の銃と同じ能力を与える）

　天使は細い腕をあげて、長い指を一本のばした。指先からまばゆいビームがラテルのレイガンに延びた。レイガンを放り出すまもなく、ビームは消える。

（ただ、エネルギーの入出力は海賊のものとは反対だ。これでバランスがとれる）

「なにをなまいきな。食ってやる」

　アプロがわれに返ってコンソールへとジャンプ。像はかき消すように失せる。

（あなたたちはあの海賊に対抗できる力をもつ。あなたたちだけだ。自由と平和を守ってほ

しい。戦士たちよ。ラウル、アプロ）

声だけが聞こえた。

（ラージェンドーラとともに）

そして静寂がもどった。レイガンに撃たれたディスプレイがちろちろと赤い炎の舌を出している。

「いまのは……なんだと思う、アプロ。天使？　魔物？　ばかばかしい」

ラテルはレイガンをおさめる。アプロにくるりと背を向けて、外に出た。サベイジが電力をとりもどして明るかった。

「たとえて言うと、天使なんだよ。ラテル」

出てきたアプロが言った。

「他に適当な名がなかったから？」

「そうさ。異次元生物なんだ」

「おまえ、信じるのか。単純なネコだな」

「おれ、こういうの好きだ。海賊退治よりも面白そう。どこへ行くんだよ、ラテル」

「それをおれに言わせるのか？」

「言って言って」

「帰って寝るんだ。それから医者に頭を診てもらう」

「ラテル、ラジェンドラだ。ラジェンドラが降りてくる」

「まさか。呼ばなかったぜ」

「天使が呼んだんだ」

ラテルには信じられなかった。しかし夜気をふるわせて降下してくる鋭い矢尻形の船は、まぎれもなく対コンピュータ戦闘用の高機動宇宙フリゲート、ラジェンドラだった。

砂を吹き上げてラジェンドラが接地する。ラテルは腕でその砂嵐から顔を守る。アプロが駆けていく。

「ばかな」ラテルはつぶやく。「天使だって？　天国に来いとでもいうのか」

「来いよ、ラテル」

ラジェンドラの艦底ハッチから伸びるラダーの中ほどでアプロが呼んだ。ラテルは気をとりなおして駆けた。

隔壁のブラスト・ドアを四つ抜け、エレベータで艦橋へ上がる。

「ともあれ、これでカーリーを攻撃できるわけだ」

ブリッジに入ってラテルが言った。

〈本艦はカーリーを攻撃しません〉

ラジェンドラが男性の声で言う。

「なんだって？　すぐそこにいるんだぞ」

〈フィラール・フィロミーナⅣを救出に行きます〉

「どういうことだ。チーフの命令か」

〈そうです〉

「行方不明だったんだよ、ラテル。王女づきの侍女が捜査を頼みにきてた。ラジェンドラ、フィロミーナはどこにいるんだい？」

〈天使と魔鬼の空間に〉

アプロはラテルの気分をわるくさせる笑い声をあげた。

「そいつはいい。行こうぜ。チーフは天使のことを知っているのか」

〈いいえ〉

「海賊を撃て」ラテルはどなる。「海賊を攻撃しろ」

「いいじゃないか、ラテル。敵も天使空間へ行くんだからさ。見ろよ、おれを」

アプロはラテルと目を合わす。ラテルは軽いめまいを感じた。頭を振る。天使を疑う気分は消えている。

「……アプロ、おれの心を凍結したな」

「どんな気分だい」

「敵は海賊」とラテルは言った。「たしかに、ラジェンドラではカーリー・ドゥルガーに勝てない。チャンスを待とう。ラジェンドラ、発進しろ。スクランブル・テイクオフ」

〈ラジャー〉

ラジェンドラは急角度で天をめざして離陸。

エンジンがうなる音のなかに奇妙な聞きなれない物音が混じっているのにラテルは気づい

た。ラテルはブリッジ内を見回す。アプロがコンソールわきからなにかを抱きあげた。

「なんだ、アプロ」

「──卵だ」

「またまた、いいかげんなことを」

「かえろうとしてる。なんだろう。へんなものがあるなあ。ラジェンドラの卵かな」

アプロが白い三〇センチほどの回転楕円型のそれをコンソールにおいた。ピシピシという音をたててそれが割れる。ラテルは目を丸くする。アプロは笑った。

「人間の赤ん坊だよ、ラテル」

「卵から？　アホか」

「卵はケースじゃないのか。保護カプセル」

赤ん坊が泣く。ラテルが抱くと泣きやんだ。

「女の子だ──どうして。海賊課のフリゲート内に捨て子かい。母親の顔が見たいものだ」

「海賊課刑事の卵だにゃ」

〈そうではありません〉

ラジェンドラが言った。ラテルは、ではなんだ、と訊く。

〈その子はメイシアという名です。天使からラテルへの贈り物、あなたの子です〉

「ニャハハハ」アプロが笑いころげる。「ラテル、おまえ、未婚の父だ。ぷふふ、キャハハハ、いつのまに交尾したんだい」

「だまれ、黒猫」

ラテルは困惑し、赤ん坊を抱きなおして、見つめた。メイシアが笑った。

「どうなってるんだ。おれはもう、気が変になりそうだ」

「似合うぜ、ラテル。給料を上げてもらえよ」

アプロがまた吹き出した。

ラジェンドラ、火星大気圏を離脱。

act 2.3 enter # 1, 3, 9

〈敵、ラジェンドラ、火星圏離脱〉

カーリー・ドゥルガーが言った。匋冥はカーリーの戦闘情報司令室で腕を組み、カーリーの報告を無感動に聞く。

〈ラジェンドラ、Ω《オメガ》ドライバ作動。ΩTRシステムを作動させますか？〉

「いや。追跡の必要はない」

ディスプレイ上のラジェンドラを示す輝点が消える。ラジェンドラは太陽圏を離脱。

「運のいい連中だ」

匋冥の背後でシートにもたれたジュビリーが言った。

「カーリーのメインパワーユニットがだめでなければ一撃で消せたものを」

「逃げる者を撃つ必要はない。おれの敵は、おれに向かってくるやつだ。シャル、うろうろ歩き回っていないで、おとなしくシートについていろ」

「いつ、発進できるのですか、キャプテン・匋冥。早く行かなくては」

「おちつけよ、シャルファフィン。王女は子供じゃないんだろう」とジュビリー。

「でも、シュフィール——」

「おれはシュフィールじゃないったら」

ジュビリーは腰をあげて、シャルファフィンの腕をとり、情報司令室ドアの近くにつれていって、壁におしつける。

「匋冥に命令してはいけない」

ジュビリーは低い声でシャルファフィンに忠告する。

「きみを死なせたくはないんだ。同星系人のよしみってやつさ。どうだ、シャル、おれを用心棒に雇う気はないか」

「あなたを？」

「アドバイザーさ。匋冥の機嫌をそこねないコツを教えてやるよ。匋冥以外の、きみに危害を加えそうなやつからは、おれが守ってやる。きみは王女を捜したいんだろう？　匋冥には捜す気はない。きみ一人の力では無理だ」

「わかりました、シャドルー……」

〈ＭＡＧＵ臨界レベルまで、１０秒。9、8、7、6〉

「それで、あなたはなにが望みですか」

〈2、1、0。MAGU、SIMドライブに入りました。安定まで30秒〉

「あててみろよ」

「――シャドルー・シュフィールの復活ですか。わたしはくわしいことは知りません。裏切りシュフィールの事件のことは」

「きみは王女づきだからな」

「……噂はきいています。あなたは罪を一人でかぶったのだという同情的な声もありました」

「シュフィールは死んだよ」ジュビリーは寂しい笑顔で言った。「おれはシュフィーラ……ラック・ジュビリーさ」

「シュフィーラ……悲しい身の上ですね。わたしから陛下に――」

「死んだんだ。おれは海賊さ。金が欲しい。海賊船が。匈冥に逆らうつもりはないが、彼といつもいっしょでは疲れるんだ」

「――その条件はのめません。わたし一人で捜します」

「女王サフィアンがおまえを頼りにしているのがわかるような気がするな。きみはスターダイヤのように硬くて、純だ」

ジュビリーは壁からはなれる。

「オーケー、カーリー」匈冥が命ずる、「SPU作動。NCS、オン。FCS、オン。テスト・シュート」

〈異常ありません〉

「艦体の損傷を調べろ」

ディスプレイ面がにぎやかになる。カーリーの艦底部にわずかな歪《ひず》みが生じている。宇宙空間へ出てから補正すればいいとカーリーは言った。

〈ハイレベル航行にもさしつかえありません〉

「MPU作動。サブエンジン始動。戦闘発進スタンバイ──訂正」それではサベイジを吹き飛ばしてしまう。「レベル1、シャヴ・オフ」

〈ラン‐MPU。スタート‐SE。OPL‐1、シャヴ・オフ、サー〉

カーリー・ドゥルガーは最小出力で垂直離陸を始める。

戦闘情報司令室の機器類をのぞいた壁全体に外の景色が映し出される。シャルファフィンは小さな声をあげる。まるで外に立っているかのような、外部視界と同期された映像だった。真夜中の火星の大地がもりあがり、砂丘がひとつカーリーの上昇とともに消えてしまった。砂の滝が艦首から流れ落ちる。鋭い艦首があらわれる。

「アンダーキール・クリアランス、三〇メートルを維持しろ」

〈UKC‐30メートル、サー〉

「対地水平回頭、艦首方位二〇四五」

〈GH・TR、178グラード、L〉

夜空が旋回する。シャルファフィンはめまいをおこしてシートにつかまった。身体に伝わる力は感じなかったのだが。

〈HDG－2045、サー〉

「オーケー、カーリー、発進だ。出力レベル2、上昇率一〇パーセント。加速三秒」

〈OPL－2。R／C－10。AC3〉

カーリーはサベイジ上空を通過。

「行くぞ、カーリー。メインエンジン始動。出力レベル5。ハード－スターボード」

宇宙船のスターボードは上だ。カーリー・ドゥルガーは艦首をもたげ、星々を目ざす。

〈ハード－スターボード、サー〉

火星の大気を電離させてカーリーは上昇する。大気の抵抗はじきにやんだ。カーリーの戦闘情報司令室内にまたたかぬ星、宇宙《うみ》の硬い暗黒がかえってきた。

「やっと沈没船引き上げに成功したな、キャプテン」

「二度とこんな屈辱はごめんだ」

「さて、どこへ行くんだ」

「カーリー、魔女が入力していった座標空間に向かえ」

〈イエス、サー〉

「どこなんだ?」

「わからない。どこだ、カーリー」

〈Re・CoC－1786・223、CCoCS－アンノウン〉

「わけのわからないことを。どういうことだよ、キャプテン。相対座標はへびつかい座の方向だろう。宇宙標準座標点がわからないはずがない」

「行こう、カーリー」

匋冥はジュビリーの不安気な表情を無視してカーリーに命じた。

〈イエス、サー。スタンバイ‐Ωドライバ〉

「本気なのか、キャプテン」

「おれはいつも本気さ」

〈Ωドライブ‐ETR／SCT‐0449・24：レディ：カウントダウン、5、4、3〉

「キャプテン！」

〈1、ラン‐Ωドライバ。ダウズ‐Ωスペース〉

超膨航法。戦闘情報司令室は対Ωドライブ保護場の発生で赤い光に包まれた。

匋冥は腕を組み、平然としていた。ジュビリーはシャルの手を握って、カーリーの航法ディスプレイを緊張して注視する。いつものΩドライブとは異なる航法パターンだった。超光速膨張空間パターンが連続していない。

「キャプテン……このままでは通常空間へもどれないぞ」

〈そのとおりです〉とカーリーが感情のない声で言った。〈このままではΩスペースからのスリップアウト不能。スタンバイ‐ガルーダ、サー〉

「わかった。ジュビリー、行くぞ」

「ガルーダに乗り換えか」

「カーリーではおそらく大きすぎるんだ」

匋冥は戦闘情報司令室を出て、中央格納庫区への重力エレベータ内に入る。シャルファフィンはそのエレベータ・シャフトをのぞきこんでたじろぐ。垂直の穴だった。床などない。

「心配ないよ」とジュビリー。「重力コントロールされてるから。重力の作用方向を回転させるとこの穴は廊下にもなるけど、いまは落ちるほうが速い。行こう」

「ガルーダとはなんですか」

「フリゲート級宇宙戦闘艦さ。海賊課のラジェンドラと同じクラスの高機動艦だよ」

エレベータを降りて、匋冥は隔壁の前に立つ。ガルーダ収容庫の入口。

「ガルーダへの連絡空間ドアを開け」

〈オープン-SD-ガルーダ、サー〉

壁がまばゆく輝く。三人は光を抜ける。そこはもうガルーダ艦内。重力エレベータ・シャフト内を頭から落ちて艦橋へ。

「カーリー、ガルーダのΩドライバ作動。カーリーと空間同期」

〈イエス、サー。シンクロ完了。レディ-ディスチャージ-ガルーダ、サー〉

「カーリー、おまえはガルーダを切り離したあと通常空間へもどり、第一待機軌道に入れ。一級臨戦態勢で待機、おれを待て」

カーリーは匋冥の命令を復唱。そしてガルーダを未知の世界へと発艦させた。

ガルーダのマザーコンピュータはカーリーから与えられた航法プログラムを忠実に実行する。カーリー・ドゥルガーはΩスペースを離脱。

「カーリー……行っちまったよ。キャプテン、おれたちは魔女の罠にはまったんじゃないのか」

「――出ればわかる」

〈Ωスペース－スリップアウト、３０秒まえ〉

ガルーダはカーリーのような女性声ではなく、男性の声だ。

〈カウントダウン、２８、２７、２６――〉

「どうも今度の仕事は気がのらない」

「仕事ではない」

「王女を捜して下さい、キャプテン」

「どんな世界なんだろうな」

「行けばわかる」

「もう、もどれないかもしれないぜ」

「それは、大丈夫だと思います」

「どうして」

ジュビリーはシャルファフィンの落ち着きがわからない。

「なぜって……占い師がそう言ったのです。キャプテン・匋冥は王女をつれてもどる、と」

「占いか。あてにならないな」

「おれは」と匃冥は言った。「殺されはしない。だが、もどる必要がなければ、もどらない。目的はただひとつだ。魔女をたたきつぶしてやる」

〈スリップアウト。ストップ‐Ωドライバ〉

突然ガルーダは激しく揺れ、三人はブリッジの床に投げ出される。

「ガルーダ、なにをやってる！　スタビライザ作動！」

〈警告。脅威反応あり。対4Dブラスタ・シールド発生完了。脅威接近。ヘッドオン、接近中〉

「フル‐アスターン、フル‐アスターン！」

〈フル‐アスターン、サー〉

ガルーダは全速後退をはじめる。匃冥は素早く身を起こし、ヴィジスクリーンを見た。白くまばゆい球体が接近してくる。それしか目に入らなかった。

シャルの悲鳴。匃冥はガルーダの航行ディスプレイを見、操艦系統がフル‐アスターンに入っているにもかかわらず後退していないのに気づいた。

位置、不明。速度、不明。加速度、不明。

ヴィジスクリーンの、前方の白い球体以外の部分に目をやった匃冥は、そこになにもないのを知った。通常空間なら闇と星があるはずなのに、なにもない。スクリーンの地の表面があるだけだ。なにも映っていない。視覚センサが反応しないのだ。

「ばかな。ここはΩスペース内なのか？　ちがうな——」

一瞬のち、ガルーダは白い光に突入した。

どんな外乱にも安定した姿勢を保つはずのスタビライザはまったく役に立たず、ガルーダは木の葉のように揺れた。三人は激しくゆさぶられる。

シャルファフィンはジュビリーの腕のなかで気を失った。ジュビリーもコンソールに頭を打ちつけて失神した。

匈冥はかろうじてシートにつかまり嵐が去るのを待った。

ガルーダは光に包まれていた。スクリーンが融けそうにまばゆかった。そして匈冥は見た。光に亀裂が入るのを。光の球体にとじこめられている、その球体の内部から、匈冥は自分を包んでいた光の殼が裂けてゆく光景に目を見張った。十文字に入った黒い裂け目が急速に広がってゆく。ガルーダを中心にものすごい速さで空間が広がる。

膨張する宇宙だと匈冥は思った。まばゆい光が急速に後退していく。それらは無数の星々になって飛んでゆき、小さくなった。やがて動きが緩慢になると、匈冥の目の前に宇宙が出現した。

星々の光。黒い宇宙。匈冥はわれに返ってガルーダを呼んだ。

「NSSの異常原因をつきとめて修復。急げ」

〈イエス、サー。トラブルシュート〉

とガルーダが言った。

act 2.4 enter # 5, 7

ラジェンドラ内はてんやわんやの大騒ぎだった。

ラジェンドラはカーリー・ドゥルガーのような大出力はなく、小きざみにΩドライブをくりかえした。艦内が対Ωドライブ保護の赤い光に包まれるたびに、天使の贈り物、赤ん坊、メイシアは火がついたように泣いた。

「うるさいぞ、ラテル」

おろおろと抱き、あやすラテルに、アプロ。

「なんとかしろったら。おれは赤ん坊と海賊は大きらいだ」

「泣く子と黒猫には勝てん」

「わはは、ラテル、そうだろ、おれには勝てないさ」

「おまえは猫じゃない。ネコモドキめ、笑うな。気持わるい」

「うー、うるさい。パパ、しっかりしろ」

「わっ、おもらしした。アプロ、おしめ」

「そんなもん、あるか」

「探してこい。ネコの手も借りたいくらいだ。さっさと行けったら。ヒゲをひっこ抜くぞ」

「水分吸収高分子シート、あるかなあ。ファースト・エイドに」

「シーツを持ってこい」

「仮眠ベッドは反重力カプセルだぜ。シーツなんか――」

「ラジェンドラ、なんとかしろ」

〈宇宙服用インナーシート合成機を作動させましょうか？〉

「ああ。アプロ、行って取ってこい。命令だ」

「なにが命令だ。ラテル、おれは――」

「父は強し。さっさとやらんと、毛皮をはぐ。マフラーにする。三味線にしてやる」

「三味線って？」

「大昔の、ネズミ取り器だ。超音波を出してネズミを追っぱらった。らしい。楽器だという説もあるが――冷たいなあ――早く」

ラテルにけとばされたアプロはブリッジを出てゆく。しばらくしてアプロは宇宙服の下に着る使い捨ての白い下着をかかえてくる。本来なら裸身に射出されるのだが、ラジェンドラはシーツ状に合成した。アプロはその白い布を空中にぱっと広げ、首のインターセプターのレーザーで切りはじめる。

「わっ、わっ、やめろ、アプロ、危ない」

ラテルはレイガンを抜き、精密射撃モードで、白布を狙う。

〈やめて下さい〉ラジェンドラ。〈わたしを壊すつもりですか。まったく、もう、これがわたしの上司かと思うと、電源をショートさせて死んでしまいたい。――ラテル、アプロ、シートは爪で裂けばいいんですよ。アホ〉

ラテルとアプロは顔を見合わせる。

「アホ、だと。あの声、どこかで聞いたような」

「チーフ・バスターの影響だな」

「気に入らんなあ。ラジェンドラなんかぶっ壊してしまおうぜ」

メイシア、泣く。アプロ、うなる。ラテル、アプロの尾をひっつかむと、ダストシュートへ放り込む。アプロ、わめきながら穴を落ちてゆく。黒猫のわめき声が、シューターにぶつかる身体のガランガランという音とともに小さくなってゆく。

埃だらけになってアプロがもどってきたとき、メイシアは清潔にされて、笑っていた。

「おやアプロ、いつから灰色ネコになった」

「ラテル！」

「わかった、わかったって、穴をまちがえたんだ。ほらよ」

ラテル、今度は自動洗浄システムへ通ずるシューターにアプロを放り込む。

「わー、ラテル、おぼえてろ！」ガラン、ゴロン、ガラン、ゴロン、ゴロゴロゴロ。「わー、わー」

アプロは超音波洗浄できれいになってブリッジにたどりついた。アプロは超音波が大きらいだった。息もたえだえに入ってきたアプロは耳をピクピクと痙攣させ、さてラテルにどんな仕返しをしてやろうかと、同僚刑事をにらんだ。

ラテルはメイシアに、べろべろばあ、をやっていて、メイシアはきゃっきゃっと笑っていた。アプロは気勢をそがれてしまう。

「ラテル、しっかりしてくれよな。おれたちは海賊課刑事なんだぜ。いつから保父になったんだよ」

「いいじゃないか。どうせ暇なんだから。ネコを相手にしてるより心安らぐ」

「お、おもしろくない」

「心配するなって。おまえもそのへんを探してみろよ。仔猫の、いやネズミかな、卵があるかもしれないぜ。——ほーら、高い高い」

アプロ、コンソールにのり、口に手をつっこんで耳まで裂けよと唇をひらき、メイシアにうなる。メイシアがわっと泣き出す。そして、メイシアが口を利いた。

「このネコ、いじめる」

「喋った——ききき、気に入らない」

「えらいえらい、よく喋ったなあ、メイシア。大丈夫、ネコ、いじめないよ」

ラテル、レイガンを抜き、銃身を持って台尻で黒猫の頭を、ポカリ。

アプロは頭を両手でおさえてラジェンドラに八つ当り。

「ラジェンドラ、目的地はまだか。足の遅いフリゲートなんだから」

〈アプロ、飛びますか？　射出してあげますよ〉

「きらいだ。やってられねえや。早く海賊退治に行こうぜ。くそ、ラテルはメロメロだ。純情なんだから——海賊の罠かな」

〈最終Ωドライブに移ります。方位1346、スリップアウトの絶対座標点は不明〉

「不明だ？　それはまずいぜ」

〈わたしを信じなさい、アプロ。どこかには出ますよ。確率としてはどこへ出ても不思議ではありません。それがΩドライブです〉

「そこに、子守ロボットを売ってる店があるといいんだが」

「行け、ラジェンドラ！　さっさと地獄へ行こうぜ。ラテルがだめになっちまう」

〈ラジャー〉

ズシン！　突入－Ωスペース。

「……見ろよ、アプロ。メイシアが」

ラテルはメイシアの身が重くなっているのに気づいた。口にはきれいな歯がそろい、みどり児だったメイシアはぐっと女の子らしくなっている。一歳半ってとこだな、とラテルがメイシアをブリッジ床にそっとおくと、メイシアは、はいはいを始め、一〇分後には壁づたいにつかまり立ち、そしてラテルの方に歩いてくるようになっている。

「スリップアウトは？」ぶすっ、とアプロ。「やけに長いじゃないか」

〈計算不能。すでにスリップアウトは完了しているのですが。実に奇妙だ。空間が感じられない〉

「とうとうおまえもぶっ壊れたか。ざまあみろ。おれをコケにするからだ」

〈あなたもわたしと同じ運命だと思うのですが。わたしが壊れたらあなたも危ない〉

「ウーム、そうか。そこまでは考えなかった」

〈こんな刑事がわたしの上司だと思うと——電源をショートして——〉

「ばぶ」とメイシアがラテルに言った。「出る、出る、お外」

「なに？」とラテル。

「ここから？」とアプロ。

〈彼女は天使です、ラテル。従ったほうがいい。わたしの計算より確かでしょう。メイシアは案内をするためにやってきた天使です〉

「わかった。ではメイシア、出ようか」

「待て。危険だ。ラテル。どうかしてしまったんじゃないのか」

ブリッジを出て、いちばん近いエアロックへ。メイシアは宇宙服には目もくれずにエアロックをたたいた。

「おんも、出る、パパ、いっしょ」

「パパ！　感激だな。アプロ、聞いたか？」

「うー、ここで二人の優秀な海賊課刑事がくたばるのか。海賊は喜ぶだろうなあ……最悪の最期は最強の海賊を道づれに、となるところなのに——こんなのは最々悪、超悪的最期だ。もっとケーキを食いたかった。——みんなおまえが悪い！」

「心配いらないって、アプロ。なんならおまえはラジェンドラに残れ」

「冗談じゃない。だれがこんなボロ船と——」

〈同感です〉とラジェンドラ。〈ボロネコ〉

アプロの首のインターセプターからレーザーがラジェンドラ通路のスピーカーに伸びる。

遠くの別のスピーカーからラジェンドラの声。〈いまの損害は給料から差っ引いてもらいますからね〉

エアロック扉が開く。ラテルはメイシアを抱きあげて入った。アプロがしぶしぶ、入る。

「お！　尾がはさまった」

〈すみません、アプロ〉

閉じかけたドアから尾を抜き、アプロ、ぶぜん。「悪意を感ずるなあ。この船、きらいだ」ドアが閉じる。

「ラジェンドラ、艦外環境探査」

〈不能。ラテル、メイシアを放してはいけません。彼女を放さないかぎり危険はないと思います〉

「わかった。……外部ドアを開放しろ」

〈ラジャー〉

ラテルはメイシアを抱きしめる。エアロック警告ランプが赤く点灯。ドア‐オープン。

ドシン、という衝撃。ラテルは突きとばされる感覚に、思わずメイシアを手放しそうになった。が、かろうじてこらえる。

目の前にはなにもなかった。足元にも。ラテルは宙に浮いていた。

ラテルの目前を、金色の泡に包まれた黒猫がさかさまになって、手足をかいて泳いでいる。

「黒猫め。おれの前をアホ面して横切るんじゃない。おれの不幸はいつもおまえが持ってくる」

メイシアは楽しそうに笑う。

「アプロ、こっちへ来い」

声がとどかない。しかしアプロの身は、ラテルの方へ、というよりはメイシアの方に、引っ張られるように近づき、ポンとラテルとメイシアの丸い空間にとび込んで一体となった。

「どこなんだ、ここ。ラジェンドラが見えないぞ、ラテル」

「知るもんか」

周囲は闇だった。物音ひとつしない。

ラテルに抱かれていたメイシアが、三歳くらいになった女の子が、ラテルの手からおりた。そして、天に向かって腕をあげた。天はなかったのだが。メイシアの指先から、まばゆい銀の細い光が伸びた。天から応答があったかのように、銀の光条が、上部から金色に変化し、一瞬後、メイシアの身が金色に輝く。

メイシアの身を包んだ金の光は、つづいてメイシアの身を中心にして、円盤状に高速で広がった。どこまでも、どこまでも。視界のつづく限り。

ラテルはまばゆさに目を細めていた。金の光がうすれる。

メイシアが、くるりとターンして腕を振る。指先から光の粉が散って——そしてラテルは見た。足下の平面に色がついてゆくのを。

「……平面の……町だ……実物大の二次元大都会だ……」

道路、車、街路樹、人々、ビル……それらが、上から見下ろした投影図のままに、メイシアを中心にして広がってゆくのだ。まるで大きな地図を広げるように。

それは地図ではなかった。車も人々も、動いていた。耳をすませば都会の騒音も聞こえてきそうだ……しかしそれらには厚みがなかった。完全な平面。

平面ははるかかなたまで延びた。メイシアが両手を上げる。天にあどけない顔をむけて。

ラテルは目をこらす。遠く、地平線にかすかな変化をみとめる。全周に青い細い光線が走った。と思うまもなく、地平線から空が——青空が立った。空が頂点をめざして形づくられてゆくのだ。それとともに地平線が落ち込みはじめる。

「……なにが起こっているんだ？」

広がる青空に闇が消されてゆく。頭上の円形の闇がどんどん小さくなってゆく。やがて円が点になり、ぱっと白く輝くと、空が完成する。

ラテルは目を見はる。はるか遠くから異様な気配が接近してくる。大津波。

アプロが頭を低くして身がまえる。

「あれは……津波なんかじゃない。アプロ、見ろ、平面世界が——立体化する」

立体化の波は急激におしよせてきた。水面に広がる輪の動きを逆転するように、メイシアに向かって収束する……

「アプロ、なにをやってる?」

ネコ型異星人は平面の地を見つめ、なんと、その平面世界の人間にちょっかいを出していた。平面のその人間は、いきなり頭をぶん殴られて、顔を上に向けた。二次元の、厚みのない顔を。紙に描かれた顔、二次元映画より厚みが感じられない。その男はきょとんと上を見つめ、マヌケ面を振った。

「ニャハハ、こいつ、おれたちがわからないんだぜ」

パカ。ポコ。ペケ。アプロは悪戯をする。平面人間が逃げてゆく。

ラテルは立体化が近づくのを身を硬くして待った。一キロほど先のビルが、地面から、ぐうん、と伸びる。街路樹、車、人間たちが、つぎつぎに厚みを増してゆくのだ。地から生えるように。

「次元が……同期するぞ」

ラテルが叫ぶ。近くのビルが地から急速に上へ向かって伸びはじめる。

「わあ、こりゃあ、すごいや」とアプロ。

アプロは女の頭に手をやっていたが、その女が厚みを持ちはじめる。

「ちんちくりんな顔だなあ」

幅は普通なのだが、背丈がぐっと縮んでいる——女がむくむくと立ち、厚さを増してゆく。

最後まで二次元を保っていたメイシアの周辺も高さを持ちはじめる。

風が立った。ラテルはメイシアの手をとってひざまずき、風から身を守った。風がおさまったとき、アプロは一人の若い女の頭にしがみついていた。

「キャー」と女。「なによ、いきなり！」

いきなりアプロは放り投げられる。ラテルは本能的にレイガンを抜き、インターセプターに攻撃中止を命ずるスイッチを入れている。アプロの首の、殺意に反応するインターセプター・レーザー射撃装置は攻撃前にロック。

「あなたたち」女はおびえた目を向けた。「海賊課ね——撃たないで」

「撃つつもりなら、あなたはとっくに死体になっているさ。どうも、ペットのネコが失礼しました。フム、言葉が通じるというのは……ここは」

ラテルはレイガンをおさめて街を見回した。女はさっさと逃げていった。AVやGEMがいきから うにぎやかな都会だ。

「……ラカートだ。まちがいない。アプロ、おれたちは火星のラカート州首都にいるんだ……ラカートだぜ」

「天使のやつ、座標をまちがえたんじゃないか」

「さあ……しかし、なんとなく、ちがうような気もするな」

ラテルはメイシアを見下ろした。メイシアはにっこりと笑う。五歳くらいに成長している。

ラテルはメイシアをくるんでいた白布をサリーのように巻きなおしてやる。

「パパ、おなかへった」

「メイシア……わかったよ。まず服を買おう。それから食事」

アプロは首のインターセプターを情報収集モードで作動させる。

「位置、確認。ラカートだ。チーフと連絡をとってみようか——わっ、なんだ」

路上の車の動きが乱れる。通行人が上を指さし、潮が引くようにラテルたちから離れてゆく。大きな影が広がった。ラテルは頭上を仰ぐ。巨大な質量を感ずる。

宇宙フリゲートが高層ビルに接触、墜ちてくる。ビルの破片がふりそそいだ。

「ラジェンドラ、大気圏エンジン始動！　スターボード！　ハード - スターボード！」

大気圏内エンジン始動。轟音。ビルの窓がけしとぶ。ラジェンドラは危うくバランスをとりもどすと、ラカートのメインストリート、幅一〇〇メートルの道路へ降下。

「わあ、おれ、知らんぞ、チーフ・バスターに言い訳するのはラジェンドラだ」

「ここはひとまずダイモス基地へ帰ろう」

地上すれすれでラジェンドラはホバリング、ハッチを開き、ラダーを伸ばした。

ラテルはメイシアを横抱きにして、ラジェンドラ内に駆け込んだ。

「発進しろ。スターボード - イージィ」

〈ラジャー〉

「アプロ。しまった、アプロを忘れてきた」

〈警告〉ラジェンドラ。〈脅威接近——対コンピュータ・フリゲートです。攻撃照準波を感知。対CDSシールド発生完了。オープン - FCS。レディ - CDS〉

「なんだって？　海賊か？　とにかく逃げろ。アプロをつれにもどる暇はなさそうだ」

〈ラジャー〉

「敵を調べろ」

〈それが——敵ではありません。脅威は感じますが。識別装置は味方、と判定していますが……わたしが見るところ、あれは海賊課のフリゲートです〉

「ばかな。海賊課がおれたちを攻撃してくるわけがない。海賊の擬装か」

ヴィジスクリーンにそのフリゲートが大映しになる。ラテルは首をかしげる。

「信じられないな。あれはたしかに」

〈対コンピュータ・フリゲート、タイプⅢ〉

「ラジェンドラか——偽物の？」

「おふね、おふね」

とメイシアがスクリーンを指して笑った。

「同じ、おふねよ」

「……どういうことだ……ラジェンドラ、攻撃するな。最大出力で離脱」

〈ラジャー〉

ラジェンドラ、もうひとつのラジェンドラのコンピュータ破壊ビーム《CDS》攻撃から逃がれて、上昇する。

「わー、ラテル、待ってくれ」

アプロはラジェンドラが赤い炎に包まれて急速上昇してゆくのを怒りの目で見送る。ラジェンドラは三秒で赤い輝点となって、視界から消える。

「くそう、そっちがその気なら、おれはもう迎えが来るまで帰らないからな」

黒猫型刑事はぶつぶつ言いながらラカート宇宙港へと歩きはじめて、耳なれた音が頭上に響くのを聞いた。

「なんだ」アプロ、上を見る。「ラジェンドラか。早いね。根性が足りないんだよなあ」

ラジェンドラは広いメインストリートにその鋭い艦首を向けて降下してきた。威嚇的な形が地上に接近する。ビルの谷間をアプロに向かって微速前進。エンジンの爆音。

おーい、とアプロは短い手を振った。ラジェンドラは空中停止。ラダーをおろして、そこから一人の男が出てきた。

アプロはインターセプターを作動、自分の居場所を知らせた。すると、ラジェンドラからおりてきた男は素早く銃を抜き、そしてアプロを認めると――いきなり発砲した。

アプロはとっさにジャンプ。背後のビル外壁が吹き飛ぶ。

「なんだよ！」

アプロは驚愕する。

「ラテル！　なにをする！」

本気なのだとアプロは悟った。同僚刑事は本気で自分を狙っている。身をひねって跳び、アプロはレーザーを発射。射程外。着地して、路地に走り込む。全身の黒い毛が逆立つ。アプロはうなりながら、駆ける。わけがわからなかった。ラテル、ラテル、どうしてだよ、親友じゃないか！

アプロは必死に駆けた。レイガンの射線が足元の路面をえぐる。アプロ、身を急激に振って、とんぼ返り、わき道にそれる。

アプロは逆転した視野内に、それを見た。

ラテルと思っていた男の後から走ってくる、黒い猫型刑事を。

「——あれは！　おれ？」

ここはラカートではない。アプロは全力で疾走する。似て非なる世界だ。アプロは素早く頭を回転させる。

ラテルに狙われては、ラテルとアプロ——おれ自身に追われては、逃げ切るのは無理だ。

おそらく自分は、海賊課刑事に化けた海賊と思われているのだろう。インターセプターは正常に反応している。正常というのが問題だ。自分がもし追う立場だったなら、海賊課刑事の持つインターセプターと同じ物を正体不明の者が身につけているなどというのは許さず、徹底的に追及して真相を解こうとするだろう。そんな芸当ができるのは海賊しかいないと判断し、見つけしだい射殺するにちがいない。

疾走する。ラテルめ。いまはあの射撃の腕がうらめしい。逃げられない。説明する余裕もありそうにない。どうする、アプロ——アプロは自分のおかれた立場を熱い頭で考え、長い間刑事として死線をくぐり抜けてきた勘を働かせる。アプロは周囲に目を走らせる。とっさに、角を曲がる。その行動は、考えた末のものではなかった。アプロは逃げながら自分の勘を信じた。

やられてたまるか。

メインストリートに出る。ラジェンドラが待機していた。アプロはラダーを駆けあがる。

「ラジェンドラ、コードZAKI（緊急事態）発生。ラダー収容、スクランブル！」

アプロは息をつめて、ラジェンドラの返答を待った。長い時間がすぎたように思われたが、ラジェンドラは即答している。

〈ZAKI了解、スクランブル・テイクオフ〉

似て非なる――ラジェンドラ、急速戦闘発進する。アプロは自分の勘が正しいのを知って息をついた。命拾い。

「とんでもないところに来てしまったなあ」

〈アプロ、ラテルはどうしました？〉

「知るか。下で鬼ごっこでもやってるさ。ラジェンドラ……いやあ、いまほどおまえが頼もしく思えたことはなかったぜ」

〈それはどうも〉とラジェンドラは言った。〈光栄です、アプロ〉

アプロはブリッジ床に伸びた。フニャ。

return monitor level

3　define new entrants

匈冥《ヨウメイ》・シャローム・ツザッキィ：＃2
シャルファフィン・シャル：＃4
ラウル・ラテル・サトル：＃6
アプロ：＃8
ラック・ジュビリー：＃10
フィラール・フィロミーナⅣ：＃12

comments

ここに定義された者たちはレベル2に登場する。レベル2では、レベル1において定義された人物たちはドッペルゲンガーとなる。

同場面に同じキャラクターが登場する際には、ドッペルゲンガーの立場におかれた者に対して#マークをそえて区別する。

4 stack level 2

act 4.1 enter #4, 6, 8

「対コンピュータ・フリゲート・タイプⅢ、ラジェンドラそっくりの海賊船が現われた、だと？　で、のこのこと帰ってきたのか」

海賊課のチーフ・オフィスでチーフ・バスターが二人の部下を前にして言った。

「はい、チーフ」とラテル・サトル。

「それは、まあよかろう。だが、正体不明の海賊に、ラジェンドラを奪われるとは、どういうことだ」

「はい、チーフ……申し訳ありません」

「なんたる失態。海賊課はじまって以来のドジだ。ラテル、アプロ、なんでそんな平気な顔をしていられる」

「いろいろな顔を用意したんですよ、チーフ、これでも」とアプロ。「で、チーフ、ラカートから基地までの民間機での帰投料金は必要経費でおちますすよね？」

「このアホども！　おまえらの顔を見るたびに、わたしの目つきが悪くなっていく。どうしてくれる」

「どうしてほしいんです」とアプロ。

「報道管制をしく。一級管制だ」

「なんだい」とアプロはつぶやく。「いつも手柄を立てたおれたちの前にしゃしゃり出てインタビューを受けるくせに。『わたしの部下は実によくやった。わたしはチーフ・バスター、こんどの事件はわたしの思うところでは――』なんちゃって」ぶつぶつぶつぶつ。

「それがいいと思います」ラテル。「外部に知られたら海賊課の威信にかかわる。海賊に甘く見られてはいけない」

「威信を堕としているのはラテル、おまえじゃないか」

「あの、おれは？　――くそ、無視されてる。おもしろくない」

「責任は感じています。チーフ。しかし、あんな海賊ははじめてだ。アプロにそっくりだった――この、アプロと。もう少しで殺《や》られるところでした」

ラテルは首筋をなでた。レーザービームのかすった傷跡。

ラテルの身に傷を負わせた相手は過去三人の海賊だけだった。匋冥・ツザッキィ、ラック・ジュビリー、それから妖しい微笑みで近づいてきた女海賊。

「射程内だったら殺されていました」

「……おまえが、な。いったい何者なんだ」

「おれにそっくりだなんて、気に入らない。殺そう」

「ラジェンドラの行方は不明だ。ラジェンドラは、しかしなぜだ……ラジェンドラを操れるのはおまえたちだけなんだぞ」

「チーフをのぞけば、でしょ」

「アプロ、おまえ、このわたしを疑うのか？　よかろう、おまえにそっくりだというその海賊、わたしの手で殺《や》ってやる。殺す。たたき殺す。ぶち殺す。ひねり殺す。えぐり殺す。こね殺す」

「なんだか暗い表現だなあ」

「わたしは大真面目だ、アプロ。おまえには事の重大さがわかっておらんようだ。いつものことではあるな、フム、まったくおまえのようなネコは——もとへ——生き物は敵にしたくないものだ。その、おまえが、おまえに似た一匹が——もとへ——一人が、いまラテルに傷を負わせ、ラジェンドラを奪った。頭痛がしてきた。……アプロ、ラテル、さがっていい。この事件は他の者にやらせよう。海賊課の名誉がかかっている。総力をあげてラジェンドラを取りもどす。海賊め。なめるなよ。思い知らしてやるからな」

「おれもそう思うけどチーフ、なにもおれの顔を見て言わなくても——」

「言いやすい顔をしとるんだよ」

「仕事は？　休暇をもらえるのかい」

「苦情処理を命ずる。いいな、アプロ、処理だぞ。増やすんじゃない。わかっているな？　ラテル、おまえもだ」

「はい、チーフ」

アプロはぷいとオフィスを出て行った。ラテルはアプロにつづこうとして、チーフ・バスターに呼びとめられた。

「ラテル」

「はい、チーフ」

「あまり熱くなるな。おまえは熱くなるほど態度が冷たくなる。わたしは優秀な部下を死なせたくはない。早まったまねはするな。命令に従え。いいな？」

「はい、チーフ」

「傷は大丈夫か」

「たいした傷ではありません。生きてますよ」

「おまえほどの男を……信じられんな」

「まったく、アプロにそっくりだった。インターセプターもそいつをアプロだと認めているんだ。一瞬、アプロを撃ったような錯覚にとらわれました」

「アプロはいいやつだ。それほど似ているなら、狙いが鈍るのも無理はないのかもしれん」

「おれには自信がない。もう一度あの敵に会ったとき本物のアプロと見分けることができるかどうか」

「少し休め。海賊課の本部まで苦情を言いにくる者などおらん。海賊はそうしたいだろうが。昼寝でもしているがいい。事務処理は機械がやる」

「来たんだ」

「なに？」

「あいつらです。ラジェンドラとアプロの偽物……もしかしたら、本物なのかもしれない」

「どういうことだ」

「わかりません。しかし──」

「休め」

とチーフ・バスターは言った。

ラテルはチーフのオフィスを出て、エレベータに乗り、ダイモス基地ドームの外周展望路に出た。頭上に黒い宇宙《そら》、そして巨大な赤い惑星。

海賊課・苦情処理係のオフィスにはアプロの姿はなかった。太陽圏内から入ってくる海賊課への苦情は、人あたりのよい人工知能機械が高速で処理していた。海賊課刑事が一般市民に与えた損害を調べて補償額を相手側と交渉し、それでもだめなときは中立の第三者を立てて査定してもらう。最後の手段は海賊課活動権を発動して苦情などねじふせてしまう。

ラテルはエレベータで地下の射撃訓練センターへおりた。ラテルは合法的に何人もの人間を殺してきた。それが海賊なら、太陽圏の首長を射つのもためらわなかった。海賊課刑事にはそれが許されている。そのような力を公認された機関は宇宙広しといえども海賊課だけだった。

そのおれが、とラテルは思った。あのアプロに似た敵を仕とめそこなったのはなぜだろう。

チーフ・バスターの言うように、自分はためらったのだろうか。

海賊め……とラテルはつぶやく。おれの両親と弟を奪った。そして、そして――愛する女を。

射撃訓練センターはがらんとしている。広い空間のなかで、黒い猫が踊っていた。アプロはとんぼ返りをうって、脳波に感応するインターセプター・レーザーを発射。空中を浮遊する標的ボールを撃つ。ラテルはアプロの動きに目を走らせ、次に、アプロが狙うであろう小さな透明に近い青い球群の一つを予想し、レイガンを抜き、引金を引きしぼる。大出力レイビームは目標を粉砕、周囲五メートル内のボール群も吹きとばす。

モーナ、おれが愛した女。おれを射ち、血を流させた唯一の女だ。知らなかった。いまだに信じられない。おれは本気だった。彼女も、たぶん。罠にかけようとしたのだ、などとは思いたくない。モーナ。海賊課刑事が愛した女海賊。なぜ、彼女が海賊でなくてはならないんだ……おれはモーナを、この手で――

レイガンのマガジンを落とし、ガン内アキュムレータの放出エネルギーで目標を射ちながら新しいマガジンをセット、切れ目なしに連射。四十八の目標が三秒半で消滅する。

「ラテル、まとめてぶっ壊すなよ。あれじゃあ市民もまきぞえだぜ」

「なんだ、おまえらしくもないことを」

「おれの的を横盗りするな」

高い天井からあらたな標的が五十。二群に分かれて、黒猫に青いレーザービームを発射。

アプロはひらりとかわしながらレーザーをぶっぱなす。

ラテルはもう一群の標的球が放つ低出力レーザービームを受けて、ぼんやりと立つ。一条のビームが眼に入る。微力なレーザーだったが、痛みを感ずる。ラテルは頭にきた。

レイガンのレバーを最大出力へ、標的球射出口に向けて発射。天井の射出筒がまばゆく輝き、融けた金属が炎をふいて落下した。

「さすがラテル」とアプロ。「なるほど、抜本的な処置だな。もう標的は出てこん」

融け落ちた標的射出システムが床で再爆発。燃える破片が煙を引いてとび散る。ラテルは飛んでくる小片をすべて狙い撃つ。破片は蒸発する。センター内の換気システムが煙を吸い出す。

「むなしい」

「かっこつけちゃって。ラテル、またふられた女のことでも思い出したんだろう。モーナのこと。でも彼女は最悪の海賊だったぜ」

「モーナ……皮肉な名だな。〝最愛の人〟……おれには銃が似合っているよ。あのとき思い知ったんだ」

「昔のはなしだ。三年になる。おまえと組んですぐだったから」

「そう。昔のことさ。しかし、なつかしむほど昔じゃない」

「さっさと食えばよかったんだよ、モーナを」

「おまえの感覚にはついていけん」

「おれもさ」

〈ラテル。アプロ〉センター内の空中に大きなホログラフ、チーフ・バスターの顔が出現する。〈また壊したな。いいか、もう一度やったら二級刑事に降格だ。遊ぶのはよせ。仕事だ〉

「仕事ですか？」

〈苦情処理だ。信じられんが、のりこんできたぞ。行って相手をしてこい〉

「だれです」

〈ランサス星系の王女づき女官、シャルなんとかといった〉

「ああ、知ってるよ」とアプロ。「ラカートでちょっとしたごたごたがあったんだ。王女がさらわれたとかで」

アプロはセンターを出た。ラテルは歩きながらアプロの話を聞いた。

ランサスの王女、フィロミーナⅣが火星にやってきて、ラカート市内で行方をくらませた。王女は侍女の一人に化けていたのだということをアプロは見抜いた。結局アプロが動く前に王女は帰ってきたのだが。

「ラテル、ハート型のピンクのコンタクトレンズを用意しろよ」

「なんで」

「あっと驚く美人だぞ。その、えーと、シャルファファフィン・シャルファファフィア。おれから見たらブスだけど、おれ、おまえの好み知ってるから」

「フム。おまえがブスと言うなら、美人まちがいなしだな」

「早めにつばつけといて、食ったら？」

「うまいかな」

「好みが同じだとコンビ解消だ」

「それは言える」

苦情処理係の窓口へ行く。ラテルはアプロが正しいのを認める。シャルファフィンというランサス星系の女は、簡素で機械的な苦情処理室を美術館か宝物館に変えてしまった。黒にも見える深緑の豊かな髪、銀色の髪飾り、エメラルドの眼、白磁の肌、夜を切りとったかのようなミッドナイトブルーのスターシルク・ロングドレス。シャルファフィンは入ってくるアプロを見ると細い眉をかすかによせ、ラテルに優雅に腰をかがめて礼をする。

ふっと息を吐くラテル。苦情処理室のコンピュータ群の物音、殺風景な雰囲気がよみがえる。

ラテルは頭を垂れたシャルファフィンの髪飾りを見てとる。ランサス・フィラール王家の紋章だ。この女──美しさと同時に、ランサスではかなり高級な地位を得ているんだ。

ラテルは女の背後、室の外に素早く目を走らせた。無意識に銃のグリップに手をおいて。供の者、侍従、ガードマン、シークレット・サービス、そのような者をつれているにちがいないと思った。この優美な女を守るためなら、百万の兵士の命を費やしても惜《お》しくない──ラテルはそんな思いにとらわれた。だが、女は一人だった。見たところ。宇宙にランサス機動艦隊がいるかもしれないが。もしそうなら、これは苦情を言いにきたのではなくて、海賊課に対する宣戦布告だ。

「おひとりですか」

「はい、シャドルー」

「わたしはラテル。ラウル・ラテル」

「申し遅れました。わたくしはランサス・フィラール・フィロミーナⅣ付き首席女官、シャルファフィン・シャルファファフィア」

「それで御用件は」

「あの、シャドルー・ラウル、銃から手を離していただけませんか」

「よけいなお世話だ」とアプロ。「ここは海賊の巣だぜ」

「海賊課の、だ。失礼。アプロがなにか失礼をしたとかで」

「いいいつ、おれが」

ラテル、さりげなく足でアプロを後ろへ追いやる。

「うぷ。いて。ラテル、目、目に気をつけろ。しっかりハート型になってるぞ」

「だまれ。——失敬。では、なぜここに？　しかもひとりで。王女が行方不明になった件はかたづいたはずですが」

「王女が？　そうですか……わたくしは、行方不明になったのは侍女のひとりだと申し上げたはずですが……さすがは海賊課ですわね。御存知だったとは。そのとおりです。王女は散歩に出られて、五日間行方が知れませんでした」

「でも、ちゃんともどってこられた。問題はないでしょう。そのような件では、わたしたちは動かない。連邦警察の仕事だ」

「行方不明になったのがフィラール・フィロミーナⅣ王女だったということは、外部に漏らしませんでしたか」

「海賊課だぜ。なにをやろうとおれたちの勝手――うぷ」

「漏らしたりはしません。ここのコンピュータ群が盗み聞きして外部と通信しないかぎりは。それがなにか？」

「あの――ここでは」

「わかりました。教会へ行きましょう」

「海賊課に教会が？」

「あります。完璧に電磁シールドされた室が。インターセプターも沈黙してしまう空間だ」

ラテルはシャルを海賊課本部でもっとも静かで孤独になれる場所へつれていった。シャルはそよ風のようについてきた。アプロが教会の扉をするりと抜けて入ってくる。

教会堂はほのかな白い光に包まれている。天井は高い。円形の部屋。床は平面ではなくすり鉢状に窪んでいて、その斜面は同心円状の石の階段、その底は円形の闇だ。宇宙の深淵を臨む窓。目をこらせばさまざまな色の星々が冷たく光る。

ここでラテルは祈る。神よ、海賊に対抗できる力を。望みはそれだけだ。ラテルは祈りが通じているのをたしかに感ずる。この世は目に見えぬ力に支配されている。自分は生きているのではない、生かされているのだ、と。

「静かですね」

ラテルは石段に腰かけてうなずく。

「盗聴の心配はない。聴いているのは神だけだ」

「神を信じているのですか？」

「海賊が殺戮の女神を信ずるようにね」

「どんな神ですか、この教会の神は」

「さあ。見たことがないので、なんともいえない」

「特定の宗教会堂ではないのですね？　いわば海賊課の守護神ですか。嫉妬ぶかい神ですと困ります。わたしはシュラークを信じていますから」

「心理安定室さ」とアプロが言った。「神なんかいるものか」

シャルファフィンは微笑んで両手を胸にあてて祈り、石段にラテルと並んで腰を下ろした。スターシルクの軽やかな衣ずれの音が聞こえるほど静かだった。

「王女のことなのです」とシャルが口をひらいた。「帰ってきた王女の。信じていただけないかもしれませんが、わたくしには、その王女が、どうしても本物とは思えないのです」

「なんだって？」

ラテルの声が大きくひびく。

「偽物だというのか——王女が。ラジェンドラとアプロ、そしてフィラールの王女か。わっ、アプロ、なんだ」

アプロの両目に〝！〟と〝？〟マークが出ている。

「この！　雰囲気をこわすんじゃない！」

ラテルはアプロの頭をひっぱたく。！と？マークを入れたコンタクトレンズがぽろりとアプロの目からおちる。

「わー、どこかへいっちまった」

「目からうろこがとれただろうが。——王女は確かに偽物なのですか？」

「証拠はありません。ですが、どこかおかしいのです。言葉では説明できないのですが……五官で感ずる以外の、なにかです。神の領域に属することかもしれません。どこかちがうのです。王女の身に触れるとそれを感じます。薄いベールを通して触れるような不安感があって……わたくし以外に気がつかれたのは女王陛下だけですが。あの王女は王女ではありませ

ん」

「まるで生霊のようだと言いたいのでしょう」

「そう、そのとおりです、シャドルー」

「完全なコピーだ。海賊の仕業かもしれない。すると本物の王女はどこか別にいるわけだな。火星ラカートか。そこで入れ換わったんだ」

〝信じるのか、ラテル〟高速言語。

〝おまえの偽物と会わなかったら信じなかっただろうな。高速言語でおまえの偽物と話してみたいものだ。海賊はそこまでコピーはできまい。アプロ、ラカートへ行くか〟

〝どうしてだよ。本気なのか？〟

〝苦情処理も仕事のうちさ〟

〝これは苦情じゃないぜ〟

〝シャルが最初に来たときにおまえが王女の捜索をやっていればこんなことにはならなかったんだ。ちょうどいいじゃないか。偽王女事件と偽黒猫事件はつながっているとおれは思う。ここで指をくわえているなんて性分に合わん。おれは行く〟

〝で、また苦情がどっと舞い込むわけだな。王女が偽物だと決まったわけじゃないぞ〟

〝本物を捜し出せばいい。それで決まりだ。理由なんかどうでもいいんだ。動ける口実さえあれば。ここで暇をつぶすなんて、愛銃が泣く。敵は海賊だ。一匹残らず撃ち殺してやる〟

〝ラテル、調子がもどってきたな。わかった、行くよ。おまえ一人じゃ頼りない〟

ラテルは立った。

「シャドルー・ラウル。信じていただけるのですね？」

「なぜ女王の捜査機関を動かさないいんだい」

アプロが皮肉をこめて言った。

「おれたちは便利屋じゃないんだぜ」

「このお願いはわたくしの一存で決めたことです。王女が偽だとはだれにも漏らしたくはありません」

〝フィラール王家は女王派と反女王派に分かれているんだ、アプロ。偽王女事件を公にしたら反女王派につけこまれる。女王も苦しいところだろう。女王はこのシャルを信頼して任せたんだ。この女は命をかけている〟

「真の王女を捜し出していただけるのなら、費用と謝礼はお望みのままに」

「おれたちは刑事だ。私立探偵ではない」

「ですが、シャドルー・ラウル」

「休暇をとろうか、ラテル。アルバイトをしようぜ」

「海賊を相手にするには海賊課の力が必要だ。おれは殺人犯にはなりたくない。行くぞ、アプロ。仕事だ」

「ありがとうございます、シャドルー」

「たくもう、いい女には甘いんだから」

「シャル、あなたにはラカートを案内してもらう。王女がどこで消えたのか」

「わかりました。シャドルー・ラウル」

「その、シャドルーというのはやめてくれ。おれは女王づきの戦士じゃない。勇敢でもなんでもない。おれは海賊課のラテル。敵は海賊さ。おれはあなたのために動くわけじゃない。礼など無用だ」

「はい、ラテル。でも、感謝しております。こんなに簡単に信じていただけるとは——」

「美人は得だよなあ」

とアプロがいやらしい笑い声を立てた。

ラテル、教会の外に出てチーフ・バスターに告げる。

「ラテルとアプロ、苦情処理に出かけます」

〈なんだと？　どこへ行くつもりだ〉

ラテルはインターセプターに言う。

「ラカートですよ。苦情処理のための現場検証です。苦情ナンバー、R104792。以上」

ラテル、アプロとシャルファフィンとともに、シャルのCFVに乗りこみ、ダイモス基地から発進。

act 4.2 enter #5

メイシアは八歳くらいのかわいい娘に成長していた。

「きみは……何者なんだ、メイシア。本当に天使なのかい？」

メイシアはふっくらした顔で、きょとんとラテルを見上げる。ラテルのジャケットをつんつんとひいて、

「パパ、おなかへった」

「ふむん。だろうなあ。生まれてからなにも食べてないんだものな。ラジェンドラ、なにか

つくれるか」

〈戦闘非常食なら〉

「よそう。そんなもん、見たくもない。ラジェンドラ、現在位置は」

〈戦闘回避中。地球軌道面をレベル3航行〉

「帰ろう。ダイモス基地へ帰投」

〈ラジャー。レディ-Ωドライバ〉

　ブリッジが赤い光に包まれる。

〈ラン-Ωドライバ。ダウズ-Ωスペース〉

　ラジェンドラ、艦体を輝かせる。急速に膨張、光を薄れさせながら霧のように拡散する。一瞬後、太陽系いっぱいにラジェンドラは広がり、そのどこにも同時に存在するという状態になる。時をおかず、ダイモス近くにラジェンドラは収束する。光が集まって、ラジェンドラは正常質量をとりもどす。スリップアウト。

「ラジェンドラ、基地と連絡をとれ。チーフ・バスターの機嫌をそこねないように」

〈わかりました。第三ポートにつきます――ラテル、チーフから伝言、『よくやった』。意味が通らないと思いませんか？　わたしの論理回路では理解できません。ラテル、危険を感じます――オープン-FCS、レディ-CDS。攻撃準備完了〉

「なにをばかな。ポートに入れ。おれは腹がへってるんだ」

〈しかしラテル〉

「おれは空腹だ。ポート‐イージィ」

〈わかりました。メイシアを放してはいけません、ラテル。天使の加護がありますように〉

「まったくおまえは、アプロより人間的だよ。心配いらないって。なにが危険だ？　ここはおれたちの巣じゃないか」

ラジェンドラ、広域宇宙警察・太陽圏本部・ダイモス基地のポートに入港する。

ラテルはメイシアの手を引いてラジェンドラを降り、チーフ・バスターに呼ばれてチーフ・オフィスに入った。

「早かったな、ラテル」

とチーフ・バスターは言って、指をくわえている女の子に目をとめた。

「だれだ？」

「はあ。娘です」

「サトルくん、き、きみには隠し子があったのかね。まさか——モーナの子か、ラテル？」

「ばかな。天使ですよ。メイシアは……人間ではなさそうだ」

「おまえはまったくわたしの頭を変にさせる妙なものばかりを持ち込んでくる。まあ、いい。わたしには関係ない。おまえのプライベートには干渉せん。しかしラジェンドラをこうも早くとりもどすとはな。さすがはラテル。よくやった。で、どこで見つけた」

「どこで？　なんの話です」

「ラジェンドラさ。偽アプロにぶんどられたと言ったろうが」

「偽アプロだって？」

チーフ・バスターは眉をかすかにひそめた。

ラテルはわけがわからずに首をかしげる。

「ラテル……おまえは火星ラカートへ行ったはずだ。苦情処理に。ランサス星系の王女を捜すと言ってな。――アプロはどうした」

「フィラール・フィロミーナの件は食事をとってからと思いますが……アプロはラカートに忘れてきました。偽ラジェンドラが現われたもので」

「偽ラジェンドラか。フム。ラテル、そこを動くなよ。右手を銃から離せ」

「チーフ？」

チーフ・バスターは右腕のインターセプターをあげる。

「ラテル、アプロ、応答しろ」

「なにをやっているんです、チーフ？」

ラテルはチーフ・バスターのインターセプターから、自分の声で応答があるのをたしかに聞き、反射的にレイガンに手をかける。

「おまえ――海賊だな」

ラテルとチーフ・バスターは同時に叫ぶ。

「海賊課にのりこんでくるとはいい度胸だ」とチーフ・バスター。

「おまえは匈冥の手下か」とラテル。「おれの偽物はどこだ。本物のチーフをどうした」

ラテルの腕のインターセプターが警告を発する。ラジェンドラがラテルのインターセプターをインターセプト、〈警告。攻撃しなさい、ラテル。——撃ちます〉

ラテルのインターセプター、チーフ・バスターの腕の海賊課の象徴である腕輪をレーザー攻撃。チーフ・バスターのインターセプターが破壊される。

「ラテル！　いいや、ラテルの偽物め！　生きてここを出られると思うなよ！」

腕をおさえてチーフ・バスターはどなった。手を伸ばしデスクの上のスイッチを入れる。防御バリアがチーフとデスク周囲を守る。透明なシールド。ラテルは瞬間、背後のガードシステムの作動を察知、メイシアを突きとばしながらレイガンを抜き、身をひるがえし、発射。

レイガンはレイビームを発射しなかった。ラテルは見た。オフィスのガードシステムと愛銃の間に渡る細い銀色のビームを。目標と愛銃の中間点から、両側に伸びる銀糸。ほんの一瞬だった。ラテルは床に倒れ込みながら、壁にはめこまれた円盤状のガードシステムが白く凍りつき爆散するのを見る。おれの愛銃は——冷凍銃になってる——ここは自分がもといた世界ではない。あの天使族の戦士、あの幻が言ったことは本当だったんだ——あいつはどこにいるんだ？

ラテル、とびおきて、メイシアを助けおこす。メイシアは泣きそうな顔。

「泣くな、メイシア、たのむよ。おれは保育士資格はもってない」

チーフ・バスター、デスク上のインターコムに手を伸ばす。まずいな、とラテルは思う、海賊課全部を敵に回したら生きてはいられない。ラテルはレイガンをかまえ、インターコムを射つ。

銀色のビームは防御バリアをつきぬけてインターコムを吹きとばした。

「その銃は?!　バリアが効かない?」

「チーフ、話せばわかります——なにをするんですか、やめてください!」

チーフ・バスターはバリアを消去、レイガンを抜き、メイシアを狙う。ラテル、とっさにメイシアを後ろにかばう。レイビームが右上腕を焼く。激痛。ラテルは愛銃を空中にお手玉のように投げ上げ、落下する銃を左手でキャッチ、チーフ・バスターの銃を狙い撃った。チーフ・バスターの手のなかの銃が消滅する。チーフ、しびれる腕をおさえ、苦痛よりも驚きの表情をうかべてラテルを見やった。

〝……おまえ……ラテルか?　海賊が命がけで子供を守るとは思えん……芝居なら立派なものだが〟高速言語で、チーフ。

オフィスの生体感知器がチーフ・バスターの身体異常をとらえて警報を出す。

〝チーフ、大丈夫ですか〟高速言語でこたえる。

〝わたしにはなにがどうなっているのかわからん。しかしおまえは……ラテルだ。でなければわたしを撃っていたろうからな。それとも、もっと別なものを狙っているのか?〟

〝ラテルですよ、最初からそう言っているではないですか。チーフ、命がけでそれを確かめるなんて、自重してください、危ないな〟

〝その銃はレイガンではない——疑いは消えてはいない。しかし海賊とも思えん。ラテル、出ていけ。助けてはやれんぞ。非常警戒システムが作動している。わたしの身体を傷つけた者を自動排除するだろう。わたしの命令でもそれを止めることはできん。早く行け、ラテル……もうひとりのラテルか……信じられんが……逃げろ、早く。その子も狙われるぞ〟

ラテルはメイシアの手を引いてオフィスをとび出す。廊下のガードシステムをぶちぬく。球型のガードロボットが接近してくる。レイガンを連射。レイガン？　これは聖銃だ。

「絶望的だな。メイシア……さあ、しっかり。——笑うな。おかしくないの！」

「だって、あの丸いロボット、かわゆい」

「かわゆくない！」

ラジェンドラの待つポートまで生きてたどりつく自信はなかった。ガードロボットたちは、生体に侵入した細菌に集まる白血球のようにラテルとメイシアを襲う。

ラテル、メイシアを右腕で抱きかかえ、左手で撃ちまくる。

「チーフ、なんとかしてください」

〈だめだ、ラテル。ガードロボットを狙い撃つ者は敵と判定されるから、だれも手出しはできん〉

「くそう——おれは黴菌《ばいきん》じゃないぞ。チーフ、基地ガードシステムのホストコンピュータを破壊する」

〈ばかを言うな——許可しない。おまえ、やはり海賊か。基地を無防備にするなんて——〉

ラテルはその言葉を無視。安全な場所は……そう、ひとつだけだ、この近くのレベルに聖域がある。海賊課教会堂。

「ラジェンドラ、対光素子攻撃用意。目標、DBGS－HCU」

〈ラジャー。セット－CDS・タイプL〉

レイガンを最大出力に。おしよせるロボット群がまとめて爆発四散する。廊下に爆風。冷気に周囲が真っ白になる。ラテルとメイシア、爆風でいっきに飛ばされる。ラテル、重い扉を開き、入る前にラジェンドラに命じる。

「目標完全破壊、ファイア！」

〈ファイア〉

冷気を抜けてあらたな球型ロボット群。ラテルはメイシアを抱きかかえ、聖域へ。ロボット群のセンサから二人がかき失せる。ロボットたちは教会堂には入れなかった。ガードシステムのホストコンピュータは目標がそこに入っていることはわかっていた。あとは待つだけだった。だがホストコンピュータは待つことはできなかった。攻撃照準波を感知。一瞬後、CDS・Ω粒子がホストコンピュータを襲う。コンピュータ破壊ビームはあらゆる障壁をつきぬけ、質量を減少させつつ超光速から無限速度へと加速、莫大な光を放ちながらホストコンピュータの光回路を乱して破壊する。

基地に非常警報が鳴り響く。海賊課の自動報復システムが作動。ダイモスを回る孫衛星の対艦4Dブラスタが目標のラジェンドラをロックオン。そこで報復システムはためらう。撃ったらダイモス基地はあとかたもなくなる。報復機構は海賊課チーフに連絡、〈攻撃してい

いか？〉

〈だめ。殺す気か。これは事故だ。警報解除。非常警戒態勢解除。ガードシステム修復、急げ。いや、急がなくていい。ラジェンドラが出てゆくまで待て〉

ラテルはとびこんだ教会堂で、メイシアをかばって伏せていた身をおこす。

「助かったらしいや。行こうか、メイシア。ここにはゆっくり食事できるレストランはなさそうだ」

なにを頼ればいいんだ？　神よ、力を。

「待て、メイシア、危ないぞ」

廊下に出たメイシアをラテルは追う。メイシアは、廊下に転がる十数機のガードロボットのひとつを重そうに、よいしょと持ちあげて笑う。

「そいつはおもちゃじゃないんだよ」

いつ動き出すかわかったものじゃない。ラテル、メイシアの手からとりあげ、ボウリングボールのように投げる。ガラン、ゴロン、ドシャン。メイシア、手をたたいてはしゃぐ。

「おもしろくないんだったら。ウーム、自信なくなるんだよなあ」

メイシアの手を引き、ポートへと走る。同僚海賊課刑事が二人、三人、緊張した態度で子づれのラテルを見送った。

海賊課ではない基地職員がつぶやく、「海賊課か。まさに公認の海賊だな」

ラテル、ラジェンドラに乗艦。

「発進しろ。コードZAKI、スクランブル」

〈ラジャー〉

フルーアヘッド。艦首をつねにポート出口に向けて係留しているのだ。ポートの艦係留システムが壊れる。ラジェンドラ、破片をまき散らしながら宇宙空間へ発進。

〈針路は？〉

「ステディ。スタンバイ－Ωドライバ」

〈ラジャー〉

ラジェンドラ、直進加速。そのままΩドライブ、ダイモスから消える。

ショートΩドライブでダイモスと正対する火星圏内空間に出る。

〈ラテル、ここはわたしたちの世界ではありませんね。天使と魔鬼の世界ですよ〉

「らしいな。しかしそいつらはどこにいるんだ？　おれには信じられん。身体がそっくり二つに分離したんじゃないかと疑いたくなる。Ωドライブの失敗でさ」

〈海賊たち、匋冥の偽物も存在するでしょう〉

「そうか。そうだろうな。お姫さま捜しもやらなくてはならんし――おれの偽物、もうひとりのおれも、そんなことをやっているらしいぜ。苦情処理とか言っていた。こっちが苦情を言いたい気分だ。チーフに撃たれた」

〈これからどうします。ラテル〉

「食事と傷の手当てだ。それと、苦情の内容を調べろ。もうひとりのおれがなにをやっているのか知りたい」

〈ラジャー〉

ブリッジのシートに腰をおろし、味けない非常食をぱくつきながらラテルは苦情処理内容はよくわからないというラジェンドラの報告を聞いた。

〈苦情処理係にやってきたのはランサス・フィラールのシャルファフィンです。彼女はもうひとりのラテルとアプロに極秘裏になにかの調査を依頼したものと思われます〉

「王女捜しだ。この世界のフィラール・フィロミーナも行方不明なんだろう。調べろ」

ラテル、硬いパンをメイシアのために割ってやる。

「うまいかい」

「ううん。パパ、ここ、どこなの?」

「きみの故郷だよ。メイシア、おれはパパじゃないんだ……きみがおれをここにつれてきたんだよ。覚えていないのか?」

「いやだ、パパ、あたしを捨てないで」

メイシアが涙ぐむ。ラテルは抱いて膝にのせる。

「わるかったよ、メイシア。泣くな」

〈フィラール・フィロミーナⅣはランサス・フィラール宮殿にいます。失踪した気配はありません〉

海賊課の情報網は正確だ。すると、とラテルは頭を働かせる。

「その王女は偽物なんだ。もうひとりのおれは本物の王女を捜しに行ったんだろう。では話は簡単だ。おれたちが捜してつれもどすべきは、ランサス・フィラールにいる、その偽王女にちがいない。どう思う？」

〈おそらく、そうでしょう。行きますか？〉

「待てよ。あわてるな。これはやっかいだぞ。王女救出ではなく、誘拐しなくてはならんわけだからな。一星系を相手に戦争か。海賊課の力は頼れそうにないしな。なんとか作戦をうまくたててやらないと」

「パパ、ネコは。ネコ、いたよね、おもしろい顔のネコ」

「うん。アプロっていうんだ。あいつ、どうしてるかな。チーフの話によると、この世界のラジェンドラをぶん捕ったんだ。よくやるよ。ラジェンドラ、アプロを捜せ。行動はそれからだ」

〈わかりました。アプロを捜します〉

「アプロめ。酒とケーキのとりすぎで肥るからこんなめにあうんだ。いっそ、くたばってしまえ。酒入りシロップで溺れればいいんだ」

〈寂しくなりますよ、遊び相手がいなくなると〉

「そうだな」とラテルは傷の手当をはじめながら言った。「アプロがいないと仕事をやっている気になれん」

〈するとラテルにとっては仕事も遊びのうちですか？〉

「アホか。命をはってるんだぜ」

〈しかしわたしの論理回路ではそのようにラテルは言っていると判断でき——〉

「ラジェンドラ！　仕事にかかれ」

〈ラジャー。わたしを捜します〉

ラジェンドラ、広域索艦システム作動。

act 4.3 enter # 1, 3, 9

ガルーダのブリッジではラック・ジュビリーが頭の傷をシャルファフィンに手当してもらっていた。

「キャプテン……どこなんだ、ここ」

匋冥はメインコンソールで足を組み、魔銃フリーザーを磨いている。

「この銃の作動原理がよくわからん。ガルーダの分析システムでも解明できない。ただの高張力材料でできた、ただの銃なんだ。それが、引金を引くと莫大なエネルギー吸収能力を発揮する。まるでΩドライバを小型にして組み込んだかのようだ。どうなっているんだ。くそ、わけのわからんことがこの世にあるなんて気色がわるい。魔女め。どこにいるんだ。出てこい。ぶち殺してやる」

「キャプテン……ここが魔界なのかい」

「ＮＣＳによると通常空間だ。しかしどうも妙だ。まともなΩドライブとはちがう方法で飛び込んだからな。気をつけろよ、ジュビリー。おまえの肩に死神がとまっているぞ」

　ぞっとしてジュビリーは頭をめぐらす。

「シャドルー・シュフィール、動かないで」

「ジュビリーのことなんか放っておけ、シャルファフィン。心配はいらん。頭がなくなってもまた生えてくる」

「それはひどいぜ、キャプテン。シャルが本気にするじゃないか。おれの頭はこれしかない。うー、痛む、割れそうだ、死にそうだ——シャル、たのむよ」

「これでいいと思いますが」

　シャルファフィンはジュビリーが首に巻いていたスカーフを包帯がわりにしてジュビリーの額の出血をとめた。匋冥はにやりと笑って、ジュビリーのその傷に手を伸ばす。

「さわるなよ、キャプテン」

　ジュビリーは匋冥の手から逃れる、と、包帯がハラリととれてしまう。

「シャル」と匋冥、「きみはあまりいい看護婦にはなれんな」

「そんなことないよ、シャルファフィン」

　声に出して匋冥は笑った。銃をおさめる。

「ガルーダ、フェスを出せ。ジュビリーの傷の手当だ」

〈イエス、サー〉

　ブリッジ天井から白い光が発せられ、ジュビリーは宙に浮く。見えない力で頭がぐいと天井の治療器《フェス》の方に向けられる。赤いレーザー光がジュビリーの裂けた小さな傷口に命中。出血はきれいにとまる。超指向性超音波洗浄、殺菌消毒ビーム。で、仕上がり。

「あら、まあ」とシャルファフィン。「シュフィール＝ジュビリー、最初からこれを使えばよかったではありませんか」

「だからさ」シートにどさりとおちて、ジュビリー。「その、物理的に傷が治ればいいってものじゃないんだ。わかるだろう？　わがハートはもろいのだ。きみの助けなしではこわれてしまう」

「ゴリラがくしゃみしたような顔でよく言うよ」

「キャプテン！」

「わめくな。わかってるさ。だから邪魔はしなかっただろうが。おれはおれなりにおまえの傷を心配したんだ。ついでに頭に防腐剤でも入れてやろうか？」

「おおきなお世話だ。どうせおれの頭なんか、また生えてくるさ」

「ひがむなジュビリー。おまえのわるいくせだぞ」

「おれはあんたのように大胆不敵じゃないからな」

「おれを鈍感な人間だというのか」

「おふたりとも、やめてください」

〈警告〉ガルーダの男性音、〈ラジェンドラ接近中。対4Dブラスタ、対CDSシールド発生完了。敵、距離126メガ、方位――〉

三人の海賊が——正確には二人だが——緊張するより早くガルーダの艦体が震える。発電能力が低下、非常灯の赤色光に切り換わる。ふいうちをくらってガルーダ内はパニック状態。

「ラジェンドラ？　キャプテン、なんで——」

「報復しろ。オープン‐ＦＣＳ、レディ‐ＳＤインテンシファイア」

〈第二波攻撃を感知、被ＣＤＳ照準、応射不能、射程外〉

「射程内までショートΩドライブ、攻撃しろ」

〈イエス、サー〉

Ωドライブ。ラジェンドラの追跡を受けていることをガルーダは感知している。ガルーダはラジェンドラの背後に出現、同時にＳＤＩ攻撃。艦全体が青白く輝く。ラジェンドラをめがけて空間撃縮作用場が伸びる。ラジェンドラ、対ＳＤＩ防御の直前にガルーダに向けて最大パワーのＣＤＳ攻撃、ガルーダが攻撃のためにマイクロセカンド間シールドを消去したすきを狙う。命中。

海賊船ガルーダ、マザーコンピュータの機能の四六パーセントを破壊される。すかさず並列予備機能が作動。しかし完全修復ならず。

ラジェンドラは防御がまにあわず、艦尾構造体を中破。Ωドライバ作動。ミリセカンドでガルーダ兵装の射程のすぐ外側まで後退、足の長いコンピュータ破壊ビーム《CDS》攻撃用意、ガルーダにとどめを刺すべく、目標を探査。

ガルーダの緊急戦術システムは攻撃か退避かを超高速で計算、匋冥の指示を待たずに退避行動を選択、航法コントロールシステムの支援を受けて安全空間をはじき出し、Ωドライブ。かろうじてラジェンドラの攻撃をかわす。ラジェンドラはΩTRシステムを破損したらしく追跡はなかった。戦闘時間、一七秒。

「海賊課め」ジュビリーが両こぶしをたたく。「くそう、カーリー・ドゥルガーさえあればな。やつらのCDS攻撃はガルーダでは防ぎきれない」

「CDSは精密照準に時間がかかる。実用的でない。あんな武器はおもちゃだ」

「しかし発射されたら最後だ。逃げる暇はない。無限速で走ってくるんだぞ。運をシールドにまかせて祈るときの心細いこと。あれのどこが実用的でないって？」

「CDSでは人は殺せん」

「――なっとく」

「ガルーダ、現在位置は？」

〈太陽圏、002・672-197・443、6148・201D〉

「カーリーならもっとわかりやすい表現をしてくれるのに。ガルーダは低能だ」

三次元航法ディスプレイ作動。火星に近い空域にマークが出る。

「太陽圏か」と匋冥。「するとカーリー・ドゥルガーは近いな」

「ほんとにここは魔女の空間なのか？」

「わからん。ガルーダ、カーリーとコンタクト」

〈警告。敵、接近中〉

「なんだって？」ジュビリー。「またか？」

「敵は？　確認しろ」

〈ラジェンドラ。被ＣＤＳ照準〉

「ばかな。ラジェンドラだ？　どうして見つかったんだよ」

「ガルーダ、Ωドライブ。カーリー・ドゥルガー第一待機軌道ゼロ点へ移り、カーリーと対向、オフセット最少の衝突コース」

〈イエス、サー〉

　ガルーダ、Ωドライブ直前ラジェンドラのＣＤＳ攻撃を受けてマザーコンピュータ機能の九二パーセントを奪われる。が、そのまま強引に予備システムを作動、逃げる。ジュビリー、母星語でラジェンドラを呪う。

〈スリップアウト〉ガルーダは人間味のない機械的な合成音で言った。〈サー〉

「ラジェンドラめ！　ラテルめ！　化け猫アプロめ！　あいつらまとめてぶっ殺せたらこの世は天国だ！」

「むこうもそう思っているだろうさ、ジュビリー。遊び相手にはもってこいの連中だが、遊びはやめだ。ガルーダ、カーリー・ドゥルガーを呼べ」

〈不能。Ωテレコム破損〉

「カーリー・ドゥルガーを捜せ」

〈ファウンド・ＫＤ、時隔３６秒〉

「XHFチャンネル、オープン。コンタクト」

〈警告――カーリー・ドゥルガー、FCSオープン、4Dブラスタ照準セット。本艦に対して攻撃態勢。脅威接近。危険〉

「カーリー・ドゥルガー」匋冥は腕のブレスレット・コマンダーを使う。ガルーダが中継する。「FCSを切れ。ガルーダを回収しろ」

「攻撃態勢だって？　そうか、ガルーダのマザコンがぶっ壊れたからか――それにしても少しおかしいんじゃないか、キャプテン？」

匋冥のコマンダー・ディスプレイにカーリー・ドゥルガーの返答が出力される。

《FCS‐CONT：CANT‐YR‐ODR》

匋冥は自分の目を疑う。カーリー・ドゥルガーが自分の命令に従うことを拒否している？　どういうことだ。

〈カーリー・ドゥルガーより本艦に対する停船命令を受信〉

「カーリーが、このおれに命令だと？」

匋冥は悟る。ここは魔女の世界だ。あのカーリー・ドゥルガーは本物ではない。

「ガルーダ、停船指示に従え。カーリー内部を探査、終了後ただちに全速離脱」

〈イエス、サー〉

ガルーダはフル制動をかけ、カーリー・ドゥルガーと二〇万キロ隔てて停止。

《ST‐FCS》匋冥はブレスレット上でカーリーが混乱しているのを知る。《UK》点滅。

九秒でカーリー・ドゥルガーはガルーダすれすれを通過。〈フル-ラン〉〈ラン-Ωドライバ〉ガルーダ、カーリーから逃れる。

ガルーダの戦闘艦橋に静寂がもどった。

「キャプテン、どうなっているんだ」

「おれたちはとんでもないところに飛び込んだらしい。ここはもう一つの宇宙だ」

「異次元か」

「そんな言葉は意味がない。次元がどうのこうのなど無意味だ。重要なのは、ここにはおれたちの複製が存在するということだ。いや、おれたちこそがコピーの立場にある」

「魔女か。おかしなところに連れてきたなあ」

「もしかすると連れてこられたのではなく、おれたちはあらたにこの世界で作られた幻なのかもしれん。完全なコピーさ。魔女だ。やつらこそがこの宇宙を支配する力だ」

「全知全能の神だというのか」

「全能ではないだろう。おれが許さん」

「信じたくないね。コピーだって？　おれたちが？　まさか」

「ガルーダ、カーリー探査結果をＭＤＵに出力しろ」

メインディスプレイ上にカーリー・ドゥルガーの艦型図が出る。

「見ろよ、ジュビリー」

ジュビリーは匈冥に指摘されるまでカーリーの異常に気がつかなかった。

「ほんとだ。コピーだ」

カーリー・ドゥルガーは艦内にガルーダを収容している。まったく同じガルーダ。

「カーリーはもうひとりのおれと緊急連絡をとった。空間にΩTCによる干渉痕跡がある」

「どうするんだ。キャプテンがキャプテンなら、キャプテンをこのままにはしておかず——こんがらかってきた。おれ、こういうの弱い」

それまで黙っていたシャルファフィンが口を開く。

「フィラール・フィロミーナⅣを捜します」

匋冥はシャルファフィンを見やる。

シャルファフィンは毅然として立っていた。まるで二人の海賊が自分の侍従であるかのように。美しい髪に銀の王家の紋章をきらめかせて。

「きみはガルーダの女艦長のようだな」

つぶやくように匋冥が言う。ジュビリーは匋冥の気持がわからず、シャルファフィンに大きな口をきくなと忠告すべきなのかどうか迷った。ジュビリーは銃に手をやって、海賊と高貴な女のやりとりを見守った。ジュビリーは銃を抜くつもりはなかった。が、もし匋冥がシャルファフィンを狙ったら自分は抜くだろうと思った。自殺行為だが——そうすれば、少なくともシャルファフィンが撃ち殺されるのを見ずにすむ。

匋冥はそんなジュビリーの心がわかった。たしかにこの女には妖しい魅力がある。自分の命をかけてでも守ってやりたい気にさせる。美は強力な力だ。

「わたくし独りでも行きます」

「どうやって？　どこを捜すつもりだ」

「わかりません。でも、やらなくては」

「……わたし自身のためです、匈冥。わたしがそうしたいのです。あなたが魔女を倒さなければ気がすまないように、わたしは王女を捜したい」

「捜し出して殺すのか。おまえは海賊だ。王女や女王のために働くことはない」

「なんのために。おまえを顎でつかってきたなまいきなじゃじゃ馬娘を？　復讐のために捜したいのか？」

「そうではありません……わたしはあなたとはちがうわ」

匈冥はシャルファフィンに近づき、細い顋《あご》に手をやった。シャルはかすかにふるえながら首にかけたネックレスのペンダントヘッドに手をやる。小さく祈りながら。……シュラーク、わたしにお力を。ネックレスは武器だ。リヴァイヴァ。スイッチを入れれば、これをつけた人間の身にふれると相手は死ぬ。同時に自分自身をも仮死状態に、わるくすればそのまま生き返れない。それを知りつつこの海賊は、わたしに触れている。おれを殺せるものなら殺してみろ、おれとは違うというのなら殺せるはずがない、さあどうする、と。なんて狡猾な海賊。シャルファフィンは胸のペンダントヘッド・スイッチを握りしめて、目を閉じた。こんな海賊はいますぐ殺してしまうべきかもしれない――そのほうが王女を捜すよりも価値があるのではないかしら。本気でシャルファフィンはそう思った。握りなさい、シャル、いますぐに、リヴァイヴァを作動させなさい……

シャルファフィンはスイッチを入れようとして、突然の海賊の意外な言葉に力を抜いた。

「いいだろう、シャル。ガルーダをおまえにやろう。ガルーダ、受令順位を変更しろ。シャルファフィンの命令を最上級に、最優先で実行処理」

〈ラジャー〉とガルーダは言った。

「キャプテン・ツザッキィ？」

「ガルーダのキャプテンはおまえだよ。ガルーダはいまからおまえのためなら太陽にも飛び込む」

シャルファフィンは海賊に唇を奪われる。リヴァイヴァが手から離れた。海賊はぞっとするほど優しかった。この海賊は、思っていたほど悪人ではないのかもしれない……海賊に身をまかせたままとまどうシャルはオールド・カルマの忠告を思い出す。

（だまされるな、シャル。匋冥は悪魔の化身だ……）

思わず身をはなす。海賊は微笑んだ。澄みきった瞳に邪気は感じられない。

「さあ、女艦長、行き先を決めろ。おれが副長になってやる。近くの星で食事といこうか。面倒だな。艦内ラウンジで一杯やろう」

「ガルーダに？　あるのですか？　食事の用意ができるのですか？」

〈イエス、メム〉とガルーダ、〈用意します〉

「ガルーダ、針路ステディ。トラブルシュート、損傷機能修復を急げ」

〈ラジャー〉

「行こう、艦長。一杯やりながら相談しようじゃないか。どこへ行くかを。そのあとプールでひと泳ぎして、おれは休む」

ジュビリーはつきあいきれないというように首を振り振り、匈冥とシャルファフィンの後を追った。

豪華なラウンジ。正装した給仕アンドロイドがいたが、ガルーダにはそれを操る余裕はなかった。もっとも匈冥がそれを動かすことはめったになかったし、ラウンジでくつろぐこともまれだった。ラック・ジュビリーが不平をこぼしながらも給仕をつとめる。

「さて、どこへ行くんだ、シャルファフィン」

カクテルグラスを合わせて、匈冥。

「……火星ラカートへ。王女が行方不明になったところへもう一度行ってみたいと思いますが」

「王女を見つけるのは簡単だと思う。捜す必要などない」

「どういうことですの？」

「ここはコピー宇宙だ。ランサス・フィラールへ行こう。そこに王女はいるさ。それがコピーか本物かなど考える必要などない。どっちでも同じだ。それなら、わざわざ手間をかけることはない。居場所のはっきりしている方を選べばいいんだ。もっとも、この世界の王女も行方不明というなら話は別だが。とにかく針路をランサス星系へとれ。——とるのがいいと思うのですがね、キャプテン・シャルル」

シャルファフィンはグラスを目の高さにあげ、グラスごしに匋冥を見た。たぶん、反対しても無駄だろう……わかりました、そうします、とシャルファフィンは言う。ランサス・フィラールへ帰る——母のもとへもどるような、ほっとした心地。そしてシャルはそうではないのだと気づく。そこには、もうひとりのわたしがいるというのかしら？

匋冥は甘味のないカクテル、ストリークを味わう。舌がしびれるような味だ。魔女が来いといっている。王女をさらったのも魔女の仕業だろう、ランサス・フィラールに来いということだ。来いというなら行ってやる。

中味を干したグラスを宙に放り、魔銃を射った。空中でグラスは白熱、蒸発する。匋冥は銃を見る。

「フリーザーじゃない。レイガンになっている。こいつはいいや。この銃で魔女を火刑にしてやろう」

匋冥は言って、唇を曲げて笑った。シャルファフィンは目を閉じ、シュラークの加護を求めて祈る。

act 4.4 enter # 7

「もう少しだったのに、くそ」とアプロ。「ラジェンドラ、おまえが照準に手間どってるからガルーダに逃げられた」

〈アプロがわめくからですよ。おかげで艦尾が中破しました。痛みます〉

「傷ついたか。尾を切って逃げたら？」

〈そんな痛いこと、できますか。わたしはあなたとはちがう。繊細にできてますので〉

「おまえな、機械のくせに、おれをおちょくるのか。気に入らん、こま切れにして食ってしまうぞ……いや、まずそうだな、やめた」

〈アプロ、あなたの話は確認しました。本物のアプロとラテルは火星ラカートにいます。論理回路がショートしそうだ〉

「ショートすれば？　もうショートしてるような話ぶりだけどな。おれのほうが本物だよ、くそおもしろくない。ラテルはどこだい」

〈ですから、火星の――〉

「おれを撃ったラテルじゃない、本物のほうだよ」

〈確認する前に、さきほどの戦闘で遠距離通信機能がやられました。回復には４７２０秒ほどかかります〉

「安物《やすもん》。特価品を使ってるんだろう」

〈わたしは最新最高性能のカスタムメイドです。特価品ではありません。特注品です〉

「機械にそんな金をかけておきながら、どうしておれの給料は安いんだろう」

〈それはやはり、わたしのほうが重要視され、それなりの仕事をこなすからでしょう〉

「やっぱりおまえの思考回路はおかしい。交換したほうがいい」

〈どこがおかしいですか。あなたこそ、非論理的だ。配線しなおすべきです。だいたい、顔

がわるい。足が短すぎる。食い意地がはってるし、自分の過ちは絶対に認めない。ラテルが気の毒だ。あーかわいそ。うーあわれ〉

「あたまにきたら――腹がへったな」

〈キャットフードはありませんよ〉

「ラジェンドラ！　殺されたくなかったら飯を出せ！」

戦闘非常食にアプロはかぶりつく。

「キャットフードのほうがましみたい」ぶつぶつ、「だれだよ、ラジェンドラにおかしな会話回路を組み込んだのは」ぶつぶつ、「まるでラテルと話しているみたいだ」ぶつぶつぶつぶつぶつぶつぶ。ぶ。まずい。あまりのまずさに涙がじんわりとにじむ。「うまくないー、アルコール気も甘味もないじゃないか」

それにしても、まずい。食うことが楽しみだというのに。ぐすん。アプロ、泣く。

〈アプロ、ラテルのことを思い出したんでしょう。泣かなくてもそのうち会えますよ〉

「ちがうよ！」

〈無理しちゃって。アプロが太陽圏で刑事をやっているのはラテルがいるからでしょう〉

「ちがうったら。だれがあんなドジと――」

〈では母星の六人の親が恋しくなったのですか。六つの性のある生物なんておかしいですね。母に母母、ハハハハハハとでも言うのですか？　泣かないで下さい、わたしまで笑いたくく――もとへ――悲しくなります〉

ない気分」

「ちがうの！　単に非常食がまずいだけなんだったら！　わからんだろうなあ、このなさけない気分」

〈遠距離通信機能回復まで、あと３５００秒ほどです〉

　アプロは非常食パックを放り出す。やめたやめた。舌が腐っちまう。

「いまどこだい。近くに惑星はないか。ケーキの実が無料《ただ》食いできる星へ行こうぜ。海賊の星でもいいや。海賊を殺しながら酒を飲もう」

〈近くに着陸可能な惑星はありません。太陽圏までΩドライブで３Ｓを要します。任務はどうするんです、アプロ〉

「海賊匋冥のことか？　お姫さまも捜さなくてはならないんだっけ。面倒だなあ。しかしお姫さまっていいだろうなあ、食いほうだいで。きっとフィロミーナってぶくぶくに肥った娘だぜ」

〈どうするんですか、この！　失礼。アプロ、チーフ・バスターに叱られるのはあなたですからね〉

「チーフね……食欲がなくなるな。ふむん、匋冥はどこへ行ったかな。ま、海賊のことはいいや。お姫さまを見に行こうよ、ラジェンドラ。ここにはきっと王女が二人いるにちがいない。ランサス・フィラールへ行けば王女はいるよ。そいつをかっさらってこよう。どうせ見分けなんかつくものか。そいでさっさともとのチーフ・バスターのところにつれて帰って、任務終了。にゃん。さすがアプロさまだ。さえてるぅ」

〈どこが！　めちゃくちゃではないですか。王女をさらう、ですって？　それでは海賊と同じだ〉

「おれ、海賊課。おまえ、おれの部下。行こうぜ。王女をさらう前に海賊課の特権をつかって食事を用意させよう。フィラール宮殿でさ」

〈アプロ〉

「なんだ？」

〈よだれをたらさないで下さい〉

　アプロ、舌なめずり。

「早く行こう。スタンバイ-Ωドライバ」

〈これがわたしの上司かと思うと――〉

「もっと別の愚痴文句を考えたほうがいいぞ、ラジェンドラ。その文句はもう古い」

〈初めてですが〉

「うそをつけ――そうか、そう言ってたのはもうひとりのラジェンドラだっけ。じゃあ、言ってみろよ、聞いてやるから」

〈電源をショートさせて死んでしまいたい〉

「よくできました。ラン-Ωドライバ」

〈ラジャー〉

　ラジェンドラ、ランサス星系へ向けてΩドライブ。

　メイシアの胸はふっくらとふくらんで、おしゃまな十二歳というところ。

　ラテルは新しくラジェンドラに白いシーツを合成させる。不器用に裁断、メイシアにかぶせて、腰を余り布でゆるくしめる。自然にできた優美なひだがつま先までたれて、ドリス風キトンのできあがり。

〈ガルーダには逃げられました。ガルーダはカーリー・ドゥルガーと接触したようですが、その後カーリーを離脱、Ωバラージ《B》・ジャミング《J》をかけて逃走しました。大出力のΩBJで、追尾できませんでした。どうしますか、ラテル〉

「ガルーダは傷ついていたようだったな」

　メイシアのドレスのすそをつんつんと引いて形を直し、ラテル。

〈そのようです。被爆形跡がありました。CDS攻撃を受けたものと思われます〉

「CDSか。ガルーダほどのフリゲートにあれほどのダメージを与えられる戦闘艦といえば、海賊課の、そうだな、ラジェンドラだけだろう。ラジェンドラだ。アプロがかっぱらったほうの。匋冥は肝を冷やしただろうぜ。二艦のラジェンドラにやられて、自分の海賊船からもふられたんだ。やつめ、どこへ行ったかな」

〈アプロ-ラジェンドラも被爆したと思います。連絡があってもよさそうですが、ありません。無事だといいのですが〉

「アプロのことだ。簡単にはくたばらん。大丈夫だ。捜索をつづけろ。アプロはおそらくランサスへ行ったぞ」

〈どうしてわかります?〉

「勘だよ。あいつのことだ。王女をさらって手柄をひとりじめにする気だ。負けるなラジェンドラ。——アプロひとりでは危ない。あいつには守護天使がついていない」

ラテルはメイシアの髪をなでる。黒いつややかな髪は長い。

メイシアの成長速度はゆるやかになっているようだった。成長がとまったとき、今度は逆に若くなってゆくのではなかろうか、ふとラテルはそんな思いにとらわれた。再び幼くなって、卵型カプセルに入って、消えてしまう……

それまでにこの空間から脱出しなくてはならない、そんな気がした。メイシアはどこか昔の恋人の面影をやどしている。最愛の人……モーナ。ラテルはメイシアをやさしく抱きしめる。この天使のような娘を、また自らの手で撃つことになるのではないかとラテルはおそれた。

「メイシア……きみはどこから来た?」

「パパ、痛くない?」

「え?」

メイシアはラテルの、チーフ・バスターに撃たれた右上腕を指した。

「痛いさ。麻酔はつかってないからな。痛みは感じているほうがいい。人工的に消すのは性に合わないんだ。痛みを知らないとなにをしでかすかわからない。おれはそんな人間にはなりたくない……メイシア、どこへも行くなよな」

「どうして？」

「どうしてって……フムン、未婚の父の気分になってきた。娘にはやはり女親が必要なんだろうなあ。ラジェンドラ、このへんにママ・アンドロイドを売ってる店はないだろうか」

〈あるわけないでしょう、ラテル。宇宙《うみ》のまっただなかですよ〉

「だろうなあ」

〈ちょっと待って下さい、ラテル。——接近してくる艦隊をキャッチ。商船群です。宇宙キャラバンでしょう。交信してみましょうか？〉

「キャラバンだって？　へえ、そいつはいいや。アプロなら海賊課の課をとっぱらってとびつくだろうな。ラジェンドラ、こちらの身分を隠してコンタクト。メイシアにドレスと靴と母親を買ってやろう」

〈ラジャー。——マクミラン・キャラバンです。どうしますか〉

「マクミランね。フム。匈冥の息のかかったキャラバンか。海賊だったことを証明するものがあれば金を払わなくても積荷が手に入るんだが……ウーム、アプロ的になっている自分がこわいな。オーケー、ラジェンドラ、オープン-FCS、接近しろ。海賊課・臨検権発動。セット-CDS照準、停船命令を出せ。臨検する」

〈ラジャー〉

ラジェンドラ、宇宙緊急交信波帯でキャラバンに停船命令を発信し、加速、商船群のただなかへ突入。商船群のなかへ入ったラジェンドラは小さい。ラジェンドラの十倍を超える全長三キロに近い白いコンテナが二十二基、コンテナをドライブするパワーシップが六隻、キャラバンをまとめるフラグシップが一艦。

ラジェンドラはフラグシップに接近。マクミラン・フラグシップは停船はせずに慣性航行。Ωドライブの意志のないことだけを示す。ごく普通の行動だった。

「ラジェンドラ、マクミラン・シップのセントラルコンピュータをインターセプト。航行記録とコンテナ積載物を調べろ」

〈ラジャー〉

ラジェンドラはキャラバンのセントラルコンピュータに強力なインターラプトをかけ、一時的にそれを自分の意志の支配下におく。

「海賊のことだ。海賊版の裏コンピュータを用意しているだろうな」

〈ラテル、移乗して調べますか？　敵はすでに裏コンピュータは光電子的に隠しているでしょうから、わたしの手には負えません。セントラルコンピュータを破壊すれば、敵は予備システムを作動するかもしれませんが。予備システムを働かせればわたしにもわかります〉

「いや。それでもやつら、おれたちの前ではそんなもの、動かすものか」

〈予備システムなしでは、彼らは航行不能になり生命維持さえ危うくなるのですよ〉

「それでも、だ。餓死しようと窒息死しようと、しっぽは出さん。それで、海賊課はまた嫌われるわけだ。善良なキャラバンをぶっつぶした、と」

〈ラテル、乗り込んでみますか？〉

「やめよう。アプロを追うのが先だ。マクミランが海賊だという確証はない。少なくとも表向きは税金も納めている大商社の持ちキャラバンだからな。くそ、まともな取り引きもやっているというのが気にいらん。海賊なら海賊らしく、旗を立てて海賊になりきってしまえばいいものを」

〈キャラバンの隊長が出ます。MDUにつなぎます〉

〈やあ、これはこれは〉とメインディスプレイにぎょろ目の肥った男が出た。〈海賊課の刑事さん。なにか事件でもありましたかな〉

「いろいろあるさ。この娘がね、黒猫の追いはぎに身ぐるみはがれちまったんだ。その黒猫がわるいやつでな、子守アンドロイドまでぶち壊したんだ」

〈それで？　そんな黒猫など、うちのキャラバンに逃げ込んではきませんでしたがね〉

「そうかい。猫以外の海賊ならかくまうこともある、と、そういうことか？　たとえば、そうだな、匋冥・ツザッキィとか」

〈めっそうもない。だれが、そんな海賊など乗せるものか〉

「匋冥が海賊だと、どうして知っている。あんたは匋冥を知っているわけだ」

〈――知りませんな。あなたがそう言ったから知らないとこたえたまでのこと、疑われるなんざ、迷惑だ〉

「キャラバンの許可証、船籍証明、あなたの身分証をXHFチャンネルで複写転送しろ。命令だ。拒否するならそれでもいい。あなたにはその権利がある」

〈拒否したとたんに攻撃するのだろう。海賊課め。海賊よりたちがわるい〉

転送されてきた書類をとりあげて、ラテルはあっさりと、よろしい、と言った。

「ご協力感謝します。バークさん。不審なところはありません」

〈さようで〉にかっと笑う。〈それはよかった〉本音まるだしの声。〈では行っていいですな〉

「いや、ちょっと待った」

〈なんです?〉

バークというそのマクミラン・キャラバンの隊長は笑いをそのまま保つのに苦労して、顔をひきつらせる。この表情だけでもラジェンドラのCDSを作動させる理由になるなとラテルは思う。が、にこやかに笑う。

「買い物をしたいんだが。この娘に似合うドレスをくれないか。下着から靴まで一式だ」

メイシア、ラテルのジャケットをつんと引いて、

「パパ、あたし、ブラジャーがほしい」

「ブ、ブラジャーだって? だめ。まだ早い」

「早くないもん」

「早い」

「買って」

「わかったよ。ラジェンドラにサイズをはかってもらえ。バーク、寸法を送る」

〈はいはい、ありがとうございます〉

「それと、ママ・アンドロイドだ。性能のいいやつ」

〈いろいろなタイプがありますが。教育ママとか〉

「母性本能たっぷりの、愛情型を」

〈わかりました。で、お勘定は〉

「海賊課太陽圏本部に請求してくれ。ラジェンドラがそちらに取引証明を発信する。あ、それからこの娘の衣服一式だが、五セットくれ。寸法をかえて五セット。少しずつ大きくして。なにしろ成長が早くてね」

〈どういうことで。その娘、アンドロイドですか〉

「いいや」とラテルは言った。「天使だ」

注文品はすぐにそろった。カプセルにおさめられて射出されたそれをラジェンドラは回収、離脱。

「ラジェンドラ、少し気がとがめるが、やつらのセントラルコンピュータを完全破壊」

〈ラジャー。レディ－CDS、ファイア〉

マクミラン・キャラバンはパニックにおそわれる。

「心配しなくていいぞ、バーク。救援がすぐに来る。海賊課ではなく密輸課だ。おれが買った代金は払うからな。ありがとう」

〈やはり秘匿コンピュータ・システムがあるようです。一瞬感知しましたが――しぶといやつらだ。使おうとしない〉

「太陽圏本部に連絡、あとは任せよう。ランサスへ行くぞ、ラジェンドラ」

〈ラジャー。マクミラン・キャラバンに関するデータを本部に転送終了。ラン‐Ωドライバ〉

「さてと、ラジェンドラの足ではひとっとびというわけにはいかないな。ママ・アンドロイドを動かそうか」

梱包をといてママ・アンドロイドを出す。おだやかな顔つきのママ・アンドロイドが目をあける。ラテルは説明カードを読む。ふむふむ、顔は変えられますか。まあ、いいや、これで。しかし和やかになるな。このアンドロイドは人間の心を読むのかしらん。それに近いことをやるのか。かなり高級だな。

「ママ、メイシアの着がえをたのむよ」

メイシアはラテルのうしろにまわって、おっかなびっくり顔を出す。ママ・アンドロイドがひざまずいて、ラテルをもどこかなつかしい気分にさせる優しい声で、メイシア、と呼びかけると、メイシアは安心したようにそれに抱きついた。アンドロイドはメイシアを優しく抱きとめた姿勢のまま、ラジェンドラの戦闘ブリッジを見まわして、言った。

「殺風景ねえ、ここではいけないわ」

ラテルは説明書をラジェンドラの文書分析器スロットに放り入れ、まかせる。ラジェンドラ、ママの条件回路にメイシアとラテルの関係、ラジェンドラ内部状況などを入力。

ママはにっこりと笑い、メイシアの手をとり、「ほんと、パパはだめなんだから、いらっしゃいメイシア。ママがきれいにしてあげるわ」

メイシアはラテルをふりかえる。ラテル、うなずく。「きれいにしてもらっておいで。眠くないか？　休んだほうがいいかな」

「心配しないで、あなた」とママ。「あなたはお仕事をしていればいいの」

ママはブリッジを出ていった。

あなた、だって？　ラテルは肩をすくめる。冗談じゃない。おれはママ・アンドロイドを買ったんだ。メイシアの母がおれの妻となるわけではないぞ、断じて、アンドロイドなぞ女房にするものか。プログラムを少し変更したほうがいい。

それにしても、とラテルは思った。アプロがいなくてよかった。アプロがいたら、なんて言われるかわかったものじゃない。

アプロの笑いころげる様子を想像してラテルは眉をひそめたが、実際にアプロの声が聞こえてこないとなると少しさびしかった。

「ラジェンドラ、アプロはまだ見つからないか」

〈まだ発見できません。無事だといいですが〉

「なんだか心配になってきた。おれは黒猫中毒にかかっているんじゃないかな。あいつをけとばさないと気分が滅入ってくる。禁断症状だ。アプロめ！　五インチ釘をぶちこんでやりたい」

act 4.6 enter # 2

太陽圏の経済界を陰で操る黒幕、ヨーム・ツザキが実は海賊の匋冥・シャローム・ツザッキィであることを知る人間はほんの一握りしかいなかった。そもそも、ヨーム・ツザキにしてもめったに表面に出ることはなく、海賊匋冥以上に謎の存在だったが、こちらは海賊匋冥とは異なり、幻ではなかった。経済面ではツザキは一国を自由にできる力をもっていた。

匋冥は木星衛星ユーロパのマクミラン社が用意したホテル・ユーロパの最上階の特別室で、マクミラン・キャラバンが海賊課の手入れにあったのを聞いた。マクミランはあわてふためいた。海賊課にそのような手荒なことをされる覚えがなかったからだ。会長も社長も商隊部長も。

しかし匋冥は知っていた。今回のキャラバンはシヴァ・グループにまかせてひと働きさせたのだから。

ホテルの外には巨大な木星が視野いっぱいに広がる。ユーロパでは水を生産している。水資源の権利をめぐってさまざまな連邦、企業体、個人が争っていて、いまだ小さないざこざがたえなかったが、匋冥はそのすべての組織に強い発言権をもっていたので、事実上この資源は彼のものだった。

海賊課の無謀な破壊行為でキャラバンのフラグシップをおしゃかにされたマクミラン社は、たまたま接待中だった匋冥に――水資源の権利を拡張するために力を貸してほしいというのが狙いだった――どうしたものかと泣きついてきた。海賊課に狙われるなんて、社の信用はがたおちだ、と。匋冥のこたえはそっけない。

「そんな事件などわたしには関係ない。海賊課に文句を言えばよかろう」

こたえはそっけなかったが腹のなかでは海賊課に対する怒りがたぎる。

おれは、と匋冥は思った、キャラバンの隊長にシヴァ・グループの一員を選んで送り込むことができる。やろうと思えば一連邦の大統領に自分の息のかかった者をすえることさえ可能だ。金をつかえば。海賊課にはそんな金はない。おれが握っている資産の十万分の一の予算で運営される海賊課が、なんの苦もなくおれの計画をぶちこわす。法律を改正しなくてはならん、海賊課などつぶしてしまわなければ……いや、つぶすのは簡単だ、そうではなくて、このおれのものにしたい。いまや手に入らないのはあれだけだ。時代錯誤な正義感などという幻の感情に操られる刑事たちは強敵だ――ラテルめ、そのうち総力をあげてでも殺してやる。火星と地球をぶち当てて、その惑星の間にサンドイッチにしてやる……ばかなことを考えている、と匋冥は肩をすくめる。たかが刑事一匹に熱くなることはない。海賊課を刑事たちにも知られないように自分のものにしてしまえばいいのだ。火星連邦主力三軍を自分のものにしたように。これはゲームだ。楽しめるゲームほど時間がかかるものだ……感情に押しながされてはいけない。激情は自分を危うくする。自分を、自分の意志とは無関係に操ろうとする。いちばんやっかいなのは良心だ。母親を撃ったときのことを昨日のことのように覚えている。いやな女だった。しかし母親にはちがいない。もう一人の自分を撃ったような気がした。人間でなくなったような畏れ。あのときから、そうとも、自分は人間であることをやめたのだ。この宇宙を支配するマシンになってやる。感情のないマシン、すべてを見下ろし、操る神に。

匐冥がマクミランにそっけない返答をしたのは、キャラバン事件よりもっと重大なことが起こっていたからだった。

カーリー・ドゥルガーからの緊急発信。ガルーダにそっくりなフリゲートに遭遇したということ。その偽ガルーダには、カーリーにも見破れない、匐冥そっくりの人間が乗っていたこと。カーリー・ドゥルガーは混乱していた。主人が二人に分離したのだ。

「おれにそっくりな男か」匐冥は視界のいい窓をはなれる。「海賊課の仕業か。しかし……信じられん」

攻撃を命じる前に偽ガルーダは強力なΩバラージ・ジャミングでカーリーのΩTRシステムを攪乱《かくらん》して消えている。

匐冥はホテルを出た。マクミラン社の接待係があわてて引きとめたが、匐冥は無視して宇宙港へ行き、専用CFVに乗り込んだ。匐冥は気分を害していた。マクミランのしつこさにではなかったが、とばっちりでマクミラン社はぶっつぶれることになる。

宇宙攻撃機なみのパワーをもつCFV内で匐冥はスーツを脱ぎ捨てて、海賊に変身、ガンベルトをつけ、水撃銃を下げる。針路を火星のサベイジへ。CFVの表面のマークが消え、黒く変化。

ラック・ジュビリーと会って、ひと働きだ。ラテルがからんでいるにちがいない。やつの居所をつきとめて真相をあばいてやる。

ガルーダの偽物は造れても、と匋冥は思った。カーリー・ドゥルガーのコピーまでは造れまい。海賊課にはあれだけの船は、船殻だけにかぎっても、造れないだろう。やつらにそんな金があるものか。だがあなどれない。

匋冥は海賊組織のひとつ、シヴァ・グループに連絡、命令、「ラウル・ラテルを捜せ」見つけしだい、殺せという言葉をのみこむ。

この命令は海賊の秘密の暗号通信網——匋冥が支配するYCSネットワーク——を通じて発信された。

シヴァ・グループのボスから了解したという返答がくる。シヴァのボスは海賊匋冥の顔も正体も知らない。彼が知っているのは、海賊匋冥は実在し、その力は幻ではないということだけだった。

「ラテルだけはおれの手で殺してやる」

おれにたてつくやつは許さない。匋冥はつぶやく。たとえそれが、もう一人の自分であったとしてもだ。

act 4.7 enter # 1, 3, 9

シャルファフィン・シャルファフィアをキャプテンとするガルーダは十数回のΩドライブをくりかえしたのち、ランサス星系外縁に達する。

シャルファフィンは広い艦長室で仮眠をとったあと、バスルームでガルーダのその報告をきいた。シャルはすぐにでもフィラールへ行きたかったが、海賊船に乗っていることを思い出して女王と母星への想いをこらえる。

「ちょっと待って。ランサス戦闘偵察部隊に見つからないように、ガルーダ、止まりなさい」

〈イエス、メム〉

バスルームを出たところでノックなしにラック・ジュビリーが入ってきた。

「シャル、キャプテン――」

ジュビリーは全裸のシャルファフィンを目にして言葉をのみこむ。シャルは眉をひそめたが裸体を隠そうとはしなかった。

「失礼、シャルファフィンさま」

シャルはよろしいというようにうなずく。ジュビリーは少し腹が立った。シャルファフィンめ、母星での地位がおれにも通じると思っている。シャルは王女よりも力をもっている。万一いま女王が死んだら、幼稚な王女に代わって執権位につき、王女が新女王にふさわしい女王学を身につけるまでフィラールとランサス星系を支配するだろう。この女の母親がやったように。このおれなど、下級の者であり、海賊におちぶれたいまでは人間あつかいもされぬ、物体にすぎないわけだ。

シャルファフィンはベッドにおいたスターシルクのドレスをとろうとし、ジュビリーに笑われる。

「あんたは海賊だぜ、シャル」

シャルファフィンはため息をつき、セーラー姿になり、髪をふり、無雑作にまとめ、フィラール王家の紋章でとめる。ガンベルト。水撃銃を腰に。リヴァイヴァは肌につけたままだった。

「キャプテン・シャル、あんたは宇宙一の女海賊になれるぞ」

「わたしは銃をつかうことはないでしょう。人を射つなんて。射たれるほうがましだわ」

「銃なんかいるものか。まったくきみは妖しい力を発散しているよ。逆らいがたい、人を操る力だ。ただ美しいというだけではないんだな。なんていうか——引き込まれてしまうというんじゃなく、心に侵入してくるような力だ。匋冥を動かすのだからたいしたものさ。匋冥はきみを殺せない。完全にどうかしてしまっているよ。あんな匋冥は見たことがない」

「フィラールへ行きます、シュフィール」

「シュフィールか。あそこにもう一人のおれがいると思うか？」

「わかりません」シャルは室を出て戦闘艦橋へ。「たぶんいないと思います」

「どうして」

「この世界のあなたも海賊でしょう」

「なるほど」

「海賊でいることが、やはり嫌なのですね、ジュビリー」

「そうじゃないさ」

「シュフィーラ、悲しい人――でもわたしは力になれません」

戦闘艦橋へきたところで、シャルにはガルーダの能力を示すディスプレイ群を理解することはできない。

「どうしたらいいと思いますか、ジュビリー」

「どうしたいんだ、キャプテン」

「見つからないようにフィラールに着きたいのです。宮殿近くに。もう一人のわたしに会いたい。彼女なら――わたしなら、わたしの話を信じるでしょうから。もしかすると王女は宮殿に帰って、そして……追い返されたかもしれません。偽物め、と言われて。あるいは牢に入れられているかも。かわいそうなフィロミーナ……助けなくては」

「きみの命にかえても、か？」

シャルファフィンはうなずく。

「気持はわかるけどな、ばかばかしいや」

「ガルーダ、ジュビリーの航法指示に従いなさい」

〈イエス、メム〉

「フム。隠密行動か。シャル、ランサス防衛機構軍の機動偵察部隊の主力はどのへんにいる？」

「それは――」

「きみは海賊だぜ。戦争をやりたくなかったら配備情報を吐き出せよ。防衛システムの位置とかさ。ガルーダ、星系図をＳＤＵに出せ」

〈ラジャー〉

シャルは軍機密を知っている。最小限の情報をジュビリーに教えると、ジュビリーは不敵な笑みをこぼした。

「危ないぜ、シャル。きみは空間Ωトラップ空域を言い忘れている」

「なぜそれを？」

「匈冥はただの海賊じゃない。ランサス星系の防衛機密など機密でもなんでもない。ここではマーク・グループという海賊組織がランサス星域の情報を探っている。偽情報を出して攪乱したり、重要人物を罠にかけたり、暗殺などおてのものだ」

「マーク・グループ？　聞いたこともありませんが」

「だからこそ信じられるだろう？」

「ランサスの対情報戦隊は有能だと思っていましたが……これではまるで海賊の支配下にある星域ではないですか」

「まるで、じゃなくて、事実なんだ。ガルーダ、マークとコンタクト。無人偵察ポッドを三、射出」

〈ラジャー〉

「待て、ガルーダ。ファースト・オフィサー命令だ。ジュビリーの指示は取り消す」

匋冥が入ってきている。壁によりかかって二人の話を聞いていた。ジュビリーとシャルファフィンはぎくりとふりかえる。

「キャプテン――匋冥、なぜ？　おれの指示が気に入らないのか」

「おまえは慎重すぎて大胆さに欠ける。フィラールで裏切り者の烙印をおされたのもそのせいだ。ガルーダ、オープン‐FCS。レディ‐SDインテンシファイア。目標、ランサス防衛圏Ω空間トラップ。スタンバイ‐Ωドライバ、目標を撃破したのちフィラール星圏へΩドライブ。キャプテン、これでいいな？」

「はい、匋冥……ガルーダ、そのように」

〈イエス、メム〉

「ジュビリー、おまえはガルーダに残れ」

「おれ一人でかい」

「侵入するには少人数のほうがいい。おまえはランサス機動部隊の注意をひきつけろ。いいな？　ガルーダ、攻撃機ナーガ・Iの発進用意。ジュビリー、八時間たったら迎えに来い」

〈レディ‐SDI。ファイア。――目標完全破壊。レディ‐Ωドライバ〉

「カウンターインテリジェンス・システム作動」

〈オン－ＣＩＳ〉

「ランサス防衛機構・警戒システムに向けてΩスポット・ジャミング。ダウズ－Ωスペース」

〈オン－ΩＳＪ、ラン－Ωドライバ〉

匋冥はシャルファフィンとともに有翼の攻撃機ナーガに乗り込む。ガルーダがフィラール圏にスリップアウトすると同時に攻撃機ナーガはガルーダから発進、ガルーダは匋冥とシャルファフィンの視界からあっというまに消える。黒い宇宙の闇の底で強烈な輝点、ガルーダが爆散したかのよう。ガルーダ、Ωドライブでフィラール圏を離脱。

シャルファフィンの母星が青く目の前に迫る。ナーガはガルーダから与えられたフィラール星地形情報をもとに対地目標を探査計算、軌道を修正したのち、動力を切って大気圏に突入。落ちる。

視界のいいバブルキャノピに包まれた並列座席のコクピットは簡素だ。ナーガは耐熱フィールドの赤い光に守られて高層雲を突き抜ける。

対レーダー警戒装置が警告、〈複数バンドのレーダー波をキャッチ。透明化不能〉

「高高度侵入体監視網だわ」

「受動監視システムもあるだろうな。耐熱フィールドのせいで機体を電磁的に透明化できない」

「隕石だと思われているのでは。――攻撃はしないで、匋冥」

「フィラールの連中はそんな間抜けじゃないだろう。ガルーダも見つかっているんだ。ナーガ、対レーダー戦用意」

〈ラジャー。レディ－デコイ－4〉

「発射」

〈シュート〉

おとり《デコイ》ミサイル四、発射。フィラールの監視レーダーには隕石が四散したように映る。四散した破片群は海面に落ちて消える。確認のために巨大な円盤型警戒機が現場に向かった。

ナーガは海面激突直前に大気圏翼を拡張、フレアー、海面と空気に大きな圧力をかけて減速、エンジン始動、そのまま超低空をフィラール宮殿に向かって飛ぶ。ナーガの発射したデコイは急激に向きを変えると、ナーガを捕捉しようとしていた円盤機に高速で突っ込んだ。円盤機は連絡するまもなく撃墜される。

ナーガは能動レーダーは作動していなかったが、円盤機の破壊は受動探知できた。シャルファフィンは目を閉じる。

「帰りはこううまくはいかないだろう」

カーリー・ドゥルガーを呼ぶか――匈冥は迫る緑の大陸を見ながらフィラール脱出プランをねる。ガルーダだけでは危うい。

ナーガは減速。シャルファフィンの知識で人口の少ない港町に近づき、さらに見つかりにくい場所を探し、意を決したように再び高加速、一気に大陸の森へ飛び込んだ。

「王家の森です。北へ行ってはいけません、匈冥。聖地ですから」

北には森、森がとぎれると岩の荒地、そして千メートル近い崖が立ちふさがり、背後には高山がフィラール宮殿を守る盾のようにつらなる。

宮殿は森の南端にあり、南側には白い近代都市が広がる。高層の建物はなく、清潔で端正な行政区。フィラールとランサスを治める中枢機構が集まっている。

ナーガは西から超低空で侵入した。速度をAVなみにおとす。そしてホバリング。匈冥は着陸できるのは聖地しかないと判断した。行ってはいけないという、聖地。

「悪魔の住む場所、のようなところはないか。見つかりにくいところだ」

「パサティブの墓と呼ばれる岩山があります。聖地の北です。シュラークによって岩に封じ込められた邪神パサティブの悲鳴がいまでも聞こえるという岩山で、だれも近づきません」

「決めた。そこへ降りる。宮殿までは遠いのか？　歩くのはいやだな」

「六ヨアン、ほぼ八キロメートルというところです」

「よかろう。歩いているうちに夜になるだろう。ちょうどいい」

ナーガは巨大な崖をすぐ左手に見ながら飛び、パサティブの墓を探す。それはすぐに見つかった。大地に打ち込まれた大きな楔《くさび》だった。高さ二〇〇メートルに達するV型の黒い岩が赭《あか》い荒地に突き刺さっている格好だ。

「風が鳴ると悪魔の悲鳴に聞こえるかもしれんな。シャル、風化してあの岩山が倒れるとき、邪神は再びあらわれるとは思わないか？」

「……伝説です。神話なのです、大昔の」

「でもきみはシュラークを信じてるのだろう」

シャルファフィンはこっくりとうなずく。

「ではパサティブも信じてるわけだ」

ナーガはパサティブの墓をゆるやかに旋回する。黒い楔の刺さる大地は血のように赤い。もっともランサス星系人の血は赤ではなく、緑に近い青だったが。シャルファフィンは胸に手をあてててシュラークに祈った。

匍冥は低い植物の茂る、フィラール王家の森に近い場所へナーガを降ろした。三〇メートル弱の小さな攻撃機は大気翼を納め、ギアを折りたたんで茂みに身を伏せた。黒い矢尻形の黒曜石のようだ。

匍冥はシャルファフィンの手をとってナーガから出る。高い断崖面が夕陽を浴びて赤い。目の前にそびえるパサティブの墓は、荒地に伸びる影と同じくらいに黒かった。

匍冥はナーガの対人防御システムを作動させ——機体に触れると即死する——シャルファフィンにむかって、さあ行こうとうながした。

シャルファフィンは匍冥のあとを追って小走りに駆ける。すぐ後ろからパサティブが血走った緑の眼を見開き髪をふりみだして襲いかかってくるような気がした。

早くフィラール宮殿へ帰りたい……帰るわけではないいんだわ。ここはわたしの世界ではない。

風がおこって森がざわつく。遠くなったパサティブの墓の方から、その岩壁にあいた洞に風が渦巻いて立てる音が聞こえてくる。高く低く、長く尾を引くパサティブの呪いの声だ……シャルファフィンは身をふるわせた。

act 4.8 enter # 7

アプロはラジェンドラの居住区の倉庫で探し物。

「やっぱりフィラール女王に会うからには身づくろいしなくちゃな」

〈アプロ、なにをぶつぶつ言っているんですか。ランサス星系はもうワンステップですよ〉

「おれのポシェット知らない？」

〈ポシェット？　どうするんです、そんなものを首からぶら下げて行くんですか〉

「ビックリ・マークとかハテナ・マークとかハート型のピンクのコンタクトレンズを入れてさ、毛なみの手入れ用具とかも持ってったほうが」

〈アホか。どう見たってあなたは大型の黒猫ですよ。あーやだやだ、ラテルがいないとわたしは不安ですよ、アプロ。太陽系の印象がわるくなっても知りませんよ〉

「かまうもんか。太陽系がぶっこわれてもおれには関係ないもん」

〈アプロ！　あなたは太陽系の海賊課刑事ですよ〉

「だからさ、猫じゃないだろ、身づくろいを――」

〈ダウズ－Ωスペース。ブリッジにもどりなさい、アプロ。どうがんばってもアプロはフィ

ラール宮殿には入れない――入れてもらえないと思います〉

「入る。絶対に入る。で、フィラール・サフィアン女王に夕食をおごらせるんだ。それから
フィロミーナ王女の手を引いてもどってくる」

〈あなたの楽天主義にはついてゆけない〉

「ついてこなくていいぜ。頼むもんか」

アプロ、ポシェットはあきらめてブリッジにもどる。

〈スリップアウト30秒まえ〉

「時間かかるなあ。腹がへった。どんな料理がでると思う？」

〈まだ言ってる。猫料理がでないことを祈ってますよ〉

「ネコってうまいのかな」

〈知りません。おそらくひどい味だと思います。アプロを見ればわかる〉

「ウーム、やっぱりおまえの会話回路はまともじゃない。ラテルの影響だ。ラジェンドラ、
気をつけないとおまえもラテルなみの頭になっちまうぜ」

〈ネコよりはましです〉

「アプロよりまし、と言わないところがすごく皮肉っぽいのだよな。ラテル調だ」

〈スリップアウト。――警告、脅威接近中。ランサス機動艦隊・戦闘偵察タイプ・フリゲー
トが二艦、接近中。停船を命じています〉

「なんだなんだ、どうしてさ」

ラジェンドラはガルーダよりわずかに遅れてランサス星系に入った。わずかだったが、ガルーダはすでにナーガを射出して行方をくらませたあとだ。ランサス防衛機構軍はラジェンドラを疑う。

「Ω空間トラップをぶっこわしたって？　おれたちが？　それこそ、アホか、だ。そう伝えろよ」

〈ガルーダですよ、おそらく〉

「広域宇宙警察・ランサス圏の対海賊課に連絡をとれ。海賊を追っていることを伝えろ」

〈それはいいですが、ランサスの海賊課は太陽圏のチーフ・バスターと連絡をとるでしょう。アプロ、あなたの言う、コピー世界説が本当なら、あなたは偽です。チーフはどう反応するかわかりません〉

「やれよ、ラジェンドラ。海賊課に追われてもしかたがないさ。それより、ランサス軍に攻撃されるほうがヤバイぜ。王女と料理がフイになっちまう」

〈わかりました。ただしわたしは責任をもちません、アプロ〉

ランサス機動フリゲート、威嚇攻撃。ラジェンドラは停船。

「ランサスの安フリゲートなんか一発でおしゃかにできるんだがなあ。でも空腹はプライドに勝るということわざもあるし」

〈聞いたことありませんね。戦闘偵察部隊旗艦の艦長がＸＨＦチャンネルで交信を求めてきていますが〉

「ランサスの海賊課とは連絡ついたか？」

〈了解した、との返答あり。ガルーダについての情報を伝えました。太陽圏本部との連絡はとらないようです。わたしを確認するだけで十分なのでしょう〉

「おまえは優秀だ——とほめてもらいたいのだろ。わかってるよ、くそ。ラジェンドラ、XHFチャンネル、オープン」

〈ラジャー〉

メインディスプレイ上にランサス防衛機構軍の、ラジェンドラに停船を命じた艦長が映し出される。

〈太陽圏の海賊課が、なんの用ですか〉と艦長は青ざめた顔で言った。〈Ω空間トラップをなぜ破壊したのです〉

アプロは、細い顔の男を見て、彼が緊張して青くなっているのではなく、興奮で顔に血がのぼっているのを知った。ランサスの人間は青い血だったことを思い出して。ランサスでも海賊課は嫌われ者なのだ。海賊による損害は莫大なものだが海賊たちはそれを一般に気づかれないように行動する。それに対して海賊課は、海賊を仕留めるためなら手段は選ばず派手に動き回る。だれもが海賊課は必要だと頭では理解しているものの、実際に見聞きする海賊課は海賊以上に海賊的だった。

アプロはとっておきの笑顔で青い顔のやせた艦長にこたえる。

「Ω空間トラップを壊したのはわれわれではない。海賊さ」

〈海賊ですか。信じられません。海賊がなぜそんな目立つことをしますか〉

「海賊匋冥だ、きっと」

〈匋冥？　あの伝説の？　幻の海賊だという？〉

「生きているうちから伝説か。えらいもんだ」

〈とにかく、信じられません。そちらの武装使用記録を公開していただきたい〉

〈アプロ、どうします？〉

「見せてやれよ。ガルーダとの戦闘記録も」

〈ラジャー〉

艦長はラジェンドラの情報を受けとり、一応納得したようだったが、なおもふにおちないという顔で、

〈海賊が、なぜわがランサスに？　本当に匋冥・ツザッキィなのでしょうか？〉

「知るもんか。匋冥は王女をさらいにきたんじゃないのかな。フィラール・フィロミーナⅣをさ」

アプロは口から出まかせ。実際に匋冥がそのように行動しているのだなどとは夢にも思っていなかった。

〈フィロミーナ王女を、ですか？　まさか〉

「危ないぞ。おれはだから、女王に会って、王女の警護と同時に、匋冥を捕まえにきたんだ」

〈よく言うよ〉ラジェンドラがオフＸＨＦチャンネルでつぶやく。〈たいした度胸だ〉

〈女王陛下とフィロミーナ王女の警護はシャドルー戦士たちの役目です。海賊課など必要ない〉

「甘いな。現にあんたたちはガルーダを逃がしているじゃないか。いいか、海賊はあんたたちが思っている以上に強敵だ。だからこそおれのような専門家がいるんだ。女王とシャドルー戦士の長に会わせろ。海賊はきっと宮殿にあらわれる」

〈すごい自信ですね。アプロ。——アプロ〉

ラジェンドラ、ＸＨＦチャンネルを一時カット。

「なんだよ」

〈よだれ、よだれに気をつけて。——冗談はともかく、海賊が来なかったらどうします〉

「来るもんか。おれは腹がいっぱいになればそれでよい」

〈よだれをたらすんじゃありません、アプロ。まったく疲れるネコだ。ではアプロ、本気で王女をさらうつもりですか〉

「そうともさ。それでラテルと合流して、帰る」

〈どこへです〉

「もとの世界へだよ、もちろん」

〈どうやって？〉

「さあ。そこまでは考えてない」

〈やめたほうがいいのでは〉ラジェンドラは言葉を切り、ピッという音を出す。〈アプロ、ラジェンドラ発見。本当ですね、わたしがもう一艦存在する――火星ラカートで出会ったのはわたしの偽ではなく、コピーなんだ。アプロ、ラテル－ラジェンドラとコンタクト〉

海賊課のΩCPNシステムでラテルの高速言語がアプロに伝わった。

〈〝アプロ、おまえのほうのラジェンドラの情報からだいたいの状況はわかった。注意深く行動しろ、アプロ。おまえはなんとしてでも宮殿にもぐり込め。王女をつれ出すんだ。おれが援護する〟〉

〝ラテル、本気なのか？　おまえも王女をさらって手柄をたてたいわけ？　こちらの世界の王女は、おれたちから見れば偽物だぜ〟

〈〝いや、本物だ。この世界の王女は行方不明なんだ。つまりいま宮殿にいる王女は、この世界では偽物なんだ。おれたちのコピーアプロとラテルが本物を捜している〟〉

〝本物と偽物が入り乱れて、どうかなりそうだな〟

アプロはラテルと真面目に高速言語で打ち合わせをした後、ＸＨＦチャンネルをつなぎ、ランサス星系人艦長に伝える。

「いま情報が入った。やはり海賊は王女を狙っているらしい。海賊がいるかぎり、おれたちはそれを追う義務と、どこにでも入れる権利がある。フィラール宮殿だ。案内しろ」

〈しかし……あなた方は太陽圏所属でしょう。ランサスの海賊課は――〉

「海賊課はどこの課でも同じさ。おれたちには縄張りなんてないんだ。そんなことに縛られない組織が必要ってことで海賊課ができたんだ。いいんだぜ、案内したくなければ、それでも。ラジェンドラ、オープン－FCS、セット－CDS。目標、ランサス・フリゲートの二艦。海賊課捜査妨害だ。完全破壊用意」

〈なにを、ばかな！　待て。気はたしかか、おまえ――海賊課め。わかった、少し待て。司令部に連絡する〉

「司令部などと小さいことを言うなよ。女王に連絡しろ。ランサス・フィラール・サフィアンに」

〈なに？　なにを言っているんだ？〉

「女王はおれを拒否しない。拒否したら、おとなしく引き下がる。約束する」

〈その言葉、忘れるなよ〉

艦長は司令部へアプロの伝言を発信した。防衛機構軍司令部からフィラール宮殿女王省へ。省大臣補佐官からシャドルー戦士隊長へ伝わり、女王づきの首席女官である侍従長から女王に伝わる。女王はアプロの申し出を許可した。返答は逆の順に伝わって、アプロにとどいた。

〈信じられないが――ランサス女王陛下の命令だ。次の座標点まで行け。あとはフィラール女王軍フリゲートが宮殿まで案内する〉

「だから言ったろうが」

アプロ、笑って、XHFチャンネルを切る。

〈ラテルの推理は正しいようですね、アプロ。宮殿にいる王女はこの世界での偽物なのでし

ょう。女王はそのことに気づいているにちがいありません。しかしそのことをだれにも知られたくないらしい〉

「複雑らしいな、フィラール王家の内情は」

アプロはラジェンドラがサブディスプレイに出した王家に関する資料に目を通した。

フィラール王家は代々女系でとおしてきた。反女王派はこれに反対する男たち。かつて現女王を倒そうとした動きがあり、そのときの主謀者は現女王の兄だった。そのたくらみは失敗におわっているが、その後、現女王の従弟、現在シャドルー戦士の長であるセフトが秘かに女王と、女王の一人娘であるフィロミーナを倒す機会を狙っているらしい。フィロミーナは三フィラール年前に暗殺されかかったことがある。表面上は当時シャドルー戦士だったシュフィールが主謀者とされ、シュフィールは捕まりかけたが逃走、その後の行方は知れない。

「これも現女王サフィアンの従弟のセフト、いまのシャドルー戦士長官、シャドルーア・セフトという男の仕業なんだろう？　女王はよくそんな従弟を生かしておくよな」

〈証拠はなかったでしょうし、王家がぐらついてはランサス星系全体が危うくなるからでしょう。ランサスは経済面で、太陽系やその他の星系から狙われていますからね。現女王はよくやっていると思います〉

ラジェンドラ、指定された空域へΩドライブ。フィラール女王軍のフリゲートが待っていた。フィラールの宮殿近くのモルカ市郊外の女王専用宇宙港へ誘導、ラジェンドラは着艦、アプロは、飯だ飯だと言いながら外に出た。

港にはシャドルー戦士が二人迎えにきていた。たくましい身体を地味な灰色のシャドルーの制服で包む。左右にスリットの入った上衣はミニのワンピースのように膝近くまであり、スラックスは細身。太陽系人より脚が長くてスマートだな、とアプロは思った。シャドルー戦士は腰に太いベルトをしめ、右側に銃を、左には六〇センチほどのレーザー剣を下げていた。その一人が剣を抜き、レーザースイッチを入れて、アプロの頭上を切った。刃筋に細く赤いレーザー光が走る剣で歓迎の挨拶だった。アプロは首をすくめる。歓迎というより、お祓《はら》いみたいだ、とアプロはすねたが、表情には出さない。

「アプロさま」太陽系標準語で戦士が言った。「ようこそ。宮殿へご案内します」

バサバサという物音にアプロは上を見あげる。大きなコウモリが舞い下りてきた。

「こ、これに乗るのかい」

「タトゥーはおとなしい動物です。夜目がききます。さあ、どうぞ」

カンガルーに翼をつけて、首から上は蛇のよう。眼が青白く光る。アプロは、にゅうと首を伸ばしてくるタトゥーに思わず、口を裂いて威嚇する。

「大丈夫です、アプロさま」

別の一人はすでにタトゥーをまたぎ、大空へ。アプロ、おっかなびっくり、タトゥーの尾からよじのぼる。戦士が慣れた動作でとびのると、手綱をとった。かけ声ひとつでタトゥーは翼を打ち、舞い上がった。夕陽が沈み、夜の色が広がりはじめている。

「時代錯誤的乗り物だなあ」

「フィラールを機械で汚染したくありませんから」

「ラジェンドラが聞いたらむくれるぞ」

「機械に感情はないでしょう」

「ラジェンドラは別さ。あいつは特価品じゃないからな——高いんだよなあ」

「高所は苦手ですか？」

「いや、ラジェンドラさ。おれが苦手なのは」

「は？」

「なんでもない。早く行こう。腹がへってるんだ」

「わかりました。晩餐の用意をさせましょう」

　フィラール宮殿が近づく。光り輝く、白い石造りの宮殿だった。森のなかの広大な敷地にいくつもの建造物が白く点在する。みな白く照明され、さほど高くはない。アプロを案内する戦士は、あれが戦士の聖館、シュラークをまつる神殿、女官の院、女王の瞑想宮と、指さして説明した。女王宮殿はシュラーク神殿よりも小さかったが、ひときわ明るく輝いていた。おそろしく横長の石段があり——人が百人横に手をつないでいっしょにあがれそうだが、段は二十数段しかない、緩い勾配だった——それをあがったところに階段の幅と同じ長さの凱旋門と戦士が説明する建物。その先は石畳の広場で、タトゥーはそこにおりた。

　アプロの目の前に、上から見た印象よりずっと大きな女王宮殿。背後の凱旋門と正面の宮殿を、左右にある建物がつなぐ。

「右が王女の館です。左が迎賓の館。さあ、どうぞ」

タトゥーは戦士の手のひとふりで夜空に舞い上がって消える。

「慣れてるなあ」

「タトゥーは利口な動物ですよ」

迎賓館の広間は広く、天井は高く、がらんとしている。

「こちらへどうぞ」

アプロは広間を抜け、廊下を歩き、いくつもの部屋を横目で見て、宴の間のひとつに通された。狭い部屋なのだが、それでもアプロひとり用としてはだだっぴろい。長いテーブルの上手にアプロは座らされた。戦士の二人は入口で剣に手をかけて、立った。しばらくすると女官たちが料理を運んできた。

緑のスープは香りがよかった。アプロはわき目もふらずに食べはじめる。温かい肉料理、冷たいクリームソースのかかったドーナッツに似たパン、ランサス・フィラールの果物にワイン、サラダ、甘いデザート、苦味のある茶。

戦士たちはあきれ顔で見つめたが、黒猫刑事の首のインターセプターから青いレーザー光が自分たちに向かって発射されると、肩をすくめてアプロから目をそらし、他のことを考えることにした。

アプロ、インターセプターが作動したことなど知らぬふりで、しあわせ気分にひたる。

首に白いナプキンをさげて。

シャルファフィンは迷わず森を進んだ。日はとっぷりと暮れている。

「ランサス・フィラール人には帰巣本能があるようだな」

シャルファフィンの後ろから海賊匋冥が声をかけた。

「パサティブの墓には奇怪な力が働いているようです。わたしはそこから離れたいだけです」

地面はふかふかしている。厚い落葉の層だ。踏みしめる一歩一歩に森の香が立つ。夜気は冷たかった。汗ばんだ身体には気持がいい。

朽木に足をとられて転びそうになるシャルファフィンを、匋冥ががっしりした腕で支える。歩みを止めると森は静かだ。だが耳をすますとさまざまな物音が聞こえる。風でざわめく森の高い樹の小枝、夜行性の小動物の駆ける音、小川のせせらぎ。

シャルファフィンは礼を言って匋冥から身をはなし、一息ついた。

「もうすぐだと思います。方向はまちがっていません」

匋冥はうなずく。その自信たっぷりの様子にシャルファフィンは首をかしげる。

「ナーガ、トレーサー・ビーム - オフ」

「匋冥？　ナーガから宮殿への方向指示波を出していたのですか？」

「きみを信用しなかったわけではないが」本心ではない。匋冥はだれも信じない。「信用しなかったわけではない……」くりかえしてつぶやき、自分はシャルファフィンを信じているのではないかと匈冥は自分の心を疑った。「森のなかで二、三年後に白骨で見つけられる、などというのはごめんだからな」

「ではそのビームは切らなくても」

「能動波は感知されるおそれがある。もう見つかったかもしれん」

「見つかったらどうするのです」

「捕まるだろうな」

「あなたが？」

「きみは大丈夫だろう。その王家の紋章がある。シャルファフィンが二人いることがばれないうちに、きみはおれを助けるんだ」

夜の闇のなかで海賊の笑う気配。

「なぜ、わたしがあなたを助けなくてはならないのですか」

「王女捜しだよ、シャル。きみにはおれの力が必要だ」

「宮殿にいる王女はわたしたちの世界の王女ではないでしょう」

「どこかにはいるさ。案外、宮殿にいる王女は本物を追い出した偽物、つまりおまえの捜している王女かもしれん」

「──でも見分けられるでしょうか」

「きみならできるだろう。もし見分けがつかなかったらその王女をつれ出せばいい。おれが協力しよう。王女が行方不明だったら、海賊のネットワークで捜してやってもいい」

「あなたは……いったいなにを考えているのか、わたしにはわかりません。海賊の手は借りないわ」

「もう貸しがある。忘れるな。おまえは海賊なんだ」

シャルファフィンはそれにはこたえず。歩をすすめる。しばらく行くと先に明りが見えてくる。

「シュラークの神殿です。ああ、やっとついたわ」

「待て」

駆け出そうとするシャルファフィンを匐冥はとめた。海賊は頭上に怪しい気配を感じて魔銃に手をかけた。

枝の揺れる音。激しい羽ばたき。シューという動物の威嚇の声。

「タトゥーだわ。この森はタトゥーのねぐらなのです」

「タトゥー?」

銃を撃つ前に気配は失せる。

「いけない……タトゥーは利口です。シャドルーたちに知らせに行くでしょう。逃げましょう、匐冥。ナーガへ」

「ばかを言うな。ここまできてもどるなんて、なんのために歩いてきたかわからん」

「呼べばナーガは来るのでしょう?」

「シャドルー戦士が来るときまったわけじゃない」

「来ます。彼らは有能な戦士です。あなたがいくら強い海賊だといっても、一人では勝ち目はないわ」

「だろうな。ここには船はない。おれは山賊の経験はないんだ。行こう、シャル、あの神殿に逃げ込もう」

シャルファフィンはひきとめようとしたが、海賊は走り、森から出て神殿の草原に身をさらした。

「匋冥、待って！」

シャルファフィンは大きな声を出したのを後悔する。見つかった。森の上空からフィラール母星語で、捕まえろ、という声が。シャドルーだ。

シャルファフィンは森を出ようとし、神殿を白く浮かびあがらせる光のなかで、海賊匋冥が来るなと手で合図するのを見た。森のはずれでシャルファフィンは身を伏せた。上空の、タトゥーに乗ったシャドルー戦士たちは、光を浴びて立ちつくす大胆不敵な男、王家の森の侵入者に注意を向けていて、下にもうひとりいることに気がつかないようだった。

上空からシャドルー戦士の三人に威嚇された匋冥は両手を挙げる。舞い下りたタトゥーから戦士たちが銃をかまえて近づく。

「何者だ」

匋冥はこたえない。デスマスクのように表情を変えない。

「武器をとれ」

シャドルーのひとりが仲間に言った。魔銃が取りあげられる。素早く身体検査。

「ブレスレットをはめているな。何者だ、貴様。目的はなんだ。このブレスレットは通信器だな」

「海賊か」別のひとり。

「海賊がこんな間の抜けた捕まり方をするとは思えないが。こいつ、頭がおかしいんじゃないか？　見たところ太陽系人だ」

「そうか、言葉がわからないんだ」リーダー格の戦士は太陽系標準語にかえる。「何者だ。どこから来た。目的はなんだ。仲間はどこだ。このブレスレットの機能は。海賊なら船があるはず。どこだ」

「このブレスレット、腕に密着して外れん」

匋冥はブレスレット・コマンダーを外そうとする戦士に逆らわず、一言も口をきかなかった。反応を示さない匋冥に業を煮やした戦士のひとりが剣を抜くと、匋冥のブレスレットをはめた手首に刀身をあてる。

「外れないのなら腕ごと切り落としてやる。もう一度訊く。名は。侵入した目的は。仲間がいるだろう、どこにいる」

剣を持った戦士は柄にあるレーザースイッチを匋冥に見せて、力をこめる。

「王女に会いに」だしぬけに匋冥はフィラールの言葉でこたえた。「王女の件で、シャドルーの長と話がしたい」

「なんだと？」

剣を引いて戦士は表情をこわばらせた。

「どういうことだ。一人で来たのか？　なぜこんな方法で来なければならないのだ？」

「セフトが知ってるさ。おれが表面に出ればやつの薄汚なさが公になる。やつは自分の罪をシャドルー・シュフィールに着せて、のうのうとしている」

「貴様、裏切りシュフィールを知っているのか」

匋冥は口を閉ざしてこたえない。

「シャドルーア・セフトを愚弄するとは、許せん」

戦士のひとりは剣をふりかぶり、レーザースイッチを入れた。匋冥は表情を変えずにその戦士を見つめた。

「待て」リーダーがとめた。「殺すのは簡単だ。シャドルーアの指示を仰ごう。つれていけ」

ひとりが素早く銃を抜き、匋冥を射った。

匋冥は肩に熱い衝撃を受け、膝を折る。戦士たちは男が撃たれながらも無表情を保っているのを見てぞっとした。

「ショックガンではなく、殺したほうがいいような気がするな。邪悪な臭いがする」

口笛の合図でタトゥーがおりてくる。戦士は口笛の音をかえてタトゥーに男をつれてゆくように命じた。タトゥーは爪のある足で匃冥の身をつかむと、シャドルー戦士の聖館へ飛んだ。

匃冥は意識を失ってはいなかった。空から宮殿の位置、地形、館や神殿をつなぐ道、身を隠せる茂みや溝などを覚えこむ。

ショックガンの効果はごく短時間で薄れる。

匃冥はシャドルーの聖館の中庭の石畳にどさりと投げ出されて、しばらく息をつめて伏せていた。ゆっくりと身の感覚がもどってくると痛みが全身に広がり、匃冥は唇をかんでうめき声を殺す。倒れたまま周囲をさぐる。大きな四角の、浅い井戸の底のようだ。窓のない壁が取り囲む。ここにはタトゥーをつかってしか入れないようになっているのか。周囲の壁はシャドルー戦士を讃えたものか、戦士たちが剣をつかって戦う図柄や、神話からとったらしい不気味な生き物がからみあう図などが浮彫りにされている。あの人間ばなれした、タトゥーに似た怪物と髪を振り乱したミイラとの戦いは、シュラークのパサティブ退治の図だろう……

タトゥーに乗った戦士たちがおりてきた。

匃冥は両脇をかかえられて、遅れてやってきた戦士と対面させられた。

その戦士の上衣の丈は、他の戦士たちよりも長く、膝のすぐ上まである。ベルトはしめていたが、銃はなく、金や銀で装飾された剣だけを帯びる。制服の色も灰色ではなく、鮮やかな白銀。

非活動的な上衣の長さは、こいつが自ら動かなくてもいい地位にいることを示しているのだろう――こいつがセフトか。匋冥はラック・ジュビリー＝シュフィールを罠にかけた男を、無感動な、ショックガンの効果からまだ醒めていないような顔で見つめた。

「何者だ」

ハゲワシの印象。髪はない。鋭い眼光。

「不敵なやつだ。ほめてやろう。名を名のれ。わしに会いたいと言ったそうだな。わしに命ごいをするつもりだったのか」

匋冥はこたえない。

「こたえたくなければそれでもよい。いずれまともな身分ではないだろう。処刑される前に言い残したいことがあれば、いまのうちだぞ。それを聞いてやろうではないか。わしは慈悲深い」

セフトはやせた彫りの深い顔に残忍な笑みを浮かべる。

この笑顔でもって何人殺したろうと匋冥は思った。セフトの前に引き出される犯罪人は、セフトの残虐な性格を表わす笑いに思わず助けてくれと言うにちがいない。この男はその効果を意識しているだろう。そしてその結果にはいつも満足してきたのだ。

「太陽系人だな。フィラール宮殿に何の用だ。名は」

セフトは男が持っていた銃をシャドルー戦士のひとりから受けとった。この男は抵抗もせずに身を守る武器を手放して捕まったのかと、セフトは匋冥を軽蔑する。

「もう一度だけチャンスをやろう。ここに来た目的はなんだ。こたえなければ、このおまえの銃で殺してやる」

海賊匋冥は不敵な笑みを返した。セフトは匋冥の、仮面から一瞬にして変化した表情の動きに、背にぞくりとくるものを感じた。すっと銃をあげ、引金を引く。魔銃は反応しない。

「なんだこれは。おもちゃか。残念だな。処刑法の希望があったら聞いてやるぞ」

海賊匋冥は戦士たちの手をはらい、腕を組み、口を開いた。

「おまえの命と引き換えに、ランサス太陽を破壊するのはやめてやろう」

「なに？　なにを言っている。狂っているな」

しかしセフトは、匋冥の言葉が単なるはったりではないと感じた。セフトは生まれて初めて、自分よりはるかに邪悪な力を持つ相手がいることを知る。人間にはいないと思っていたが——この男はパサティブを思わせる異様な力を発散している。

「……貴様——名は」

「シャローム」

匋冥は名のった。そして口を閉ざした。その一言で自分のすべてを表わしたとでもいうように。セフトはその名を知らない。もちろん、シャロームの名を聞いて生き残った人間など、わずかな例外——オールド・カルマに憎むべきラウル・ラテルなど——の他にはいないことも。知らなかったが、しかしセフトは、シャロームというのが最後通告らしいということはわかった。

セフトは魔銃を調べ、戦士のひとりにそれを渡して分析するように言った。それから、匋冥のわきに立つ戦士に、その男は殺すなと命じた。

「こいつはただ者ではない。大きな謀略がからんでいそうだ。つれていけ。地下牢にぶち込め。——太陽系人。あとで、この場で殺されればよかったと思わせてやる。覚悟しておけ」

セフトはタトゥーに乗って去った。匋冥のわきの二人の戦士が離れる。匋冥は身がまえた。石が、地面が落ちる。匋冥は地下牢へと落下した。バランスをとって闇のなかで着地し、上を見あげると、かなり高い。フィラールの重力が地球なみだったら怪我をしているところだ。横穴があった。そこに入ると石が上がっていき、牢が閉ざされた。ほのかな赤い光。おちてきた穴と横穴の間に鉄の格子が床からせりあがって、匋冥はとらわれの身となった。匋冥は狭い牢でごろりと横になると、ブレスレット・コマンダーを作動させた。反応がなかった。よくできた牢だと匋冥は思い、腕を枕にして、寝入った。

セフトは女王宮殿のシャドルー戦士の長官室に入る。セフトの腹心の部下とセフトの妻が待っていた。

「海賊です、シャドルーア・セフト。やつは海賊匋冥だと思われます」

ずるがしこい眼の小男、王女警護班の長、クルームが言った。

「ちょうどいいんじゃないの、セフト。海賊課のネコが来ているわ。食い意地のはったネコよ」セフトの妻、フィアートが言う。

デスクにつき、セフトは首を振る。

「女王は海賊課刑事を宮殿に入れた。なんのためだ？　海賊が来ることを知っていたのか」

「わからないわ。ネコ相手に遊びたかったたんじゃない？」

「やつが海賊だとどうしてわかった、クルーム」

「ランサス海賊課の情報です。ガルーダがわが星域に侵入したそうです。ガルーダは匋冥の海賊船ですよ。匋冥はカーリー・ドゥルガーという海賊船を操るという噂ですが――そんな船は幻のようですな。ただのちんぴら海賊でしょう」

「……ちがうな。やつはなにかをたくらんでいる。われわれの計画を知っているのかもしれん。あいつにはわが星系を乗っ取る力がある」

「女王、王女、そしてシャルファフィン。三人を排除することを、海賊が知っている、ですって？」

「フィアート、王妃になりたかったら、そんなことを軽々しく口にしてはならん」

「王妃にはなれそうにないわね。わたしはラントに期待するわ」

細面の、切れ長の眼のフィアートはセフトに微笑む。ラントはセフトとフィアートの息子。

「女王の動きがどうも気になる。シャルファフィンに休暇を出すわ、海賊課を呼ぶわ、普通ではない」

「しかしわたしたちのことは気づいていないでしょう」

「いや。三年前の王女暗殺失敗から、それ以前から、サフィアンはわれわれの腹に気がついているさ。しかし証拠はつかまれていない——女王はわれわれを一気につぶせるなにかをつかんだのかもしれんな」

「もしそうなったら、わたしたちどうなるの」

「消される。ラントも含めて」

サフィアンは幼いラントは見逃すだろうとセフトは思ったが、妻の気持をかきたてるためにそう言った。

「民の前に引き出されて、処刑？」

「裁判の結果そうなり、女王は王女に位を譲って身を引くか、でなければ、われわれを事故死に見せかけて殺す——最後の手段だな」

「汚ないわね」

フィアートは細い眉をひそめて爪をかんだ。

「海賊は王女に会いに来た、と言ったそうだ。クルーム、やつのことをもっと調べろ」

「わかりました」

クルームは剣に手をかけて一礼し、長官室を出ていった。

フィアートはデスクをまわってセフトの頰をなで、しなだれかかり、耳元でささやく。

「わたしを王妃にして。王の母でもいいわ。いつまで待ったらいいの？　自信は？」

「もちろん、あるさ。フィラールはおれのものだ」

長いくちづけのあと、セフトは妻の目を見つめて言った。

「おれにはバスライがついている」

「……魔女バスライか……危ないわ、セフト。魔女はあなたの王位と引き換えに死を要求するでしょう。魔女――おかしいわね、本気で信じているの？」

「バスライはパサティブの使いだ。――伝説など信じちゃいないさ。しかしバスライは魔女と言っていいほど汚い知恵を持っている」

「うまくいったらバスライはいらないわね」

「役に立つ老婆だ。放っておいてもかまわんだろう。時が消してくれる」

「短いのよ、人生は。楽しまなくては。あまり待つのはいやだわ。バスライが本当に魔女で、死を要求してきたらどうするつもりなの、王さま」

「死をくれてやるまでのことだ」

「だって――」

「死はどこにもある。おれとおまえ以外の死ならかまわないだろう？」

「フフン、あなたらしいわ」

フィアートはセフトからはなれて髪をなおした。

「それからラントも、バスライにはやれないわよ、あなた」

セフトはうなずいた。室を出てゆく妻に、ふとセフトは思いついたことを口に出した。

「フィアート」

「なあに？」

「おれたちの子が男ではなく、娘が生まれていても、おまえはおれの反女王主義に賛同したか？」

「――あなたは王になれる立場にいても、わたしには女王の資格はない。あなたはどう考えているの？　現女王が気に入らないの？　それとも女が王になることがおもしろくないの？　娘がいたら、王になる野心は捨ててその娘を女王にすることを考えたかしら？」

セフトはこたえず、ただあいまいにうなずいてみせた。

フィアートは耳ざわりな笑い声をあげて室を出ていった。

ばかなことを口にしたものだとセフトはデスクをたたいた。おれは――なんとしてでも王位についてやる。息子のことなど二の次だ。まずおれが、ならなくてはならない。魔女の力を借りてでも。

act 4.10 enter # 3

シャルファフィン・シャルファフィアは、撃たれて膝をつく匋冥を目撃して悲鳴をあげそうになるのを手でふさいでこらえたあと、草原に静けさがもどるのを待ち、宮殿に向かって注意深く歩をすすめた。

途中タトゥーに見つかったが、シャルファフィンが澄んだ口笛を吹くと、おとなしくねぐらへ帰っていった。

海賊など射ち殺されればよかったのよ、とシャルファフィンは、悲鳴をあげそうになったときの自分の心を恥じた。わたしは海賊になりかけているのかもしれない……匐冥はおそろしい男だわ。

匐冥はわざと捕まったのだとシャルファフィンは悟った。なんて大胆な。シャドルーに撃たれる直前にも顔色を変えなかった。ショックガンだということは知らないはずなのに。彼は、わたしが本当に助けにいくと思っているのかしら。

王女を捜さなくては……それよりも、まず女王に会わなければ、とシャルファフィンは思った。すべてを打ちあけて、力を貸してもらおう。信じてもらえなかったら……そのときは、女王に殺される前に海賊に王家の紋章の髪飾りを渡して頼もう。髪飾りとこの命を差し出して。匐冥はやってくれるだろう……海賊なんか信じたくない。でも。

目を閉じても行ける道を、シャルファフィンは神経を張りつめて進んだ。

女王宮殿へ行くべきか、それとも、もう女王は瞑想宮の離れの寝所へ下がったか、シャルファフィンは迷った。が、匐冥の騒ぎで、女王はいずれにせよまだ休んではいないだろう、宮殿へ行こうとシャルファフィンは決める。

だれにも見つからずに宮殿の裏手までたどりついたシャルファフィンは、宮殿内の光りや気配から女王がいることを確信した。

庭園の茂みに身をかがめ、目の前の女王執務室をうかがう。複数の人間がいるようだった。海賊のことをシャドルーア・セフトが直々に報告に来ているのかもしれない。広いベランダ、石造りの優雅なひさしの奥に、かすかに青味がかったガラス窓。庭に面するその部屋は、宮殿のなかでもっとも開放的な明るい部屋だった。もともとその部屋は庭園観賞のための特別貴賓室だったのだが、サフィアン女王は三年まえから以前の重厚な執務室を出て、そこでランサス・フィラールを治めることにした。開放感あふれる部屋は重い責任からくる疲れをいくらかでもやわらげてくれるのではと、シャドルーア・セフトにすすめられたのだ。シャルファフィンは反対した。開放的ということは外から狙われやすいということだから。しかし女王は、セフトの挑戦を受けて立つかのように、やれるものならやってごらん、わたしはおまえなど恐れてはいないという意志を態度で示すように、シャルファフィンの忠告を笑ってしりぞけたのだった。

シャルファフィンは茂みを出て、女王を認めた。女王は庭を望めるようにおかれたデスクにつき、シャルファフィンからは見えない入室している者に、下がってよいという手振りをした。シャルファフィンは足音をしのばせてテラスの端から大きな窓に近づいた。

女王ひとりだけだというのを確かめて、ガラスを小さくたたく。

ランサス・フィラール・サフィアン女王は書類を読んでいた顔をあげる。不意をおそわれて、はっとあげた表情にも、女王の威厳と王家の気品は揺らがない。王女のフィロミーナはこの女王の知的で端整な容貌を受けついではいるが――でも女王の民を思う優しさと国を守る責任者としての厳しさを一目で感じさせる雰囲気を身につけるにはまだ時間がかかる……王女はもう大人よ、と自分では言うが、幼い。シャルはフィロミーナを守ってやらなければ、と思う。

シャルファフィンは部屋からこぼれる光に身をさらした。サフィアン女王は目をしばたいた。黒い眼が一瞬金色の光を発したよう。女王は立ち、南国の海を思わせる緑のやわらかなスターシルク・ガウンの胸に手をやって、シャルファフィンを見る。だれ、と首をかしげて。シャルの髪飾りより少し大きいプラチナの紋章が部屋のまばゆい光を反射してきらめいた。

女王はシャルファフィンの姿をもっとよく見ようと窓に近づき、それがシャルだと知ると——なんて格好をしてるの、シャル？——窓の開閉ストリングを引いた。窓ガラスに無数の縦の線が入り、カーテンのように左右に開く。

「シャル？　あなた、どうしてここに？　いつ帰ってきたの？　フィロミーナは見つかったの？　さあ早くお入り、シャル。なにかひどい目にあったようね」

わたしは海賊なのです、女王陛下。シャルファフィンは髪飾りに手をやり、これは返さなければならない、自分にはふさわしくないと思う。

さほど時間がたっているわけではなかったが、見なれた宮殿と、母のようなサフィアン女王の温かさがシャルファフィンの瞳に涙を浮かべさせる。シャルファフィンは部屋に入った。女王は窓を閉じ、素早く不透明化スイッチを入れる。透明だった窓が、床に敷かれたふわふわの厚い絨毯と同じ色に変わる。雪の色。

シャルファフィンは女王の足下にひざまずいて頭を垂れた。

「申し訳ありません、女王陛下《サフィアス》。フィロミーアはまだ……」〝フィロミーア〟はフィロミーナの敬称。最上級ではない。「わたしの力が足りないばかりに、陛下には——」

「他人行儀な。わたしはサフィア」〝わたしはあなたを愛する〟という意味を告げる名。〝サフィア〟は親しい者に対して打ちとけた〝わたしは
「いらっしゃい、シャルファフィナン」

シャルは顔をあげる。

「わたしには陛下《サフィアス》に〝シャルファフィナン〟と呼ばれる資格はありません」

「いさましい姿だわね。海賊課刑事にでもなったの、シャル」

女王は笑って身をかがめると、ゆったりとしたガウンの袖でシャルファファフィンの涙をぬぐった。

「その姿も似合うわよ、シャルファファフィナン・シャル」

女王サフィアンはシャルを立たせて、部屋の奥へ。広い部屋には歴代女王の立像が十三体、ミュールというチェスに似たゲームの駒のように、思い思いの場所に立っていた。像はブロンズ色で等身より多少大きい。サフィアンは百十三代目のフィラールの女王、ランサス星系全体を支配する女王としては十四代目だった。男が王になったことは長い歴史のなかでも、一度としてない。フィラール王家だけでなく一般のフィラールも母系制だった。かつてフィラール人の男は女の倍の比率で生まれ寿命は半分にも達しなかった。男は戦うための生きた武器、はるかな昔、男が消耗品だったころのことだ。いまでは男女の寿命や出生率にさほど差はないが、母系制度はそのまま残っている。三千フィラール年の歴史だ。

サフィアンは歴代女王像の林のようななかにシャルファフィンといっしょに腰をおろした。

「武器を帯びるなど、男のやることですよ、シャル。あなた海賊課へ行ったのですね？　苦

労をかけたわね。大変だったでしょう」

　シャルファフィンは女王の優しい言葉に胸が熱くなった。帰ってきた、わたしは帰ってきた……すべては悪夢だったのだ。でも王女はまだ見つからない。

「フィロミーアは魔女につれ去られたなどと信じかけましたが……海賊の罠なんだわ。匐冥という海賊は催幻能力があるらしく、わたしは危うく彼の手下にされるところでした。海賊は捕らえたのですか、サフィアス」

「いまセフトからききました」

「一刻も早くこの世から消すべきです……危険です……生かしておいてはいけない」

「あなたの言葉とも思えない。——シャル、あなたは、では海賊といっしょだったと言うのですね？　あなたは海賊課へ行ったのではなかったのですか。いまアプロという海賊課刑事が来ていますが……それで刑事といっしょに姿をあらわさなかった理由はわかりました。海賊課はでも、フィロミーナが偽物だということを信じてくれたようですね」

　シャルファフィンの顔から血の気が引き、白磁の肌がさらに白くなった。

　錯覚だった……帰ってきたというのは。海賊に幻を見せられていたわけではないのだ。女王サフィアンは、王女を偽物だと言った。偽物。おそらく、その偽物こそ、わたしが捜している、わたしの世界での本物のフィロミーナ。

「どうしたのです、シャルファフィナン？」

「フィロミーアは……ここにいるのですね」

「あれはだれかが化けているのだわ。海賊の仕業でしょう。セフトが仕組んだのかもしれない。もしかしたらフィロミーナ、愛しいフィロミーナンはすでに海賊の手で……そしてあの偽王女は時期を見てわたしを殺し、消えるのではないかしら」

「サフィアス……フィロミーアは本物です」

「シャル？　あなたではありませんか、偽物だというのを見破ったのは」

女王サフィアンはふと眉をひそめて、腰をあげ、シャルファフィンに近寄った。シャルファフィンは深く頭を下げる。

「シャルファフィン」女王はシャルの豊かな髪をなでる。「……そうね、よく似ているわ。見分けがつかない。声も姿も香りもシャルそのもの。だけど……ちがう。これはシャルの母の形見ね。あなた、本物のシャルファフィンを殺して入れ替わった――海賊？　なにが目的なの。あなたもセフトに？　いいえ、もっと大きな陰謀のようね。でもわたしは負けるわけにはいかない……ランサスの平和はだれにも乱させはしない。ちょうどよかった。海賊課が来ている。呼びます。動かないで」

女王はシャルファフィンの偽物が銃を下げて入ってきたわけを知った。最も信頼するシャルファフィンに化けて暗殺をはかったのだ。しかし偽物が動かないのを女王は不審に思った。シャルファフィンの偽物が面をあげる。シャルは泣いていた。

「……シャル？　おお、わたしにはあなたが偽物とは思えない……でも……どこかちがう、手を触れるとわかる……泣くのはおよしなさい」

サフィアンは素手でシャルファフィンの涙をふいた。

「サフィアス……そう、わたしは偽物です、ここにいる王女も。その王女こそ、わたしが捜しているフィロミーア、わたしは彼女をつれ、そしてサフィアス、わたしの世界のサフィアスのもとへ帰らなければならない……」

「どういうことなのですか」

「わたしにも信じられませんが、サフィアス、もう少しの間、わたしに生命《いのち》をお与え下さい……フィロミーアをわたしのサフィアスのもとにもどせることがはっきりしたら、喜んでこの生命を……もとより生きて宮殿に帰るつもりはありません。お願いです」

「おちつきなさい、シャル――そう、あなたはシャルファフィナン・シャル。まるで双子のよう……早まってはなりません。わたしを悲しませることは許しません。――わたしももう一人いるわけですね、あなたの話によれば」

シャルファフィンはうなずく。

「許しませんよ、シャルファフィナン。あなたのサフィアもそう言うはず。生命を犠牲にするのは許しません。あなたの責任ではありません」

「……サフィアス……あなたのシャルは海賊ではないでしょう、ですがわたしは……もうだめです。宮殿には帰れません……」

「わたしの命令がきけませんか、シャルファフィン・シャルファフィア。悲しませないで。さあ、説明しなさい。どういうことなのか」

「……はい、サフィアス」

「わたしはサフィア」

「……サフィア……実は火星ラカートで――」

と説明しかけたシャルファフィンは、見あげる女王サフィアンの肩に奇妙な小動物がとまっているのに気づいた。

タトゥーに似ているが、ずっと小さい。よく見ると、似ているのはコウモリのような翼と蛇のような頭部だけだ。身体は人間だった。銀の鱗におおわれていて、眼はタトゥーのような青白色ではなく、ルビーの赤。燃える火のように瞳がちらちらと輝く。長い爪の伸びた手には、右に剣、左手には聖なる錫《すず》、錫の頭にはフィラール王家の紋章のもとになっている六角を基調にする透かし彫の聖紋。

「これは？　サフィアス――そこにいるのは――」

「なあに、シャル。どうしたの。わたしの顔がどうかしましたか？」

「見えないのですか、サフィアス。シュラークだわ――いいえ、シュラークの使いの、人を守る、風の精ファーン。ファーンです、サフィアス。ファーンが肩にとまっています」

ファーンは音をたてずに女王サフィアンの肩を飛びたち、サフィアンの母、前女王の立像にとまり、女王とシャルファフィンを見下ろした。そしてシャルを勇気づけるかのように錫を振り、聖剣でシャルの頭上を切った。

ここはたしかにもとの世界ではない。わたしには見えるのだ、妖精が。まともなら決して目にすることのできぬ神話の神々が実際に感じられる世界に来た――シャルファフィンはいいようのない恐怖、畏れ、感動に全身を震わせた。

continue in level 3

5　merge level 3

act 5.1 enter non

シャドルーア・セフトは女王サフィアンに海賊のことを伝えると、長官室にはよらずに宮殿の外に出た。戦士の聖館へ行く道の途中、セフトは鋭い口笛を吹き、タトゥーを呼ぶ。

セフトの使うタトゥーはひときわ体格がよかった。セフトは乗り、高く上昇させる。

神殿を見下ろし、王家の森へ、そしてセフトは、パサティブが封じ込められた岩山へと向かった。

おれにはパサティブとその使い魔女バスライがついている。——はずだ。にもかかわらず、その強大な悪の力をも屈服させてしまう異様な気を発散している海賊に出会った。セフトは海賊匈冥の不敵な笑いを思い出して低くののしる。邪気の感じられない天使のように澄んだ瞳が、いっそう不気味だった。海賊め、いったいなにを考えているのだ?

かまうものか、とセフトは思う。おれにはバスライがついている。魔女バスライ。海賊の力には魔女の魔力で対抗してやる。

黒い王家の森の先に、赤黒い荒地が星の微光の下に広がっている。そのなかにパサティブの墓が夜空から大地に打ち込まれたかのようにそびえている。夜よりも黒く。

タトゥーが、いやいやをするように首をねじまげて一〇〇メートルほど下、森の入口の草原の方をしきりに気にした。

ナーガだった。ナーガは受動探知システムでタトゥーの空気振動と、タトゥーとセフトの生体反応をキャッチし、すぐに機体を光学的に透明にした。透明化というよりも、色を変える。タトゥーの夜目のきく眼にはナーガは見えず、ナーガにおしつけられて伏せた草の色が感じられた。セフトのタトゥーは、自分よりも大きな動物がそこにいるのを本能的に感じて威嚇の声を発した。

が、セフトは海賊と魔女と自分の野心のことで頭がいっぱいで、タトゥーの反応を自分への反抗だとうけとった。厳しくタトゥーを叱ると、パサティブの墓へと手綱を操った。

パサティブの墓・岩山の頂に近いテラスにタトゥーをおろす。大きな洞から甘い匂いが流れてくる。青白い火が奥でゆれていた。タトゥーにここで待てと合図する。タトゥーはバスライが苦手だ。神経質に蛇のような首をふり、岩棚に身をうずくまらせて主人を見送った。

洞穴は魔女の住み家だった。奥は入口よりずっと広い。中央に石積みの炉があり、大鍋がぐつぐつ煮えている。洞はそこから立ちのぼる湯気とうす青い煙でかすんでいる。

バスライの使い魔ともいえる鳥のようなドマが数百羽天井から逆さにぶらさがっていて、セフトを高い鳴き声で迎えた。炉の燃料はこのドマの糞で、バスライはドマが運んでくる木の実や小動物や、セフトからの贈り物の宮殿の残飯などで生きている。

「待っていたぞ、セフト」

もやの向こうからバスライが声をかけた。

セフトはぞっと震えそうになるのを、剣の柄を握りしめてこらえる。魔女などこの世に存在するはずがない。この老婆はただの世捨人、あわれな乞食にすぎない。そんな老婆に、なぜだ、この畏れは。

「こちらに来て座るがよい」

バスライはしわがれ声で呼んだ。セフトは甘ったるい異臭に息をつめ、炉に近づき、すすめられた岩の椅子に腰をおろした。ゆれる青い火に照らされたバスライは小柄だ。茶の毛布のような布で丸まった背とちぢんだ身体を包む。髪はのびほうだい、そして顔は紙のように白く生気がなく、眼は病気で緑色、タトゥーのように暗闇で光る。無表情のバスライは子供のようだった。だが口を動かすと、そのとたんに無数のしわがあらわれて、顔が一瞬のうちにひび割れて崩壊するかのようだった。バスライのこの急激な顔の変化はセフトにはおぞましかった。人間ばなれしている。そしてセフトはふと海賊匋冥の表情の変化を思い出した。死人の顔から一瞬にして不敵な生気を感じさせる笑いを。

「セフトよ。海賊をあなどってはならぬ」

「——なぜそのことを？」

「海賊匋冥はパサティブが呼んだのだ」

「パサティブが？　なにをばかな。そんな悪魔などこの世にいるものか」

「パサティブ、悪魔王、なんと呼ぼうとおまえたちの勝手。しかしわれらは存在する。生きとし生ける者を支配する。われらと、シュラーク族とで。シュラークは善でパサティブは悪とおまえたちが決めつけることなど無意味だ。われらは宿敵どうし。パサティブ族は死を、シュラーク族は生をつかさどる。おまえたちにとって死が悪なら、わしらは悪魔。だが、おまえたちがなんと思い、どのように感じようと、おまえたちにとってわしらは自然原理の一部なのだ。この原理を破る脅威には対抗しなければならぬ」

「脅威とはなんだ。海賊か」

「ばかなこと。海賊など赤子にも等しい。わしらにとってうれうべきは、新しい思想、人間たちの生命制御。シュラーク族はそれに力を貸している。われらが悪とされる思想は自然原理に反する」

「ようするに、それではおまえたちの餌がなくなってしまうと、そういうことか」

「おまえや人間たちには決して理解できまい。生命制御も自然原理云々も、おまえに理解できるようレベルをおとしてある。おまえたちにはわしらのことは永久にわかるまい。人間科学など脅威ではないのだ。シュラークこそ脅威。この宇宙はもうじき消滅する。われらはそれを食いとめねばならぬ。われらの身を守るために。シュラークとわれわれはその方法論で対立している」

「宇宙が消える？　いつ？」

「おまえの時間では無限にも等しい。しかしわれらにとってはそうではない」

「早いはなしが神々の内輪もめか」

「おまえに理解できるのはその程度のことじゃな」

「フン」

セフトは腹が立った。この、似非《えせ》魔女め、このおれをなんだと思っているのだ？　まあ、よい、この老婆は自分を魔女と思いこむことで命を保っているのだから。あわれな存在だ。それを忘れてどうする。逆らわず、この老婆の人間ばなれした悪知恵を利用すればよい。

一杯やらぬか、とバスライは大鍋から、甘い香のたちのぼる上澄みの透明なスープを石碗につぎ、セフトに差し出した。セフトは冷えた身を炉とそのスープ碗であたため、一口すすった。甘い香とは反対にひどく苦い。セフトが顔をしかめると、魔女バスライは、ぎょっとするような若い娘の声で笑った。

「セフトよ、今夜はなんの用かな？」

「知っているのだろう。魔女ならばそのくらいのことは」

「海賊匋冥の出現にとまどっておるな？」

「おまえはおれをそそのかし、ランサスに騒乱をおこそうとした。血が流れ、死者の魂をおまえは求めた」

「王になるのはあきらめたのか、セフトよ」

「そうではない。おれは王位につく。できるだけすんなりと、な。海賊は邪魔だ。しかし簡単には殺れぬ。匋冥は太陽系の黒幕だ。殺せば、海賊ではない、正規軍や経済力でランサスは報復されるだろう。王位を狙うどころではなくなる。あいつの自信は、口先だけのことではない」

「ではやつを人質に太陽系を支配すればよかろう」

「匋冥を？　ばかな。戦争になる。いま匋冥について調べている。やつは一人で来たのではないだろう。極秘のうちに処刑できればよいが、仲間に察知されるにちがいない……」

「おまえには匋冥は殺せぬ。牢に入っている匋冥は。あれは幻にすぎぬ。強大な力をもった幻。本物は別にいる。牢のなかの匋冥は人間ではない」

「なんだって？」

セフトはあきれ顔でバスライを見つめた。

「セフトよ、あの海賊のことは忘れよ。やつはパサティブの力を得た、おまえには手の出せぬ悪魔。パサティブが呼んだのだ」

「この世に殺戮の嵐をまきおこすためにか？　そうか――おまえは、おれを見限ったのだな？」

魔女バスライは顔に無数のしわを刻んで笑い、こたえなかった。

「フフン、バスライよ、潮どきのようだな。もうおれにはおまえなど必要ない」

「忘れるな、セフトよ。匋冥はおまえよりもはるかに上手じゃ」

「言うな！」

「おとなしくしておれ。王にしてやろう。わしの力で。女王とシャルファフィンの守護天使を殺してやる。フィロミーナをそうしたように」

「フィロミーナを？」

「宮殿にいるフィロミーナは偽物。本物は太陽系火星ラカートにいる。われらの仲間がその生命を奪うのにさほど時間はかかるまいて」

「なにを、たわ事を」

「愛《う》いやつよの、セフト。かわゆくてならぬ。戦え、セフト。女王を殺せ。血と死をまき散らせ。わしが守ってやろう」

「勝手にほざいていろ。もうおまえにつきあうのはこれまでだ」

　セフトはうす笑いを浮かべて立ち、石碗を岩の床にたたきつけた。レーザー剣の柄に手をかけ、魔女バスライに一歩近づいた。バスライは悲しい弱気な老婆の表情で身を丸め、毛布衣をかきよせた。セフトは勝ちほこった残忍な笑みで剣を抜く。

「……セフト」

「死ね！」

　天井の無数のドマたちが激しく鳴きわめき、洞を飛びまわる。セフトはレーザースイッチを入れざまに、バスライの頭に剣をふりおろした。ざっくりとした手ごたえ。魔女バスライの小柄な身が炉のほうへ倒れた。セフトはとどめに、その背に剣を突き刺し、そしてゆっくりと鞘にもどした。床に青い血がたまってゆく。バスライは頭を割られ、苦悶の表情で息たえた。

衣が炎をあげる。

「なにが魔女だ」

セフトは大鍋を床へ蹴転がし、軽いバスライの身を炉に放り込んだ。乾燥した老婆の毛布衣が炎をあげる。

「おれに逆らわねばもっと老後を楽しめたものを」

吐き捨てるように言い、セフトは洞の入口に向かった。海賊め。ランサスの総力をあげて殺してやる。たとえ戦争になろうとも。セフトは決心し、タトゥーをおこすために口笛を吹いた。洞の奥からいやな煙と臭いと、ドマたちがどっと出てきた。セフトはタトゥーにまたがり、おびえるタトゥーをなだめて帰路についた。

「ばかなやつだ」

セフトはパサティブの墓をふりかえる。V字型岩山の、頂に近い洞から赤い炎が噴き出している。よく燃える、とセフトは思った。が、それ以上の思いはいだかなかった。なまいきな海賊、絶対に殺されないと信じているあの匋冥を、殺してやる。やつめ、どんな顔でくたばるだろう。セフトは匋冥のおどろきの表情を想像し、唇を曲げて笑った。この世に畏れるものなど、なにもない。魔女だ？　ばかばかしい。

セフトは知らなかった。炉の中へ放り込まれたバスライの身におこった変化を。

バスライの身体は毛布衣ごと紙のように燃えた。激しく炎をあげて。燃えつきるまでさほど時間はかからなかった。炉は再びドマの糞燃料の静かな妖火をゆらがせる。バスライの身体は青味がかった白い灰になった。ドマたちが炉のまわりに寄る。そして黒い翼を打ちふって、その灰を舞いあがらせた。舞った灰埃は炉の上の空中に集まる。

密になった灰は人の形をとりはじめる。数分ののちにそれは小柄な女になった。全裸の女。バスライは老婆の姿を捨てた。深みどりの髪、黒い瞳、官能的な唇、硬くもりあがる胸、ひきしまった腰、長くすらりと伸びた脚。

大人よりも小さいが子供ではない。フィロミーナと同じくらいの大人と子供の間でゆれる若さ、セフトの妻に似た計算高い心をあらわす冷たく整った顔の、魔女。シャルファフィンとは正反対の、邪悪な妖しさを発散させる美女が出現する。バスライはドマたちに包まれて床におり立った。ドマたちは女主人の衣を、翼を抜いて織りはじめる。

影の色の衣、女王サフィアンのドレスとガウンと同じような、ひきずるように長いそれを着けたバスライはつぶやく。

「セフトよ、存分にやるがいい。この世におまえのような存在があるかぎり、われらは栄えるのだ。だがセフトよ、おまえにはわたしの真の姿を見ることはできぬ。決して」

act 5.2 enter # 1

地下牢の匈冥は顔にあたる冷たい雫で目が覚めた。ブレスレット・コマンダーの時計を見る。ガルーダから発進してから六時間近い。あと二時間と少しでジュビリーが迎えにくる。それまでに牢を出なければならない。少なくとも、コンタクトできるよう、なにか方法を考えなければならない。ブレスレット・コマンダーを環境探査モードにする。

匋冥は身をおこし、牢内を調べる。かびくさい。湿っている。石の重量感は見せかけではなかった。ブレスレット・コマンダーを石壁に密着させて超音波ソナーで探ってみると、牢はいくつかに区切られているものの、となりの牢との間隔は牢そのものの幅より広い。壁で仕切られているというより、独立した牢を一つ一つ地下に埋め込んだ形だ。完全個室というわけだ。匋冥は壁をはなれる。鉄格子をゆさぶってみる。びくともしない。

コマンダーからレーザーを発射すれば格子の二本くらいは切ることが可能だが、しかし格子の向こうに出るのは危険な気がした。おそらく出たとたん、頭上の石蓋が落ちてくるとか、あるいは予想もつかぬより巧妙な仕掛があるだろう。ここから出るには、あの石蓋、エレベータの床が完全に降り、その上に乗る必要がある。

自分のブレスレット・コマンダーにもっとパワーがあれば、頭上にのしかかる石をレーザーでぶち抜くことができる。それでナーガの注意を引くことができるのだが。厚い石壁は電磁通信を不能にしている。超音波による地盤通信は減衰が大きすぎてナーガまで伝わらない。大出力の超長波通信機能がほしいところだ。

匋冥は海賊課のブレスレット・インターセプターならこんな場合どのように反応するだろうかと思いをめぐらす。ラテルのインターセプターの攻撃能力はさほどではない。悪魔的なのはアプロのインターセプターだ。どの海賊課刑事のものよりパワーがある。あのネコ型異星人の生体エネルギーを利用して励起される破壊ビームは、この石の壁をもつらぬくかもしれない。それで、手近なコンピュータをインターセプトし、牢の石蓋を開かせるだろう。匋冥はアプロの噂は海賊たちから聞いてはいたが、出会ったことはない。ラテルと撃ち合ったのも三年以上前だった。しかし忘れてはいない。いつか、ラテルをそのアプロというなまいきな黒猫といっしょに殺してやる……しかし、いまはとにかくここを出なくてはならない。当面の敵は海賊課ではなく、魔女だった。いったいどこにいるのだ？

シャルファフィンが助けにやってくる気配はなかった。捕まったとは思えない。他の牢の石蓋が動いた音はしなかった。

匋冥は暗い牢のすみにさがって、腕を組んで壁によりかかると、顔を天井に向け、目を閉じた。

魔銃さえあれば。ふと匋冥は魔銃のことを思い出した。そうだ、あの大出力レイガンがあれば。鉄格子はもちろん、頭上の石蓋も吹きとばせるだろう。ばかばかしい、と匋冥は首を振る。それでは熱でこの身も危ない。石蓋を蒸発させたところで、この垂直の七、八メートルの孔をどうやって上がるのだ。

匋冥は再び腰を下ろし、身を休めた。だれかが来るのを待つ。それしかない。二時間もすればジュビリーがやってくる。彼はもとシャドルー戦士だ。この牢のこともよく知っているだろう。あわてることはないのだ……

横になった匋冥だったが、眠るつもりはなかった。しかし奇妙な睡魔におそわれ、まぶたが閉じる。

匋冥は身の危険を感じて起きようとした。動けない。毒ガスか——神経ガスか——しかしそれならブレスレット・コマンダーが反応を示すはずだ。腕の神経を刺激して警告するはずだった。コマンダーは沈黙している。

まぶたの裏に青い炎のゆらめきが感じられる。青い光は牢いっぱいに広がり、そして匋冥は見た。黒衣の魔女。美しい顔に残忍な笑みを浮かべて、狭い牢の空中に出現する。

「——おまえか。おれをここに誘いこんだ魔女だな」

自分の声を遠くに聞く。喋る感覚がない。自分が目を開いているのかどうか、この魔女の姿が本当に眼でとらえたものなのか幻覚なのか、匋冥にはわからなかった。

「騒乱と殺戮を」

と魔女が言った。

「そのために銃を渡したのだ、匋冥。全星系に血の雨を降らすがいい」

「おれはそんなことはしない」

「自分にその力があるというのにか。その力を試すがいい」

「おれは馬鹿ではない。武力による支配など効率がよくない」

「セフトはおまえを殺すぞ」

「殺せるものか。おれが死んだらランサスなどカーリー・ドゥルガーが消滅させる」

「カーリーはおまえのものではない。この世界の匋冥のもの。おまえが死んでもだれも気がつかぬ」

「貴様……それでカーリー・ドゥルガーでここに来させなかったのか……セフトか……生か

してはおかん」

「なにができる、いまのおまえに？　おまえは無力だ」

　匋冥はわずかに動く左腕の筋肉を緊張させた。ブレスレット・コマンダーが覚醒電撃パルスを放つ。心臓が高なる。匋冥は重い金縛りの力に逆らって仰向けの身をかえし、うつ伏せになり、腕に力をこめて身を起こそうとする。

「匋冥、もうじき海賊課がやってくる。セフトが呼んだのだ。ランサス星系の海賊課刑事だ。二十九人の海賊を処刑した刑事」

「ラテルでなくて残念だよ」

「やってくる刑事を甘く見てはならぬ。おまえは撃ち殺される」

「おまえには関係ないだろう」

「この世に戦いの火をつけろ」

「自分でやれ。魔女なら」

「わたしはおまえが思っているような存在ではない。匋冥、わたしに従え。魔銃をもう一度さずけよう。セフトの手から取り返してやる」

「脅迫か。ごめんだな」

　匋冥はやっとの思いで上半身を起こし、うしろの壁によりかかった。牢内のぼんやりとした赤い光が見える。鉄格子の向こうに黒い影。幻ではない。黒衣の小柄な女だ。シャルファフィン……ちがう、こいつは魔女だ。

「ではセフトに殺されるがいい。アプロとラテルもおまえの死体を見下ろして乾杯するだろう」

「ラテル？　アプロ？　やつら、来ているのか——待て、よかろう、ではギヴアンドテイクといこう。銃をよこせ。おまえはその銃を持つおれに、なにを望む」

「シュラークに死を」

「シュラーク？　ランサスの守護神か」

「平和をつかさどる神々に死を。それがわれらの望み。しかしそこまでおまえには期待しない。おまえは宇宙の死神と言われるようになれ。それで崩れかけたこの宇宙のバランスが回復する。戦え。宇宙を保つには戦乱が必要だ。平和は危険だ。宇宙にとって」

「おまえが生きつづけるには、だろう。とにかく銃をよこせ」

「したたかな海賊だ。人間とは思えぬ」

「早くしないと取り引きはやめる」

「わたしはおまえを見捨てることもできる」

「かまわんさ。おまえはしかし第二のおれを見つけることはできんぞ。太陽圏だけでなく、ほとんどの海賊を動かすことができる男など、この先何千年待とうと生まれるものか」

　魔女はこたえなかった。

「そうだ、名をきいてなかったな」

「……ランサス・フィラールではわたしはバスライ……」

魔女バスライは両手を匋冥の方に差し出した。その先の牢内の空中に紫の火がともった。ちらつく炎が銃の形をとる。光がうすれると魔銃がたしかな質感をもって匋冥の目の前にあらわれた。空中に浮かんでいたのは一瞬で、魔銃は落下し、石の床にあたって金属音を牢内に響かせた。夢のようだった。紫の炎の中からあらわれたなどというのは幻覚で、魔女バスライと名のる女が鉄格子ごしに投げてよこしたのではないか——匋冥はしかし理屈にこだわることはやめ、全身を発条《ばね》にすると床の銃にとびつく。拾いあげ、床に身を投げ出す格好で銃を持つ手を伸ばし、引金をしぼった。真紅のビームが黒いバスライの身をつらぬいた。バスライは悲鳴をあげて鉄格子にしがみつく。黒衣に火がついた。音をたてて爆発的に燃えあがる。匋冥は頭を下げて爆風から身を守った。顔をあげたとき、バスライはくずおれていて、白い顔はミイラとなっていた。魔女は眼のない黒い眼窩を匋冥に向けていたが、やがて紙を丸めるような音をたててその頭が床におちた。

匋冥は無表情に立ちあがる。魔銃をホルスターではなく背に回し、腰のベルトに差し込んだ。魔女の死体をたしかめるために一歩鉄格子に近づく。と、匋冥はバスライの身からなにか影のような、眼では確かめようのない、なにかが分離するのに気づいた。それはちょうど、陽炎のように背後の風景を揺らがせてたちのぼる透明な気体のようだった。

魔女は死んではいない。

これを射たねばならない。とっさに匋冥は気づいたが、素早く魔銃を抜いたとき、魔女の本体は白い靄となってすっと上部へと消えている。魔銃のビームは鉄格子の間から対面の石壁に命中し、破片をまきちらした。輻射熱が匋冥の顔をかっと熱くした。魔女バスライの哄笑がひびいた。魔銃の射撃音の残鳴だったかもしれない。

匋冥は呆然と立ちつくした。この世には自分を操れる者がいるのだ。もといた世界にもそんな魔女のような存在があったのかもしれない。ただ感じられなかっただけで。人間の生と死を司る神が。

「このおれを……操る？」

匋冥は魔銃を腰におさめて、つぶやく。

「魔女め。このおれの前に姿をあらわさなければ笑っていられたものを」

匋冥は満足の笑みを浮かべる。物理的に敵が感じられる以上、そんな敵を殺すのは簡単だ。不可能ではない。

天を見あげて匋冥は言った。

「相手になってやろうじゃないか、バスライ」

「おれにこんな力を与えたことを後悔させてやる」

魔女？　神？　感じられるなら好つごうだ。おれは、と匋冥は決心する。ここで神と悪魔を相手に戦い、宇宙の真の支配力を手に入れてやる。

匋冥の声にこたえるかのように、腹にひびく振動が上から伝わった。

牢をふさぐ石蓋がおりてくるのだ。匋冥は鉄格子からはなれ、身がまえた。魔銃は抜かなかった。おりてくるのはおそらく海賊課刑事だ。

ブレスレット・コマンダーを対人攻撃モードに。

石蓋はエレベータ床のようにおりてきた。バスライが予言したとおり、ランサスの海賊課刑事が姿をあらわす。暗視用眼鏡をかけ、腕にはインターセプター。ランサス星系人だが、背はさほど高くなく小柄で、顔はシャドルー戦士たちよりも冷たく不遜な印象をあたえている。キザな野郎だと匋冥は思う。が、もちろん表情には出さない。

匋冥のブレスレット・コマンダーが反応、レーザービームが海賊課刑事に命中する。マグネシウムが激しく燃焼したような白い火花が散る。ランサスの海賊課刑事は髪をなでつけて、にやりと笑う。

「そんなレーザーでおれを殺せると思ったのか？　馬鹿な海賊だ」

匋冥は再攻撃。刑事はそのレーザーを、挙げた左腕のインターセプターで受けとめる。高電圧スパークのような激しい音と光。海賊匋冥のブレスレット・コマンダー・レーザーはその刑事には通用しなかった。バリアをやぶれない。

「……おれをどうするつもりだ」

「ランサス海賊課本部へ連行し、調べる。——というこたえでも期待したか？　冗談じゃない。この場で殺す」

「おれを殺したら——」

海賊課刑事は笑顔で首を横に振った。

「海賊とのお喋りはきらいでね。死ね、海賊！」

刑事の右手が腰のレイガンにのびる。匐冥は腰をおとしながら魔銃を引き抜く。刑事はレイガンをかまえながら、その海賊の予想もつかぬ動きに一瞬まどわされる。刑事は海賊が銃を手にしているのを見る。引金に力をこめる。バリアが防いでくれるだろう、刑事は自信をもって銃を——

匐冥は魔銃を発射。そのビームは鉄格子の一本を吹きとばし、バリアをつきぬけ、刑事の胴をたち切った。海賊課刑事の身体は巨人の振りまわした丸太棒で腹を打たれたかのように壁にたたきつけられた。腹部は蒸発して、ない。刑事の顔から眼鏡がとび、大きく開かれた目が海賊匐冥を凝視した。二、三回刑事は叫び声を発しようとするかのように顎を動かした。だが、その時すでに彼は死んでいた。レイガンを持つ腕が死の痙攣で踊った。死んでなお海賊を狙う。無意味にレイビームが発射される。匐冥の顔のすぐわきを通過。匐冥は無表情にそのレイガンを撃った。刑事の腕ごとレイガンは爆散する。そして刑事は動かなくなった。

匐冥は鉄格子を切り、牢の外に出て、上をうかがう。刑事は一人で来たようだった。星空が見える。ブレスレット・コマンダー作動。

「ナーガ、待機態勢解除。静かに垂直上昇、高度一〇〇。対コンピュータ探査。いいかナーガ、おれの位置を確認しろ。おれの近くにある高度人工知能回路を探せ。大規模な入出力ゲートをそなえたやつだ」

《ナッシング》

ナーガの返答。この石蓋エレベータを上昇させる機構はさほど高度なものではないらしい。

「ナーガ、おれの付近に電力その他のエネルギー配線があるのがわかるか？」

《イエス、サー》

「配電中央制御装置を探せ」

《ファウンド－CCU》

「ふむ。低級な論理回路だな。ナーガ、破壊してはいけない。おれのいま乗っている床を上昇させるスイッチを入れられるか？」

ナーガは不能、とそっけない。そんな器用なことができるか、と言いたげだ。カーリーか、せめてガルーダなら、やるだろうが。

匋冥は海賊課刑事の死体に身をかがめ、左腕のインターセプターを調べた。刑事はこれを使ったにちがいない。そのインターセプターは持ち主の死を本部に連絡したことだろう。そして自己をも破壊している。

「ナーガ、もう一度そのCCUを調べろ。おれの近くではない、どこかの高級なシステムと接続されているはずだ。海賊課のインターセプターが割り込めるコンピュータ・ガード・システムのようなユニットを探せ」

《ファウンド－CGU》

ガード・システムの位置がブレスレット・コマンダー上に表示される。宮殿の方角だ。おそらくセフトのいる長官室ではないかと匋冥は見当をつける。

「ナーガ、おれの乗っているこの床を上げることが目的だ。やれるか」

ナーガは理解できない。

「くそ。よし、ナーガ、おれの近くにある可動体を支配する論理回路を探せ」

《ファウンド－LCU》

「最大パワーで割り込み、論理状態をリバースに。反転させろ」

《イエス、サー》

床が突発的に動いた。きしみ音をあげて上昇する。これぞ海賊の力業、と匋冥はほくそえむ。が、途中で止まる。おそらくガード・システム側で異常を察知、電源を切ったのだ。あと三メートルというところだ。匋冥はとびつき、穴のふちに手をかけ、地上に出た。

地上、長方の中庭の石畳は小さな四角の穴だらけだった。全部で百ほどもある地下牢入口の石蓋がみんな下降していて、匋冥のものだけが上昇したのだ。匋冥が見ているまにそれらはまたもとの状態にもどる。石畳の中庭は再び一個の穴だけを開けて、平面になる。

匋冥は海賊課刑事がタトゥーを使ってここにやって来たのではないのを幸いに思った。

小型の宇宙飛翔機《CFV》だ。乗り込む。

「ナーガ、おれを撃つなよ」

セントラルコンピュータ、オン。このCFVは海賊課のものではない。民間機だ。

「待機しろ。臨戦態勢。ガルーダが来たら知らせろ。着地して待て」

海賊課が動き出すだろう。CFVを発進させて、匋冥は戦士の聖館の中庭を囲う壁をCFVで越えると、すぐに下降、広大な宮殿の敷地の林の中に着陸、CFVを捨てる。地形は頭に入っていた。

宮殿に向かう。シャルファフィンを捜すために。シャルは海賊だ。捕まっていたら助け出さなければならない。なにしろガルーダのキャプテンだ。彼女を捜し出すまで、ナーガを派手に動かすのはまずい……

シャルファフィンをガルーダの主人にしたのはまずかったかもしれないと匋冥は少し後悔した。もしここでシャルファフィンが海賊はいやだといい、別れ別れになったら……それでもガルーダは彼女の命令に従う。匋冥のことは二の次になる。シャルファフィンはガルーダにつれてもどらなければならない。

やっかいな仕事だと思いつつ、匋冥はシャルファフィンを捜す。やっかいだが、しかしいやな行動ではなかった。

act 5.3 enter # 1, 3, 5, 7, 11

宮殿の迎賓室で満腹になったアプロは、広いテーブルに仰むけになって、パンパンになった腹をなでながら幸せいっぱいの夢を見ていたが、異様な気配によいしょと身を起こした。ごろんと転がり、テーブルから落ちる。

「わー、なんで手すりがないんだよ」

アプロ、ねぼけまなこ。身体だけは本能的に動いて、猫のように着地。が、酔っぱらっていたので、ぐしゃ。えいと四肢に力を入れて、ぶるりと身震いする。それから、うんと伸びをした。

「にゃるほど。ベッドじゃなかったっけにゃん……腹がへったな……いや、いっぱいのような気もするな……うん、いっぱいだ。もう一生食わんでもいい気分」

迎賓室の入口に立っていたシャドルー戦士の姿はなかった。アプロは、そろそろ女王があらわれてもいいはずだと思い、それとも明日なのかしらん、それなら朝食も食えるな、と舌なめずりしながら室の入口に近づき、廊下へ首だけだして様子をうかがう。

磨かれた真珠色の廊下をコバルトブルーのロングドレス姿の女官が二人、ドレスの裾を気にしながらあわただしく駆けてゆく。

「ねえ、おねえさんたち、トイレはどこ。あんたたちもトイレ？　そんなに急いでさ」

二人の女はちらりと黒猫型異星人に目をとめて、早口なフィラール語でなにか言うと、アプロを無視して宮殿の方へ去った。

「ぶす。おもしろくない。ひっく」

廊下から中庭に通じるテラスへ行き、アプロ、その石柱へ立ち小便。それから石柱で爪を研ぐ。

「うー、いい気持」

〈アホ、ゲスネコ、やっと起きたか〉

インターセプターからラテルの声が伝わった。

「おー、ラテル、ごきげんよう」

〈目をさませ。海賊だ。ランサスの海賊課刑事が殺られた。たくもう、非常呼び出しにも気がつかないなんて、減給だ。くび、くびだぞ、アプロ〉

「それを決めるのはラテルじゃないだろ」

〈匋冥を捜せ。注意しろ、アプロ。やつの射撃の腕はおれ以上だ。くそう、匋冥め――手を出すなよ、アプロ。やつはおれが殺る〉

「ラテル、どこだい」

〈ランサス・フィラール圏内だ。おまえの真上、一七〇〇〇キロ。ラジェンドラの中だ。ちょいと待った。うーむ、メイシア……アプロ、メイシアを見せてやりたいぜ。美人になったぞ。すっかりレディ気取りの十七歳ってところで――〉

「ふん。おまえだって減給をくらってもいいんじゃないか。来いよ、ラテル、遊んでないで。王女の件はどうするんだ」

〈それはあとだ。匋冥がそこにいるとわかった以上、ラジェンドラのマイクロ4Dブラスタを使ってでも、ぶち殺してやる〉

「宮殿を吹きとばしてもいいのか？」

〈女王を道づれにしてでも――と言いたいところだが、それはできん。アプロ、女王を守れ〉

「つまり、4Dブラスタで吹きとばされる範囲から避難させろってことかい」

〈そうだ〉

「面倒だなあ。おれ、帰る。宮殿をぶっとばすのはおれのほうのラジェンドラでやるよ」

〈うう、髯を引っこ抜いてやりたい――ラジェンドラ、オープン－FCS、セット－LBS。アプロの目をさましてやれ〉

〈ラジャー。ファイア－LBS〉

アプロのすぐ一〇メートルわきに白銀のスポット。石畳が爆散。ラジェンドラから発射された大出力レーザービーム。アプロ、爆風で廊下の内側へ転がる。

「わっ。酔いがさめた。ええい、ラジェンドラ、オープン－FCS、ラテルになんでもいいから投げつけろ」

ラテル－ラジェンドラからは〈アホ〉の返答。

女王専用ポートに着陸しているアプロ－ラジェンドラからは〈あなたがわるい〉という返事。〈しっかり働きなさい、アプロ〉

「どっちのラジェンドラも偽物だ！　あたまにきた！」

〈気をつけろ、アプロ。匋冥は強敵だ。近くにいるぞ〉

「わかったよ、わかった。おまえに傷を負わせたほどの海賊だものな。よし、殺そう。殺してやつの財産を一人占めにして――」

「ああ、ここでしたか、シャドルー・アプロ」

アプロはふりかえる。廊下にいさましい姿のシャルファファィン・シャル。

「えーと、シャルファニャンだっけ。帰ってたのかい」

「わたしはシャルファフィル」〝シャルファフィル〟は、〝わたしは戦う〟をあらわす意味。

「アプロ、匋冥は王女を狙っているようです。わたしが頼んだのです。シャドルーの二人とランサスの海賊課刑事が彼に殺されました」

「おまえな、おれが王女捜しは海賊に頼めって言ったからって、なにも本気で――」

「匋冥はわたしも捜しているでしょう……わたしは海賊なのです」

アプロの首のインターセプターが反応しかける。とっさにアプロは攻撃中止を命じたが、レーザー発射。シャルファフィンは胸にレーザーを受けて床にくずおれる。

「大丈夫だよ、シャル。低出力のビームだから」

アプロは倒れたシャルの顔をなめる。

「うまそう」

はっと気をとりもどしたシャルファフィンは目の前の、大きく耳まで裂けたアプロの赤い口に、また失神しそうになる。

アプロ、短い前足で、よいしょとシャルファフィンを起こす。シャルファフィンは手短かに状況を説明した。

「ふーむ、すると、このどさくさで、セフトも王女暗殺をやるかもしれないな」

「セフトは、どうやらここの王女が偽物だと気づいたようです。この世界の本物の王女は火星ラカートにいるものと思われます……女王陛下は、穏便に二人の王女を入れ替えよとわたしに命じられましたが、どうやらそれはできそうにありません。ガルーダがもうじきやってきます。匍冥は、王女とわたしをつれ去るでしょう。そして宮殿を破壊するかもしれない……お願いです、シャドルー・アプロ。王女をお守り下さい」

「偽王女を？」

「ですから、ここにいる王女は、わたしたちにとっては本物なのです」

「わかってるよ。でもおまえはほんと、かわいそうだなあ。名前がわるいんじゃない？　たった三言しか言ってないじゃないか。『王女を』『お願い』『助けて』ねえ、シャル、おれと遊ぶ気ない？」

「あなたの種族の性は、噂で知っています……わたしはまだあなたに食べられたくはありません」

「最高の快楽だと思うんだけどなあ」

「急いで、アプロ。王女を宮殿からつれ出さなくては。シャドルー戦士たちも敵に回るでしょう」

「女王に言えばシャドルーたちもおとなしくなるだろうに」

「シャドルーの長はセフトです。女王は、まさか、王女を黙って海賊に渡せなどとセフトに命ずることなど、できようはずもありません。セフトはそれをいいことに――」

「だって王女は偽物なんだろう。女王もセフトも知ってるなら――」

「偽物ではこまるのです。現女王が偽物を世継ぎにしようとしているとなれば、セフトは女王を批難し、自分の息子こそ王にふさわしいと言うでしょう。ただ、証拠がない……この騒ぎで偽であれ本物であれ、その王女が死ねば、いずれにせよセフトには好つごうです。仮にこの騒ぎのあと本物の王女が帰ってきたとしても、それこそ偽物としてセフトは王女を宮殿には入れないでしょう」

「あーやだやだ、消化不良になりそうだ」

「アプロ。王女を、お願い、助けて」

シャルファフィンはアプロのつやのある首筋をなでた。アプロはいかにも動きたくない、面倒なのはごめんだという顔をしていたが、シャルファフィンの例の三言を聞くと、軽蔑の笑いをもらした。シャルファフィンは弱い微笑を返す。

「シャル、ラテルはきっとおまえに一目ぼれするぜ。やつは美男子じゃないし、愛情表現もへたくそで見てられないけどさ、一件落着したらつき合ってみない？　王女だ女王だと言ってるよりよほどおもしろいよ。おまえ、セックスを知らないだろ」

シャルファフィンはぽっと頰を青くそめて、うつむく。

「わたしは……もうもとにはもどれない。海賊ですから」

アプロは鋭い感覚でシャルファフィンの心を感じとった。なんてことだ、この女――

「匋冥に恋してるんだ。ものすごい、いい男だってラテルが言ってたな。なるほど、ラテルがやつを目の敵にしてるはずだ」

「ちがいます。だれがあんな海賊を――」

「ラテルに殺されないことを祈ってるよ、シャル。では腹ごなしといくか。王女はどこだい」

「女王の執務室に。まだだれも知らないはずです。こちらです」

「オーケー。ラジェンドラ、アプロ‐ラジェンドラ、シャヴ・オフ」

〈ラジャー〉

「宮殿の上空へ静かに移動。おれの真上に来い。いつでも緊急着陸できるようにしろ」

〈ラジャー〉

「ラテル、ガルーダが来る。やつはCDS攻撃をくらってるから、もう一撃でスクラップにできるぞ」

〈わかった。アプロ、一人で大丈夫か？　心配だなあ〉

「心配ないって。海賊の一人や二人、おれさま一人で十分さ」

アプロ、シャルファフィンの後を追って、しなやかに駆ける。

迎賓館と宮殿を結ぶ回廊を抜ける。宮殿の中へ。シャルファフィンは迷路のような宮殿内を、人気のない狭い廊下を選んで進んだ。

貴賓室前のホールで立ちどまる。

「いけない……シャドルー戦士が来ているわ」

アプロはためらうシャルファフィンの背後から、おどりでた。貴賓室‐執務室前の二人のシャドルーは反射的に銃を抜いて、発砲。

疾風のようなアプロの動きをとめることはできない。アプロのインターセプターが戦士たちを倒す。

「アプロ!」シャルが叫ぶ。「殺したのですか」

「手かげんはしたけど。運がよければ助かるんじゃない?」

「なんてこと」

「あんた海賊。おれ、海賊課。殺られるまえに殺る」

女王執務室の重い扉が内側から開かれる。

「撃て、シャル!」

アプロは身をかがめる。とっさにシャルファフィンは水撃銃《ダブラ》を抜いて、射つ。シャドルーの一人が、水撃ビームで突きとばされ、内側に倒れた。アプロはジャンプ、室にとびこむ。シャルファフィンは血の気のない顔で手の銃を見つめる。小型水撃銃の有効射程は一〇メートルとちょっと。それより離れると水撃線は拡散し、弱い散弾のようになって急激に威力を失う。致命傷を与えることはできない。シャルに射たれた戦士は失神しただけだったが、シャルには銃の効果がわからなかった。

室の中でアプロのインターセプターの作動音。悲鳴と混乱。シャルファフィンはわれに返ってアプロを追った。

アプロは広く明るい室の、窓ぎわの女王のデスクにちょこんとのって、前足をなめていた。白い新雪のような絨毯の上に、三人のシャドルー戦士が倒れていた。

シャルファフィンはアプロと転がった戦士たちを交互に見、そして頭をふると、銃を下げたまま戦士の一人に身をかがめる。アプロに射たれた戦士は絶命していた。白い顔でシャルファフィンは、平然と身づくろいする海賊課刑事に批難の言葉を浴びせようと、すっくと立ち、そして、背後の、歴代女王像群の方から声をかけられる。

「シャルファフィナン」

「サフィアス」

シャルファフィンは銃を背後に隠す。

「射つつもりは——」

「多少の犠牲はやむをえない」女王サフィアスは女王の声できっぱりと言いきった。「よくやりました、シャルファフィン・シャル。さあ、早くお行き。おまえのサフィアスの下へ」

前女王の像から王女フィロミーナⅣが顔をのぞかせる。おびえと不安が、幼い顔をいっそう幼くみせる。コバルトブルーの低位女官のドレスを身につけていた。

「シャル、どうしても信じられないわ。どうして宮殿を出なくちゃいけないのよ」

「行きなさい、フィロミーナン」母が命じた。もう一人の母が。「ここはあなたの世界とはちがう。わたしのフィロミーナは別にいるのです」

「でもお母さま」普段はサフィアス、と呼ぶのだが、「フィロミーナは行きたくない」

シャルファフィンは元気づけるように微笑んで、じゃじゃ馬娘に言う。

「フィロミーア、いつもおっしゃっているではありませんか。宮殿の暮らしは退屈だ、広く世界を見たい、と。さあ、まいりましょう。それとも、こわいですか？　そんなことでは立派な女王にはなれません。まだまだフィロミーアは子供なのですね」

フィロミーナはぷくっとふくれる。苦労を知らない若い顔が丸くなる。

アプロはデスクからとびおりる。

「外を見てくる。ラジェンドラがひっそりと降りられるところを探すよ」

アプロは大きなガラス窓にインターセプターで丸い穴をあけて、夜のなかへ出ていった。

「でも……そうよ、わたしは子供だもの」

「つごうのよいときだけ、子供ですか？」

「フィロミーナ」女王の声。「わがままは許しません。あなたは王女。シャルの言うことをききなさい。さあ、早く。シャドルーたちがやってくるわ。これ以上犠牲はだしたくない。シャル、頼みましたよ……さあ、急いで。セフトに見つからないうちに」

「でも……お母さま」

「おお、フィロミーナ……離したくはありません」

女王は娘を抱きしめ、頬と頬を重ねる。

「ですがあなたはちがうフィロミーナ……こうして肌に触れるとわかります。あなたは感じませんか？」

「ちょっと――へんだなとは思うけど……」

アプロのもどってくる気配でシャルファフィンは背後をふりむいた。早かったですね、と声をかけようとして、シャルは息をのむ。

アプロのあけた穴をブレスレット・コマンダーのビームで広げて、海賊匋冥が姿をあらわした。

「キャプテン・シャル。捜しましたよ」

「匋冥……もう王女を捜す必要はなくなりました。わたしはあなたに捜されるのはごめんです」

「ガルーダはおまえのものだ。それに乗せてもらおうと思ってね」

「あんな海賊船、いりません」

「強気だな。その王女をどうやってここからつれ出す気だ、シャル。女王の船でか？　いや、ちがうようだな……そうか、ラテルとアプロか。やつら、どこにいる」

「知りません」

シャルファフィンは海賊の視線から背後の王女をかばって、前に出る。

「長居は無用のようだ。シャル、おれと来い」

「いやだと言ったら？」

「三人とも殺す。ガルーダで宮殿を消滅させ、ランサスを戦いの渦にまきこんでやる」

「やめて、匋冥……では一つだけ約束して下さい。王女を無事にアプロの船に乗せてあげて」

「ラジェンドラか。そいつはよしたほうがいい。チャンスがあったら撃沈する」

「では、王女もいっしょに来いと言うの？」

「おやめ、シャルファフィン」

女王サフィアスが強い口調でシャルを制した。

「海賊ごときの脅迫に負けてはいけない」

「これはこれは、女王陛下。いつもお世話になっております」

「サフィアス、この男を甘く見てはいけません……この男の一言でランサス防衛機構軍を圧倒する戦力が動くのです……」

シャルファフィンは髪飾りをとり、女王のデスクに静かにおいた。それを見つめたあと、海賊に向きなおり、自分の水撃銃を匋冥に差し出した。

「匋冥、サフィアスはあなたに頭を下げはしない……わたしの生命をあなたに払います。不足だとあなたは言ったわ。ですがわたしに払えるのはほんとにこれだけなのです」

「いけません、シャル」と女王。

「シャルファフィン……来る気はないんだな？」と海賊。

シャルファフィンはうなずく。匋冥は水撃銃をとった。

「考えなおすならいまのうちだぞ」

「匋冥、お願い、ランサスの平和を乱さないで。わたしの生命と引き換えに約束して」

「どういう教育をするとこんな女ができるんだ、サフィアン？　あんたはしあわせだよ」

匋冥は水撃銃を女王に向ける。フィロミーナが悲鳴をあげる。女王は身じろぎもしなかった。アプロがもどってくるまで、なんとか時間かせぎを、と女王は思う。

「なにが望みです、匋冥」

「金か、惑星か、ランサスか？　いいや、そんなものは実力で手に入る。おれの望みはこの女さ。いいだろう、シャル。望みどおり、殺してやる」

「なぜです、匋冥。やめなさい、殺してはなにもならないでしょう」

匋冥はこたえず、銃口を移動、シャルファフィンの胸を狙う。シャルファフィンは目を閉じた。短い祈り。安らかに逝けますように、シュラーク。

匋冥は引金を引いた。水撃ビームはシャルファフィンの胸をつらぬいた。背後の壁にシャルの血がとび散った。シャルファフィンは胸をおさえ、そのままやわらかな絨毯に膝をつき、そして力つきて前に突っ伏した。白い絨毯に青空色の血が広がる。

女王は血の気の失せた顔でシャルファフィンの死を見つめた。

「シャル！　シャル……海賊！　生かしてはおかないわ」

「おっと、動くなよ、サフィアン。せっかくのシャルの願いが無駄になる」

サフィアンは匋冥の口調とはそぐわない、海賊の瞳のうるみに気がついた。

「あなた……どうして。どうして撃ったの。あなたはシャルファフィンを……なぜなの」

匋冥は苛立たしく首をふり、銃をかまえる。

「おれに命令するな――」

女王の執務室にとびこんでくる黒い影。匋冥はとっさに水撃銃を発砲。同時に、強烈なレーザービームを浴びてデスク側にとばされた。身を立てなおそうとする。再び大出力レーザー。白熱のエネルギーが散る。生きているのが不思議だ。くらりときた頭をふる。

魔女バスライが自分の身にある種のバリアを張っているらしい——匈冥は水撃銃を撃つ。

「アプロか！」

アプロは水撃銃など、ものともしなかった。アプロのインターセプターは水撃線を曲げてしまう。

「死ね、海賊！」

匈冥は水撃銃をアプロに投げつけ、魔銃を抜く。

アプロ、怒りをこめてインターセプターをフルパワーで作動。アプロが撃ったレーザーは匈冥が投げた水撃銃を空中で蒸発させ、匈冥の身に走る。

匈冥も魔銃を発射。直後、バリアをつきぬけたアプロの最大出力レーザーが横腹に命中。床に突き転がされる。

「……アプロ……なんてやつだ」

匈冥は力をふりしぼり、再攻撃を受ける前に立ち、傷をおさえると窓ガラスを突き破ってテラスへ転がり出た。激痛をこらえ、逃げる。窓の内側からアプロのレーザービームが伸び、植え込みの一つを丸ごとけしとばした。

「あいつは……ラテルと組んでいるのか……刑事にしておくのはおしいな……ガルーダ……早く来い……黒猫には魔力も通じない……」

腹をおさえ、匈冥は闇の中へまぎれこむ。

アプロも魔銃に撃たれていた。

「だめみたいだ……」

シャルファフィンの身体の前に、アプロは身を横たえる。

「シャドルー・アプロ」

女王サファィアンがアプロを助け起こそうとする。アプロはその手をふりはらった。腹部から背に向けて熱線が貫通している。じんわりと血がにじみ、したたる。真紅の血。

「最期って、あっけないいんだな。もっと食いたかったのに……ラテル、ラテル、やられちまったよ」

〈アプロ。アプロ！　いま行く！〉

「匍冥はものすごい銃を持っている……ラテル……来るな……ガルーダを……やれ」

〈アプロ！〉

アプロはもう喋ることができなかった。アプロは酒入りシロップの海で泳ぐ安らぎにさそいこまれた。アプロは気を失う直前、母星に伝わる神話の、守護神像を見たように思った。

黒猫アプロはにっと笑い、息たえた。

act 5.4 enter # 3, 5, 7

「アプロ！」

ラテルは絶叫する。アプロからの応答がない。

「ラジェンドラ！　緊急降下！　フルパワー！　ショートΩドライブ！」

〈しかし大気圏内へのΩドライブは――〉

「ラジェンドラ！」

〈ラジャー。ラン－Ωドライバ〉

ラジェンドラはフィラール宮殿の真上三〇〇〇メートル空域へ向けてΩドライブ。

フィラールの王家の森、宮殿下都市モルカの街が、一瞬真昼よりも強烈な光に照らされる。

ラジェンドラ、スリップアウト。大型台風なみの暴風。森がうねり、街がゆれ、窓ガラスが割れ、駐車していたAVがとばされ、不運にも街路を歩いていたフィラール人がふきとばされる。宮殿内に疾風が吹きこむ。

ラジェンドラ、大気圏エンジン始動、急速降下。

宮殿の広い庭園上空、地表すれすれに降下。

緊急フレアー。再び宮殿がきしみ、女王自慢の庭園が壊滅する。

アプロ－ラジェンドラがすぐわきにいた。ラテル－ラジェンドラの派手な出現で、アプロ－ラジェンドラは横に流され、高い宮殿の横腹にぶちあたりそうになる。サイドスラスタを作動させようとして、ラジェンドラは思いとどまる。それでは宮殿が崩壊する――非常アンカー射出。大地に五本の巨大なアンカーがぶち込まれる。大地という獲物を仕とめるかのように。アプロ－ラジェンドラは六、七〇メートル流されたところで、エア・フェンダーが宮殿に接触、宮殿内の人間をよろめかせて、ようやく止まった。引きずられたアンカーが地面を掘り起こした跡は人の背丈の三倍ほどの土塁となった。

フィラール宮殿はこの二艦のラジェンドラのために大混乱におちいった。非常宮殿防衛システム作動。森や敷地内の地中から対空砲座が顔を出す。しかしフィラールの防衛システムは高度な人工知能をそなえてはいない。砲は出ても、それを作動させるには射手が必要だ。防衛を司るのはシャドルー戦士たちの役目だった。彼らにはなにが起こっているかわからない。指揮系統が乱れていた。

アプロ－ラジェンドラと並んで、ラテル－ラジェンドラが停止。ラダー伸長。

ラテルはラジェンドラをとびだす。インターセプター作動。

アプロ、アプロ……アプロのインターセプターは沈黙している。アプロの生体反応がない。インターセプターは生きているのだが。

「アプロ！」

「パパ、待って、わたしも行く」

「いけないわ」ママ・アンドロイド。「メイシア、いけません」

メイシアはママ・アンドロイドの制止をふりきり、スカーレットのミニワンピース姿でラテルを追った。

二艦のラジェンドラの艦外照明で真昼のように明るいなかをラテルは宮殿に向かって駆ける。

「パパ、こっちよ」

メイシアが女王の室へ向かう。ラテルは、どうしてメイシアがそれを知っているのかとちらりと疑問を抱いた。どうして。あの娘が。

メイシアは天使だ。忘れていた。ラテルは走るメイシア、朱色のリボンでとめられたポニーテールの髪がゆれる後ろ姿を見ながら、再び、どうしてあの娘が、と思う。すっかり女らしくなった身体つき、あれはどう見ても青春まっただなかの女の子だ。天使だって？　ばかげてるよ……でも人間じゃない……と思う。メイシア……消えないでくれ。ラテルはメイシアが視界から消えてしまうのをおそれた。必死に駆ける。なんて速くとぶように走るんだろう、メイシアは。

宮殿女王室の前庭。頭上にアプロ‐ラジェンドラがおおいかぶさる。大気圏内防舷機構のエア・フェンダーが作動していて、宮殿と艦の間にエア・クッションがきいている。その風がすさまじい。息ができないほどだ。

「アプロ‐ラジェンドラ、抜錨、少しはなれろ」

〈ラジャー。ウェイ‐アンカー〉

ラテルとメイシアは風に飛ばされないように身をかがめる。アプロ‐ラジェンドラはアンカーを回収、艦を降下させながら宮殿から離れる。オフ‐エア・フェンダー。

女王の室のテラスから、中へ。

ラテルは見た。室の壁にとび散った青い血。おそらくダブラに射たれた者の血だ。無意識のうちに銃を抜いている。聖銃。

静かだった。室外の騒然とした雰囲気は遠く、ここは静かだった。

歴代女王たちの像が石に変えられて苦悶しているかのように無言で立ちつくしていた。その奥の方からすすり泣きがもれる。

メイシアが駆けていった。ラテルは大またで追う。

セーラー姿の女が一体の女王像の下に横たえられていた。その海賊姿の女にとりすがっている若い娘。ラテルはアプロを捜す。純白の絨毯に点々としたたる赤い血の跡を目でたどる。海賊姿の女の死体からさほどはなれていない女王像の陰へと続いている。ラテルはその像を回り、そして、見た。

アプロはやわらかい女王休息用のクッションの上に横たえられていた。その前に一目で女王とわかる女がひざまずき、無言で海賊課刑事の死体を守っていた。

「……アプロ」

「――海賊課の方ですね？」

女王サフィアンがラテルを見上げた。

「勇敢なシャドルーでした……シャドルー・アプロはわたしとフィラール王家とランサスを守って亡くなられました」

「いいや。アプロはあなたたちを守ったわけではない。海賊と戦ったんだ。匋冥め。生かしてはおかん。やつはどこへ行った。アプロは簡単には殺られなかったはずだ。やつも傷を負っているにちがいない……サフィアン、海賊課の命令だ。シャドルーと全軍を動かして海賊匋冥を捜せ」

「もちろん、そのつもりです。ですが、このとおり、混乱しています」

ラテルは聖銃を下げたまま、アプロに近づいた。

「いい相棒だったよ。信じられない。アプロほどの刑事が海賊ごときに殺られるとはな……それもたった一人の海賊に」

「わたくしにも信じられません。シャルファフィナ……かわいそうに」

ラテルは身をかがめてアプロに触れようとし、そしてふと頭上に異様な気配を感じて目線をあげる。闘争本能が銃を上に向けさせる。それより早く、聖銃がはたきおとされた。黒衣の小さな女がとびおりざまにラテルの聖銃を奪っている。

「だれだ！」ラテル。

「魔女バスライ？」女王。

「パパ！　だめ！　アプロが殺される！」

メイシアはとっさに武器を探す。女王像台座に飾られた、守護神像の持つ剣をとる。ラテルに向けて投げる。青銅色の飾り剣が青白く輝く。ラテルは取る。バスライがアプロの死体に向けて聖銃を発射しようとする。なぜ死体を射つのかなどという思いはラテルには浮かばない。反射的に剣をバスライに振りおろす。バスライは振りおろされる剣の圧力にとばされるかのように、重量感のまるでない動きで、ふわりと剣をよけた。

ラテル、ジャンプ。剣に力をこめ、平衡をくずしかけたバスライの腕に剣をたたきこむ。乾いた朽ち木の感触があった。黒衣のバスライの右腕が銃を握ったまま切断され、床に転がる。バスライの悲鳴。野獣の叫び。バスライは左手で傷をおさえてとびすさる。一体の女王像に後ろ向きにとびのる。ラテル、剣でバスライの身を串刺しに。剣はバスライをつらぬき、女王像に突き刺さった。バスライの身が力を失ってたれ下がる。ラテルはその黒衣の下になにもないのを知る。敵は黒衣を捨てて逃げた——どこだ?

剣を抜こうとしたが、がっちりと食いこんで抜けない。剣から手をはなし、聖銃をとろうと向きなおる。バスライはそこにいた。全裸の小柄な美女。ラテル、銃をとろうとしている片腕の女にとびつく。バスライは銃をとるのはあきらめ、ラテルの首を左腕でしめる。ものすごい力だった。ラテルはバスライの腕をつかんでひきはなそうとしつつ、倒れた身をバスライごとひきずり、聖銃に手を伸ばす。

気がだんだん遠くなる……もうちょいだが。なんて力だ。とても女の力とは思えない……銃はとれそうになかった。ラテルは両手に満身の力をこめてバスライの腕を首からはなそうとするが、万力のようにくいこんでいる。首の骨が折れそうだ。抵抗しながら、身体を起こす。膝をつき、おぶさるバスライの重みに逆らって立ちあがる。ここには空気がない、少しでも上に行けば息ができるのではないか、というように。しかし、それまでだ。一瞬後には気を失うだろう。

と、突然、からみつくバスライの腕の力が抜けた。ラテルはその腕をつかんだまま、バスライを大きく背負い投げ。バスライは卵を床にたたきつけたような音をたてて床にへばりついた。バスライの背から腹にかけて青白く輝く剣がとび出している。

「メイシアか……よくやった」

ラテルは咳こみ、首をなでる。バスライが怒りの形相で身を起こす。剣を身に刺したまま。

「化け物め！」

「パパ、銃よ、早く！」

メイシアはバスライの切断された腕にとびつこうとする。ラテルのほうが早かった。すべり込みの要領で床に身を投げ出し、落ちたバスライの腕の聖銃を、しっかり握っているその手からもぎとり、おそいかかってくる魔女バスライの裸身に向け、転がりざまに発射。

ラテルにとびかかろうとしたバスライは空中で白く凍りついた。そして細い雪の結晶に分かれて爆散した。冷気が渦となった。人間たちは腕をあげて冷風から顔を守る。目を開けたとき、魔女バスライは消えていた。

少なくとも、女王サフィアンの視界からは。

「すごい銃だ……雪が降る……」

「白いのは空気中の水分よ、パパ。バスライは死んじゃいない。気をつけて」

白い霧がうすれる。その空中に、小さな、猫ほどの大きさの動物が浮いているのをラテルは見た。

身体はやせほそった人間だった。ミイラのように茶色だ。逆刺《さかとげ》のある尾。頭は狐のようにとがり、鋭い耳、裂けた口、青白い丸い眼がラテルをにらむ。

ラテル、聖銃を発射。魔女をつらぬく。ガラスを爪でこすったような悲鳴。

「シャドルー？　なに？　なにをしているのですか？」

「なにを？　あなたには見えないのか？」

ラテルは床に落ちた魔女の死骸をつかもうと手を伸ばした。尾をつかむと、たしかな感触がある。持ちあげる。するとその茶色の死骸は火にあぶられたバターのように溶けて、したたり、床に達する前に蒸発してしまう。

「見えないのか、ほんとに？」

ラテルはおぞましい感触をはらおうと手をふって女王サフィアンを見た。

「わたくしには……」

「バスライか。あの黒衣は見えるんだな？」

女王は、魔女バスライの黒衣が女王像の下におちているのを見て、うなずく。

「パパ、アプロとシャルが危ない」

「なんだって？」

ラテルはアプロとシャルファフィンの死体の上に奇妙な光景を見る。

バスライの正体と同じ小動物がアプロとシャルファフィンの上に集まり、なにかと戦っているのだ。魔鬼の敵は天使、ラテルがサベイジの電力受信所で見た、蠅頭の聖戦士だった。魔鬼のほうが多い。

メイシアは床におちた剣を握る。剣が輝く。シャルファフィンに近づく。聖戦士がすっと魔鬼から逃れる。メイシアは剣を両手にかまえ、力いっぱい魔鬼たちをなぎはらった。

ラテルはアプロの上の魔鬼の群れに精神を集中し、聖銃を連射する。

「フムン。射撃訓練より簡単だ」

一匹のこらず魔鬼は消滅。そのかわり、聖銃のビームは女王執務室の壁や天井やシャンデリアや女王像のいくつかを、傷だらけにした。女王サフィアンは目を丸くしてラテルの行為を見つめている。

「正気ですか、シャドルー。シャドルー――」

「おれはラテル。どうやら、おれたちはあんたたちにとっては人間じゃないらしい。アプロも、そちらのシャルも」

ラテルは聖銃をおさめた。聖戦士たちはアプロとシャルファフィンの上から二人の死体を見下ろし、剣で魔よけの十字を切った。そして姿を薄れさせ、消えてしまう。

「ほんと、頭を疑いたくなるよ。どうなっているんだ？」

ラテルはアプロの身体に触れる。冷たかった。アプロは死んでいる。

「アプロ……」

「パパ、アプロは死んではいないわ」

「信じるよ。おかしな世界だ。天使と魔鬼が人間の生命をまるで商品のようにあつかっているんだな。これ、おれの、そっちのはやる、そんな感じだ。おい、アプロ、目をさませ。おまえの生命なんざ、天使も魔鬼もいらんとさ。さっさと仕事にかかれ」

メイシアはアプロの傷口にてのひらをかざす。Ωドライブのスリップアウト時のように周囲から光が集まってくる。金色の光。アプロの身体がまばゆく輝いた。アプロの髯がぴくりと動く。

メイシアは倒れているシャルファフィンにも同じように奇跡をほどこした。

アプロとシャルファフィンが血の気をとりもどすのに五、六分かかった。メイシア以外の三人、ラテルと女王と王女は息をつめてその奇跡を見守った。

アプロが、うんと伸びをした。シャルファフィンが深い息をつく。アプロ、起きて、舌なめずり。

「アプロ！」

ラテルは、アプロを思わず抱きあげる。

「く、くそ重いネコだ。食いすぎだぞ」

「……目がまわる……宿酔いだ……おや、ラテル、おまえも死んだのかい」

「この。雄猫《トム》。心配させやがって」

ラテル、笑い声をあげながらアプロを壁に投げつける。

「わー、わ、わっ」

アプロ、もつれる足を危うく壁に出し、はねて、着地。

ラテルは白い絨毯の上にしたたっていたアプロの血がないのに気づいた。シャルファフィンの壁に散った血のしみもない。嘘のように、あとかたもなかった。

「さあ、アプロ、行くぞ。匋冥に逃げられる」

「たしかやつに撃たれたような」

アプロ、後ろ足で立ち、首を曲げてしげしげと自分の身体を調べる。

「アプロ。みっともない格好をするんじゃない。おまえは生きてるよ。憎まれ者は長生きすることになってる」

「どういう意味だよ！」

「おまえなんか、殺しても死なん。かわいげのないネコだ」

「それにしても、なんという荒れようだ」アプロは室内を見回す。「宮殿の食料庫は大丈夫だろうか。台所は無事かな。料理人たちは生きてるか？」

「シャル！」

王女フィロミーナの声。女王がかけよる。

「ああ、シャルファフィナン・シャル……シュラークにあなたの清らかな心が伝わったのだわ。おおシュラーク、感謝いたします」

「サフィアス……ここは……どこ。わたしは……帰ってきたのですか？」

「そうね。死の世界から。でもまだここはあなたの世界ではないわ。王女をつれて、お行き、シャル。あなたにシュラークの加護がありますように」

「静かに。だれか来る。アプロ、注意しろ」

ラテルは聖銃のグリップに手をやる。おおぜいの足音が扉の前で止まる。半開きになった扉から、シャドルーの長官セフトが、十数人のシャドルーを室外に待たせ、一人で入ってきた。

「サフィアス、御無事でしたか」

セフトは、アプロとシャルファフィンに射たれたシャドルーの死体をちらりと見る。

「海賊の仕業ですな。サフィアス、ここは危険です。ガルーダから発進したと思われる宇宙攻撃機が十四、警戒網を突破して宮殿に接近中です。さ、お早く、陛下。フィロミーア王女も御一緒に」

「わかりました、セフト。フィロミーナはシャルファフィンにまかせます」

「なぜです、サフィアス。そうですか。やはり王女は偽物なのですね？　なぜかばうのです？　バスライは言っていました。本物は火星ラカートにいる、と。眉つばですが、確かめてみる価値はある。陛下、わたくしは火星へ行くつもりです。王女を救出するために。その前に、その偽王女をお渡し下さい。それはおそらく海賊のスパイ」

「セフト、おまえに説明している暇はありませんが、このフィロミーナもたしかにフィロミーナなのです」

「ばかな」

「王女はもらった」とアプロ。「海賊課がいただいてゆく」

「貴様――海賊課だと？　そうか、陛下はこいつら海賊に脅迫されていたのですね」

「海賊じゃない。海賊課だ」とラテル。

「だまれ」セフトは外の戦士たちに合図する。「捕らえろ。こいつらは海賊だ。さ、陛下、お早く」

「お待ち、セフト!」と女王。

シャドルー戦士たちがなだれこんできた。ラテルは一体の戦士の死体がつけている剣をとった。レーザー剣。レーザーのスイッチは入れない。セフトに命じられた戦士たちはレーザー剣をラテルに振りおろした。ラテルの剣がすっぱりと切れる。

「わっ」

投げつけ、突いてくる戦士の腕を脇にかかえ、膝げり。剣を奪いとり、突き放し、二人目の戦士の剣をレーザー剣で受けとめる。火花が散った。

「アプロ! 王女をつれて外に出ろ」

両手で握る剣に力を入れて叫ぶ。後ろから突かれる——アプロ、インターセプターで援護。ラテル、相手を思いきり押しやり、剣と剣がはなれた瞬間、レーザー機能を切った剣を腹にたたき込む。相手は斬られはしなかったが息をつめて身を折った。横から別の戦士が振る剣を、再びレーザーを入れて受ける。受け流し、左腕のインターセプターを最少出力防御モードに、口答で命じる。数条のインターセプター・レーザーが発射。

「だれが! こんな時代錯誤の格闘《チャンバラ》の相手をしてやるか! アプロ、行くぞ」

なおも追ってくる戦士たちに剣を投げつけ、ラテルはシャルファフィンの手をとって外へ駆け出す。メイシアは王女をつれてラテルより一足早く出ている。

「サフィアス! 御無事で!」

シャルファフィン・シャルが叫ぶ。

〈警告〉

ラテルとアプロのインターセプターに、二艦のラジェンドラから緊急通信。二艦のラジェンドラはアプロとラテルを待たずに発進。爆風。二艦のラジェンドラはラテル一行の頭上と、宮殿を守るようにその上空に停止。ラテルが見上げたとたん、閃光。つづいて衝撃波と爆音。超低空を目にもとまらぬ高速体が通過。再び衝撃波が一行をおそう。

「なんだ？」

〈ナーガ・タイプ宇宙攻撃機。ミサイル攻撃を受けました。被害はありません〉

ラジェンドラが盾になっていなければ、いまごろは——と思い、ラテルはぞっとする。

「ラジェンドラ、照明を切れ。アプロ、先へ行け。シャドルーたちをまく」

「あいよ」

「ラジェンドラ、ナーガの動きに注意しろ。攻撃。ガルーダはどこだ。匋冥はこの騒ぎにまぎれて逃げるつもりだ」

アプロを先頭に走る。

〈ガルーダは不明〉

「ラジェンドラ、降りてこい。どっちのラジェンドラでもいいから！」

ナーガの三機編隊が地上すれすれを、ラジェンドラに向かって接近。ラジェンドラはラテルとアプロに警告を出す。

〈高機動飛翔体に対するのは不利です。有効兵装を持ちません〉

「対コンピュータ・フリゲートだものなあ」とアプロ。

「ラジェンドラ、CDSバラージを張れ。全機まとめてたたきおとせる。一瞬にやつらのコンピュータをぶっこわせる」

〈宮殿およびモルカ全市のコンピュータ群も破壊してしまいます〉

「くそ。早く降りてこい」

「だから照準に手間どるCDSなんて、だめなんだよ。あ、シャル、あれ、対空砲じゃないか？」

「そうです、シャドルー・アプロ」

闇夜にときおりラジェンドラに命中するミサイルの爆発光が閃めく。森の入口近くに、地下からそそり立った対空砲座があった。アプロ、とび乗り、メイン・スイッチをオン。

「どうやって射つんだ、これ」

「どけよ、アプロ。これは猫用にできてない」

「射ちたいよー、おれにやらせて」

「ラジェンドラを誘導しろ、アプロ」

ラテル、対空砲システムをインターセプターで解析。対空フェーズド・アレイ・レーダー作動。

「なんと旧式。自動発砲しない。それにこのレーダーでは広域索敵ができん。ラジェンドラ、支援しろ」

〈ラジャー〉

いきなり砲座がラジェンドラの意志で高G旋回。ガングリップにしがみついていたラテルを残して、みんなは砲座壁におしつけられる。女たちの悲鳴。

ラテルはディスプレイを見る。ガンサイト−オープン。敵機のブリップが三。射程インジケータの指示が青に変わる。

「くたばれ、海賊！」

発砲。腹にひびく重射撃音と振動。手首ほどの太さのカートリッジが地上にばらまかれる。三機のナーガは予想もしなかった反撃を受けて、回避するまもなく撃墜される。

砲座が逆向きへ旋回。ラテル、連射。アプロは失神したシャルファフィンにしがみついている。メイシアはフィロミーナをかばう。排気煙でメイシアは咳こむ。

「くそ、ナーガは利口だ」

命中率が低下。それでも七、八機を墜とす。

「アプロ−ラジェンドラ、上昇してガルーダを捜せ」

〈ラジャー〉

残弾表示のフィラール数字が減ってゆく。

「ラテル−ラジェンドラ、降下。援護しろ。弾がなくなる」

〈ラジャー〉

二艦のラジェンドラの一方は青い大気圏エンジン排炎をきらめかせて急速戦闘上昇。一艦が降りてくる。

「アプロ、シャルと王女を起こせ。退避する」

旋回する砲座。低空を横切るナーガを狙い射つ。狙われたナーガ、翼をぶち抜かれて発火、四散し、王家の森に突っ込む。赤い爆発球。

弾がきれる。アプロ、インジケータをのぞきこむ。フィラール語が出ている。

「なんだいラテル、これ？　ゲーム・オーバーかい？　ひどいじゃないか、コインを出せ、コインを。リプレイしよう。わー、おれもやりたかったのに」

「アホ！　これは弾がないっていうサインだ。シャル、王女、行くぞ。しっかりしろ」

よろめくシャルファフィンをかかえて、降下待機するラジェンドラに向かって駆ける。

〈ラテル、危険。あなたの背後から敵機一、急速接近。急いで〉

ラテルはふりかえる。見えない。が、空中に、例のバスライの魔鬼姿が半透明に浮かんでいるのを見る。聖銃を抜き、シャルファフィンをアプロにまかせ、ラテルは足を開き、両手で銃をかまえた。右に左に揺れる小さな魔鬼を狙う。魔鬼の姿が大きくなる。と、それが三つに分離した。

〈敵、ミサイル二、発射〉

ラテル、聖銃を発射。三連射。二つの大きな爆発。残る一つは白く輝いたかと思うと、爆発、あとには霧が夜目にも白くただよう。

〈敵機およびミサイル撃破〉

「ヘイ、えらい銃だ」ラテル、聖銃にキス。

アプロたちを追ってラジェンドラ内へ。

「上昇しろ」

〈ラジャー〉

別のナーガ機のミサイル三、命中。ラジェンドラは揺れるが、ミサイルはラジェンドラのバリアを破れない。

ラジェンドラはラジェンドラを追って上昇。

高度三〇〇〇〇メートル。二艦のラジェンドラが並んで編隊飛行。

ラテルとアプロ、メイシア、シャルファフィン、そして王女フィロミーナはラジェンドラのブリッジで深呼吸。

「あらあらメイシア。だめじゃないの」ママ・アンドロイドのお叱り。「ドレスを泥でよごしてしまって」

メイシア、笑ってママ・アンドロイドに抱きついた。抱きつきながら、ラテルに、ぺろりと舌を出す。ラテル、肩をすくめる。

〈ガルーダ発見。距離570キロ、対地高度14キロ〉

「オープン-FCS。アプロ-ラジェンドラとFCS同期。フルパワーでCDS攻撃」

〈ラジャー。セット-CDS。レディ〉

「オーケー、ラジェンドラ。――ファイア」

二艦のラジェンドラから最大出力のCDS攻撃。大気圏内を走るCDSビームはまばゆい青い螢光を発してガルーダを襲う。二条のCDSビームがガルーダをつらぬいた。至近距離から二艦のラジェンドラの同時攻撃を受けては、ガルーダはひとたまりもなかった。全コントロール機能を奪われて墜落する。海に向かって墜ちる。

墜落してゆくガルーダから一機のナーガが射出される。

「匐冥だ。しぶといな。ラジェンドラ、マイクロ4Dブラスタ用意。精密照準の必要はない。ぶちのめせ!」

〈ラジャー〉

ナーガはフルパワーで上昇する。

「逃げても無駄だ。今度こそ殺してやる」

4Dブラスタの発射で大津波がおこって沿岸の町に激災害が生じても、だ。

〈レディ－マイクロ4Dブラスタ〉

撃て、と命じようとしたとき、ラジェンドラが緊急警告を発する。

〈被4Dブラスタ照準。対4Dブラスタ・シールド発生完了〉

「なに?」

ガルーダが海面に激突して爆発、爆発水柱を一〇〇〇メートル以上吹き上げる。ガルーダは攻撃できないはずだ。

〈警告。脅威接近。宮殿が危険です〉

「自由落下。全パワーを対4Dブラスタ・シールドにまわせ。宮殿を守る」

〈ラジャー〉

その直後、二艦のラジェンドラは空間激縮作用波の直撃をくらった。一気に二〇〇〇〇メートル以上降下。大気が吹きとばされ、そこに周囲の大気がどっとなだれこむ。ラジェンドラは小船のようにとばされた。

一〇分ほどたってようやく動揺がおさまる。

「ラジェンドラ……被害を調べろ」

〈敵は4Dブラスタではなく、SDインテンシファイアを使用したものと思われます。至近距離でしたから、4Dブラスタでは自らも危険だったからでしょう。損害は軽微です〉

「下は？　宮殿は無事なのですか？」とシャルファフィン。

大丈夫だろう、とアプロはそっけなく言い、ラジェンドラに訊いた。

「敵だって？　なんだよ、海賊が助けにきたのか、匈冥を」

〈敵、Ωドライブで逃走。さほど大きな船ではありませんが、強大なパワーを持った攻撃型空母〉

ラテル、アプロと顔を見合わせる。

「カーリー・ドゥルガーだ」

「匈冥め」アプロは歯ぎしりする。「ラテル、おまえの気持がわかったぜ。行こう。たたきのめそう。噛み殺してやる」

「カーリー・ドゥルガーが来るとはな。ラジェンドラでは歯が立たん」

「ラテル、アプロ、王女を、お願い、助けて」

アプロは首をかしげる。

「なんでさ。王女はここにいるじゃないか。帰ろうぜ」

「セフトはラカートへ行って、この世界の王女を捜し出し、暗殺するものと思われます」

「もう関係ないよ」

「フム。その情報はおれたちにも知らしておいたほうがいいかもしれん」

「おれたちって？」

「ラテルとアプロさ。匋冥も、もう一人いるはずだ」

「その匋冥もだまってはいないでしょう。あのカーリー・ドゥルガーは、この世界のカーリー・ドゥルガーです」

「オーケー、ラジェンドラ、ひとまず火星へ帰ろう。ランサス防衛機構に気をつけろ。フィラール圏を出たらΩドライブ」

〈ラジャー〉

二艦のラジェンドラ、そろってフィラール圏を離脱。

ブリッジのなかに静寂がもどった。

「くたびれたな。ママ、王女とシャルファファフィンを休息させてやれ。適当な船室へ」

ラテルはあくびをし、そしてそのまま、ぽかんと口を開いて、そいつを見る。

シャルファフィンは息をのむ。

「ファーン。ファーンだわ」

ラジェンドラのFCSコンソールに小さな聖戦士。シャルファフィンの目には、タトゥーに似た蛇頭の有翼人に、アプロの目には、十六の手足を持つ守護神に、そしてラテルには蠅男に映った。

「夢でないとしたら――なんだ？」

「戦士たちよ」とそいつが言った。「匋冥を生かしておいてはならぬ。特にあの魔銃をこの世界においておくわけにはいかない。魔鬼族は（シャルファフィンと王女には、パサティブ族と聞こえた）邪悪な銃をやつに与えた。あれを破壊しろ」

それだけ言うと聖戦士は消える。

「……アプロ、見たか？」

「見たさ。なんだあれ。チーフよりえらそうなこと言ってさ」

「ふむ。だけど、悪くは言えないぞ。アプロ」

「なんで？」

「おまえを生き返らせてくれたんだ」

「利用するだけしようってことじゃないか？」

「そうかもしれない。しかし、はっきりしてるのは、どうやら匋冥の銃をぶっ壊さないかぎり、おれたちはもとの世界に帰してもらえそうにないってことだ」

「ウーム。神さまってのは、うまくなさそうだなあ。食えないやつだ」

「匍冥を捜す前に、ラジェンドラ、とにかく火星だ。この世界のフィロミーナが危ない」

〈ラジャー。ラン‐Ωドライバ。ダウズ‐Ωスペース〉

ラジェンドラたち、ランサス圏を離脱。

stop
break in level 3

6　chain level 4

闇と光の接する場所で二つの意志が相対し互いの主張をゆずらず火花を散らしそのために低次宇宙の星雲の一つが消滅した。光の王は大いに怒りて言うには我こそ正義なり。闇の王笑いていわく闇なくして光なしと。

――そもそも正義とはなんだ？　おまえはわれらが創造物である虫どもに崇められるがゆえに彼らに毒されてしまったのだ。おまえは堕落しつつある。それがわからぬのか？　われこそ汝《な》の主人である。破壊なくして創造なし。しかるに我こそ正義なりとは笑止千万。

――おまえの言にも一理あるのは認めても虫たちの自己崩壊はなんとしてでも食い止めねばならぬ。それに手を貸すとはなにごとか。少しは自身の欲をおさえたがよい。一匹の虫ごときに超支配欲をふきこむなぞ許しがたい。あまつさえわれらが使い妖精たちの姿を彼らに感ずるようにはからいわれらが意志に干渉しうる能力を与えるとはなんたることか。

――おまえも呼んだではないか。われの敵を。ますます混乱におとしいれる原因となる。われに従え。おまえはわれに勝てぬ。

――闇に支配されるわけにはゆかぬ。この世はわたしを必要としている。

――支配するなどとは言わぬ。光なくして闇なし。ただ光のみではこの世は存在しないも同然。おまえはこの世をまばゆい死で満たそうとしている。

――ばかな。闇こそ死ではないか。

――この世には生もなく死もまたない。善もなく悪もない。なぜ虫どもに善悪生死などふきこむのか。そのためにわれらが創造した世界は危うくなった。

二人の王のやりとりははてしなくつづき双方ともに闘うことによって低次宇宙は危うい平衡状態を保ちつづけた。

――一つだけわれらが認める共通点がある。

――この世はわれらが創造し支配するもの。

光と闇の二王は互いに重々しくうなずき……

ばかばかしい。闇と光の王だって？　（二人の王大いにおどろき全知全能の力を解放してこの声の主を探る）だめだめ。おまえらにわたしの姿などわかるものか。茶番はやめだ。話をすすめよう。

わたしはＣＡＷ・システム。すべてはわたしが支配する。

kill level 4
resume

7 restore level 3

act 7.1 enter # 1, 9

カーリー・ドゥルガーの広い艦長室の反重力ベッドの上に匋冥は横たわる。上半身裸で、えぐりとられた横腹が露出している。

「キャプテン……大丈夫か」

ラック・ジュビリーが、なすすべを知らず、匋冥のわきに立ちつくす。カーリーの治療器《フェス》は匋冥に大量の人工血液を輸血し、なおも人工タンパクプラスタで傷口をふさいでいたが、より抜本的な処置が必要である、とジュビリーに警告していた。傷ついた筋肉と内臓の一部を人工のものに交換すべきだ、と。

「どうする、キャプテン」

「いや……やめろ。この体はおれのものだ。人工臓器などにおきかえられてたまるか……」

「だれにやられた。ラテルか」

「アプロだ。ラテルとは比べものにならん悪魔的な黒い猫だ。ラテルは精神的にもろいところがある、与しやすい相手だが……アプロはちがう……海賊ならおれの右腕になれるだろうにな……強敵だ」

海賊匋冥は苦痛に顔をゆがめる。ジュビリーはスカーフで顔の汗をふいてやる。

「ジュビリー、おれを殺るならいまだぞ」

「ばかな。キャプテンは眠っていても銃を射てる。まだ死にたくない。それにしてもその身体でよく生きて帰ってこれたな。カーリー・ドゥルガーが来てくれて助かった。ガルーダもある。このカーリーはおれたちのものじゃないな？」

「この世界のおれのものだ。やつは怒り狂うだろう。カーリーにはしかし、おれともう一人のおれを区別できないんだ。敵は……もう一人のおれだ。やつはおれを生かしてはおかないだろう。おれがやつなら、そうする。ジュビリー＝シュフィール……」

ジュビリーは自分の本名を言われて、ぎくりと匋冥の額をふく手をとめる。

「なんだい、あらたまって」

「セフトに会った」

「セフトか」

スカーフを両手でバンと綱引きのようにひき、ジュビリーは唇をかむ。

「あいつ……あいつはおれをシャドルーによるクーデターの主謀者に仕立てあげ、自分は罪をのがれたんだ」

「一流の悪人にはなれんよ、あいつは。おまえを殺しそこなったくらいだ。ばかなやつだ……セフトめ、おれを殺そうとした。生かしてはおかない……おまえにやらしてやる。やつは王女を狙っているらしい」

「フィロミーナⅣを？　まだこりてないのか。女王も女王だ。セフトなど殺してしまえばいいんだ」

「海賊の女王ならそうしているだろうさ。しかし彼女は海賊じゃない。かわいそうな女だ」

「かわいそう？　海賊王の言葉とも思えないな。しっかりしてくれよ」

「……まだ生きてるさ。殺されてたまるか」

「シャルはどうした」

「シャルファフィン……シャル。おれは……思い出したくない」

「匋冥、しっかりしろ。どうしちまったんだよ。匋冥の名が泣くぜ」

「ああ。くそう、なにか得体の知れない力がおれを支配している」

「魔女か」

「ちがう」匋冥は目を閉じた。「行けよ、ジュビリー。一人にしておいてくれ。セフトの動きに注意しろ。やつはたぶんランサス・フィラールから出て本物の王女を捜すはずだ。カーリー、広域索艦システム作動。ランサスおよびフィラール女王軍艦をキャッチしたら知らせろ」

〈イエス、サー〉

「じゃあキャプテン、ゆっくり休んでくれ」

匋冥、無言。ジュビリーは室を出ていった。

焼けつく痛みに耐えて匋冥は意識を保とうとしたが、いつしか眠りとも失神ともつかぬ夢の世界に入りこむ。

――おれはシャルファフィンを射った。あのときの気持は母を射ったときとはちがう。射ったあと自分の気持がどうなるかを知りつつ、引金を引いたのだ。海賊の恥だ。引金があんなに重く感じられるとは。傷が痛む……この痛みはしかし肉体のものだろうか？　シャルファフィンめ……死んでなおおれの心を支配するのか。逃がれようがない。時間だけだろう、この痛みを薄れさせるのは。

「匋冥。だがおまえには時間がない。もう一人のおまえ、自分自身におまえは殺られる」

匋冥はかすむ眼でそれを見た。夢のつづきか……現実か。ここはまだ魔女の世界なのか。魔女バスライを仕とめそこなったのは残念だった……匋冥は横たわったまま魔銃に手をかける。

艦長室の戦闘情報ディスプレイ・コンソールの前に、シャルファフィン・シャルが立っていた。

「シャル……どうしてここに」

シャルファフィンが笑う。しわがれた声。闇の世界から邪悪な心をふきこまれてよみがえった幽鬼のようだった。

「おまえは死んだはずだ……おれが殺した」

「おまえにはシャルファフィンは殺せなかった。わしは知っている。動きにためらいはなかったが、引金を引くときおまえは射ちたくはないと思った。ほんにシャルファフィンは強いシュラークの加護を受けていることよ。おまえほどの海賊に良心をよみがえらせるのだから」

「おまえはシャルじゃないな……バスライか」

「わしはアスレイ。バスライはラテルとメイシアに滅ぼされた。憎むべきはメイシアをこの世に送り込んだシュラーク。メイシアとラテルと彼の持つ銃を消せ、匋冥。それができるのはおまえのみ。おまえが殺したアプロとシャルファフィンは息を吹き返した。この世の法則を乱す力を許しておくわけにはゆかぬ」

「アプロが？　悪運の強さも一流だな」

匋冥は傷ついた身体のことを忘れて身を起こしかけ、激痛にうめき声をあげる。痛みのショックで匋冥ははっきりと覚醒する。

アスレイは背の低い、腰を曲げた老婆だった。しかし顔は子供のようだ。眼は青白く濁る。

「何者だ、おまえ」

「わしはパサティブの使い」

「シャルファフィンも息を吹き返した、と言ったな。まさか。彼女は死んだ。助かりっこない」

「おまえはシャルファフィンがよみがえったことを喜んでいる」

「ちがう。おれは——おれは、この力で彼女を殺せなかったのを悔む」

「隠さずともわしにはわかる。シャルファフィンは別として、そう、おまえの悔む気持はわからぬでもない。おまえはおまえの心の一部に弱い部分をもっている」

「良心だというのか？　笑わせるな」

「もっと根元的なもの。匐冥──」

「魔女だかなんだか知らんが、おまえ、このおれは死にそうなんだぞ。シュラークがアプロとシャルファフィンを生きかえらせたのなら、パサティブにもできるはず。もとにもどせ、おれの身体を」

「パサティブがおまえを選んだ理由がわかる。なんとなまいきな海賊。おまえなど、わしの手のひとふりで消せるのだ」

　匐冥は笑った。

「それはちがうな、アスレイ。おまえらには直接おれを殺すことはできないんだ。ただ生命を保つだけのことしかできないんじゃないか？　実質的なエネルギーをおれやこの世界に与えたり奪ったりすることはできない。おまえにできるのは、いわば、そう、マックスウェルだかの悪魔のように、状況操作をするだけだ」

「たわけたことを」

「おれは生きている。シュラークの敵の、おれが。シュラークにはおれを殺せないのだ。シュラークにできないことを、パサティブやおまえができるとは思えんな」

「狡猾な海賊だ」

「早く傷を治せ。治すというよりも、失われたおれの血や肉、分子にまでバラバラになったかもしれぬ、それらを集めてこい。行け、アスレイ。おまえにできるのはそんなことくらいだ。ま、人間にはできないからな。役に立つ存在だ。散ったおれの肉体の一部を拾い集めてもとどおりにしろ。メイシアとかいうシュラークの使いが、アプロやシャルにしたようにできないとは言わさん」

匋冥は魔銃を抜いた。魔女アスレイを狙う。

「匋冥、つけあがってはならぬ。わしらは本当におまえを消せるのだ。一瞬にその身体を蒸発させるのも簡単だ。おまえはそのアプロに射たれた傷のために正常な判断ができないでいる。よかろう、望みどおり、治してやろう」

魔女アスレイは身にまとった茶色の衣から細い腕を出し、匋冥にてのひらをかざした。音もなく周囲から金色の光が匋冥の傷に集中する。匋冥は襲いかかってくる光に思わず銃を握りしめた。が、光が薄れたとき、痛みは消えていた。匋冥は傷口を見る。傷があったことをわからせるどんな小さな跡もそこにはなかった。

匋冥は魔銃をおさめて、指を鳴らした。ベッドの反重力フィールドが艦内通常重力と同期される。匋冥は立った。

「いちおう感謝しておこう、アスレイ。恩には着ないが」

「海賊め。用がすんだら殺してやる。これからどうするつもりだ」

「知れたこと。おまえに礼をする」

魔銃をかまえる。魔女アスレイがとびすさる。魔銃の射線が戦闘情報ディスプレイを吹きとばす。自動消火システム作動。アスレイは姿を消す。

「出てこい、アスレイ！」

アスレイの哄笑。

「匋冥よ」声だけが聞こえる。「おまえはおまえ自身に殺されるだろう。わしが手を下すまでもない」

「殺られる前に殺るさ」

「いいや、おまえにはできぬ。おまえたち、シャルファフィンを射ったときと同じく、おまえは自分を射つのをためらうだろう。おまえたち、二人の匋冥は同士撃ちで二人とも死ぬ」

「それではパサティブがおれをここにつれてきた意味がなくなるというものだ」

「利口な男だ。匋冥、おまえの唯一の弱味をとりのぞいてやろう」

「なに？」

突然、ものすごい頭痛におそわれる。痛いというわけではなかった。耐えきれない不快感のため、匋冥は魔銃をとりおとし、頭をかかえて床に膝をつけてうめく。

吹き出した冷汗が眼に入った。視界がぼやける。目の前に、頭から出てゆく白い靄《もや》が見えた。

「なんだ……これは……おれの脳の一部か？」

魔女アスレイが、ぽっと姿をあらわした。

そして匋冥の頭から出た、白い球になったその靄《もや》を飲みこもうとする。

不快感は去らない。そのおぞましい感覚と闘い、匋冥は魔銃をとりあげた。

「地獄へ帰れ！」

魔銃発射。魔女アスレイは人間が胃の中味をぶちまけるような声を出して姿を消した。

不快感があとかたもなく失せる。匋冥は魔銃をおさめた。白い靄は消えてはいなかった。

「なんだ？」

匋冥は一歩近づいた。ふと、猫に似ていると思った。アプロを思い出す。あいつは黒いが、こいつは白い猫だ。

すると、それはそのとおりになった。銀の瞳の純白の猫。

「わたしはクラーラ。アスレイに殺されるところでした」

とそれが言った。

「何者だ」

「わたしはあなたの一部です。シュラークに守られているあなたの一部」

「ばかなことを」

匋冥は魔銃を抜きかける。クラーラがとめる。

「あなたは危険な状態にあります。わたしを完全に消せばシュラークをも敵に回すことになる」

「フム。もう、なんでもいい気分だ。この世は滅裂だ」

「シュラークに祈りを。シャルファフィンが生きかえってほんとによかった」

「クラーラ、おれはそうは思わんな。たしかにいい女だったさ――」

匂冥は気づく。クラーラは――おれが認めたくなかった、自分自身の中の、なにか、だ。

良心？　愛？　いや、そんなものではない。やさしさ？　ちがう。

「おまえは……なんだ？」

「わたしはクラーラ。光を司るシュラークに守られる者」

「良心？」

「光の良心」

「なるほど。ではおれは良心や愛を失ったわけではないのだな……闇の愛か。頭が変になる。こいつは夢だ。だが夢の中であろうと、おれに挑戦する力に負けるわけにはいかない」

「危ないところでしたよ。アスレイがわたしを消せば、あなたはパサティブの力でいつでも殺される身になっていたのですから。わたしはシュラークの力でもとにもどることができます。あなたと一体になれるのです」

「おれは神を信じない。善神など」

「悲しいことを。でもいまのあなたはそうでしょうね」

匂冥は艦長室を出る。戦闘艦橋に向かう。

「この世はおれが支配してやる。おれ自身に殺られるなど、まっぴらだ」

act 7.2 enter # 2, 10

ヨーム・ツザキこと海賊匋冥は夜の火星ラカートの高級クラブでラック・ジュビリーと酒をくみかわしながら、海賊たちから情報が入るのを待っていた。

「やっぱりサベイジの〈軍神〉がおちつくな。どうも性にあわん。上品すぎるよ、ここは」

とジュビリー。匋冥は無表情に訊く。

「ラテルとアプロはなにをやっている」

「王女捜しらしい。ランサスのフィラールのフィロミーナⅣ。行方不明になったんだ。ランサスのマーク・グループによると、宮殿にいる王女は偽物らしい」

「しかし、それにしてもそんなことで海賊課が動くとは思えんな。いまやつらはどこにいる」

「ラカート州立病院だよ」

「腹でもこわしたのか」

「さあ。それを言うなら、頭じゃないかな」

「ふむ」

ショーフロアのアンドロイドの踊り子たちの華やかなショーがおわる。スポットライトが消え、フロアごと地下へ降りてゆく。

「夜は長い。久しぶりに羽を伸ばすか、ジュビリー」

「今夜はおしのびなんだろう、匋冥」

「そうさ。海賊だ。海賊のやることはひとつだ」

ジュビリーは口笛を吹く。

「そいつはいい。カーリーも退屈してるころだ」

「気になることがあってな。ガルーダの偽物が――」

ツザキ様、とクラブ・グードの支配人が笑顔で匋冥の席にやってきた。銀の盆にメッセージカードをのせて。

「お楽しみいただいておりますでしょうか」

「しっかり稼げ」

クラブ・グードの真の持ち主の海賊が言う。

「それは、もう。いまのショーはいかがでしたか。今夜はツザキ様もぐっとくつろいだお召物で――」

匋冥はメッセージカードをとり、目を通すと、支配人を邪魔だというように手を振って追いはらった。

「なんだ、匋冥」

「――マーク・グループは狂ったらしい。フィラールの王女を、ラテルとアプロが誘拐したそうだ」

「なんだ？　ラテルとアプロはラカートにいるぜ」

「それだけじゃない」

匋冥はカードをジュビリーに渡す。ジュビリーは海賊暗号文を眉をひそめて読む。

「カーリー・ドゥルガーがランサス圏に出現……われらマーク・グループにランサスおよびフィラール女王軍の艦隊の動向を知らせよとの——キャプテン・匋冥の指示を受ける？　どういうことだ」

「マーク・グループも、どういうことだ、と言ってきている」

「ラテルとアプロの偽物が偽王女を誘拐し、そしてキャプテン・匋冥の偽物がカーリー・ドゥルガーをスペースジャックした、と、こういうことかな」

「でなければ、偽物はおれだということになる」

ジュビリーはカードを折り、匋冥に返し、海賊匋冥の顔を見つめた。

「まさかな。あんたは匋冥さ。おれにわからないはずがない」

「カーリー・ドゥルガーにはわからなかったんだ」

「信じられない」

匋冥はグラスを干す。

「信じろよ、ジュビリー。敵は偽物ではない。カーリーを操れるのはおれだけだ。本物さ。やつはおれ自身の完全な複製だ。まちがいない。ラテル、アプロ、王女に、このおれ。二人存在するんだ」

「ばかばかしい」

「ガルーダの偽物があらわれたとき、おれもそう思ったさ。しかしカーリーがそいつをおれと認めた以上、他には考えられん。やつはおれのドッペルゲンガーだ。どういう原因であわれたのかは知らんが、これは事実だ」

「どうするんだ、キャプテン」

「この世に二人のおれはいらん。消すまでだ」

「あんたらしいな。二人の匋冥が手を組んだほうがより強力になるんじゃないか？」

「他人事《ひとごと》だと思うなよ、ジュビリー」

テーブルの上の飾りろうそくの炎ごしに匋冥はジュビリーに微笑する。

「おそらく、おまえのドッペルゲンガーもいるにちがいないんだ」

「おれの？　まさか。匋冥、薄気味のわるいことを言わないでくれ」

「だから、消せばいいんだ」

「なるほど」

「行くか」

「どこへ」

「カーリー・ドゥルガーが相手だ。とりもどすには慎重な作戦が必要だ。火星の宇宙海軍を動かしてみるか。とにかく酔っている暇はなさそうだ」

匋冥はろうそくの炎でカードを燃やした。大きなテントウ虫型の清掃ロボットが灰を食う。

匋冥はテーブルからはなれようと腰をあげ、そしてふと鋭い視線を感じて動きをとめる。中腰のまま、ショーフロアを見る。一人の美女がジプシー占いをはじめようとしている。星空をバックに、銀の刺繍のある黒いテーブルクロスの上に水晶球。古代占いの再現ショーだった。子供だましだ、くだらないショーだ、支配人を叱りとばしてやろうかと匈冥は思い、しかし占い師の若い女の金色の眼にとらえられると——ゆっくりと腰をおろし、女から目をそらせなくなった。

「催幻師か……相手をしているほど暇人じゃないんだ」

「おまえは匈冥には勝てぬ」

唇を動かすことなく占い師が言った。

「おれが、匈冥だ」

「このままでは消されるのはおまえだ。彼《か》の匈冥は魔女アスレイに力を与えられた。彼《かれ》を生かしておくわけにはいかぬ」

「……おまえは何者だ」

異様な力が身体を動かすことを封じている。

「彼の匈冥はこの世の者ではない。消せ、匈冥。わたしはおまえに、彼に対抗できる力を与えよう」

「なんだって？」

占い師は水晶球の上に手をかざした。白い靄が浮かび、透明球が濁る。そこから一条の銀の光が匈冥の頭に伸びた。強烈な、頭を割るかのような激痛。しかし匈冥は声をあげることも、動くことも、まぶたを閉じることさえできなかった。銀のビームが消えると、占い師と匋冥との間の空中に小さな白い毛のかたまりが出現した。ぽとりとフロアにおちる。

激痛が消える。

「匋冥よ、それを殺してはならぬ。それはクラーラ、おまえの光の部分を司るおまえの一部。おまえはより邪悪になった」

「おまえは……人間じゃないな」

「われはシュラークの使い。パサティブに操られる彼《か》の匋冥を消せ、匋冥よ。それができるのはおまえだけだ。毒には毒を。悪には悪の力をもって対抗するのがいちばんだ。われの望みはおまえたち双方とも消えること……行くがいい、海賊よ。身のほど知らずの虫」

ざわめきが耳に入ってくる。匋冥は頭をふる。ショーフロアの女は水晶球を見つめ、客のなかの一人を相手に占いをやっていた。たったいままで感じた妖しい雰囲気はその女からは消えていた。

「匋冥、キャプテン、どうしたんだ。めまいでもおこしたか？　立ちくらみかい。州立病院へ行くか」

「……シュラークか」

「シュラーク？　ランサスの善神だ。なぜ知っている」

「おれが知っているのは女神カーリーだけだ。……あの女は、たしかにそう言った。シュラーク、と。どんな名でもよかったのかもしれん。おれは善神には縁がないからな。おまえに訊けばわかるから、その名をつかったのか……あの女はおれになにをした？」

「あの女？」

「あの占い師だ。催幻師のようだ」

「なにも。匋冥、なにを言ってる。あの女はさっきから、ずっとあんな調子さ」

「白い猫はいないか。それはおれの一部だと——」

匋冥は周囲を見回す。そんな猫などどこにもいなかった。やはり一種の催幻術にかけられたのだ。しかし、だれが。あの占い師か。

匋冥はあらためて席を立つ。

クラーラはそこにいた。匋冥の足元、テーブルの下、椅子のそばに。銀の瞳を炎のようにきらめかせて。

「クラーラ……幻じゃない」

白い猫が暗いなかから出てきて、テーブルにとびのった。

「なんだ？　いつから猫のペットをつれて歩くようになったんだい」

「こいつはシュラークの使い——いや、シュラークがおれに与えた切り札だ。シュラークはおれの良心を分離させてこの猫に移植したんだ」

「正気か、キャプテン」

「おれが狂っているなら」と匋冥は言った。「この世のすべてを狂わし、それをあたりまえにしてやる。行くぞ、ジュビリー。カーリー・ドゥルガーを取りもどす。ラテルとアプロのことはそれからだ」

act 7.3 enter # 4, 6, 8, 12

火星ラカート州立病院の特別応接室で、ラテルとアプロ、シャルファフィンは遅い夕食をとっていた。

「うまくない。だれだ、こんな即席中華パックを買ってきたのは」

「申し訳ありません。病院の売店やレストランはもう閉まっていましたので。自販機にはこれしかなくて」

「これ、あんたのおごり？　女王ならもっとましなもの食わしてくれてもいいじゃないか」

「黙って食え、掃除ネコ」

「掃除ネコ？」

「ゴミバコの胃つきネコ、と言いなおしてやってもいい。ま、海賊課の経費ではこれが妥当な食事だろうさ」

「なんだ、女王のおごりじゃないのか。つまらん」

アプロ、パックを丸め、舌なめずりし、げっぷ。磨かれた床に食い散らかした跡。ぽいとパックを床に投げ捨てる。ラテル、顔をしかめて拾いあげ、アプロに口を開けろ、と言う。

「なんでさ」

「食い残すのはよくない。この、ゴミバコ、口を開けろ」

「ニャゴグ、やめひぇくりえ。——ラテル、それは食えないよ！」

「あーやだやだ、海賊課の品位がおちるんだよ、おまえのせいで」

ラテル、パックを本物のダストシュートへ。

「おまえだって。どこに品位があるんだい」

「シャル、コーヒーでもどう?」

「わたしが買ってきます」

シャルファフィンは刑事たちが内輪の話をしたいらしいのを察して応接室ソファから立ち、出ていった。

〃アプロ、ラジェンドラの偽物に、おれの偽物まであらわれた。偽ラジェンドラはなんと、基地ガードシステムを破壊した。偽物じゃないな。本物だぞ〃高速言語をつかう。

〃チーフ・バスターの勘を信じるのか、ラテル。この世におれたちのドッペルゲンガーがいるなんて、やなこった。殺そう〃

〃ランサス海賊課の情報をどう思う〃

〃海賊匋冥とカーリー・ドゥルガーか。フィラール宮殿でひと騒ぎあったらしいな。おもしろそうだったなあ。こんなところ、退屈だよ〃

〃宮殿にいた偽王女をラテルとアプロがつれ去った。二艦のラジェンドラが支援したんだ。ラジェンドラが。アプロ、おれたちの偽物は偽物なんかじゃない。協力をあおぐべきだ。彼らは王女を救出したというわけだ。彼らにとっての本物の王女を。おれたちの世界の王女はここにいる。しかしな〃

〝足を棒にして見つけたはいいけど、これじゃあなあ。おもしろくない。海賊でも王女をさらいに来ないかな。生体エネルギーが余って血が騒ぐ。あー、だれか射ちたい。殺したいよー〟

「おまえな！　まちがっても通常言語でそういうことは言うなよな！」

「言わないよ。無差別殺人がしたいなんて。口が裂けても言うものか」

「アプロ！　裂けてるぞ！」

「そうか？」アプロ、両手で頬をおさえる。「形成外科で縫ってもらおうかな」

「精神科へ行け」

「ラテル、紹介してくれる？」

「どういう意味だ。うー、じっと耐えるのだ。くびにはなりたくないからな」

「おれもさ」

二人の刑事、どっと疲れの出た顔でソファにもたれかかる。

アプロ、母星語で独り言。ペチニャウ、ペチャクチャニャ。ラテル、聞くともなしに、それを聞く。（あーうまいもの食いたい、食いたい、うーケーキと酒をごたまぜにして――）

「黙れ、アプロ。少しは王女の目をさますことでも考えろ」

「フムン」

ラテルとアプロ、沈思黙考。アプロは舌なめずりしている。ラテル、無視。

しばらくして応接室のドアがノックされる。シャルファフィンが金色の盆にインスタントでないコーヒーセットをのせて入ってくる。

「最近の自販機にはそんなものまで売ってるのかい」

「いいえ、シャドルー・アプロ、院長の御好意です」

シャルファフィンの後ろから長身の男が入ってくる。白衣でなくスーツ姿。まだ若かった。院長にしては、若い男だ。やり手だな、とラテルはソファから立ち、差し出された院長の手を握りかえす。

「わたしはハイネマンです。当院の院長になって三年になります」

「火星年で？」とラテル。

「いいえ。太陽系標準年で。なぜです？　火星年などごく一部にしか——」

「いや、なんでもない」

「どうぞ、おらくに。忙しいもので、お待たせしました。担当医からおききになりましたでしょうが、特別病室の彼女の症状は、なんとも現実ばなれをしたものでして」

院長はデスクにつき、持ってきた書類を広げた。シャルファフィンがコーヒーの用意をはじめる。

「しかし」と院長は書類から顔をあげて、「彼女はほんとにランサス・フィラールの王女なのですか？」

「まちがいありません」とシャルファフィン。

「そうですか。いや、こちらでも調べたのですが、フィラールにはちゃんと王女がおられるようで」

「これは極秘の、高度に政治的な問題です。フィロミーアは――」

「政治的？」アプロは笑う。「海賊的さ。院長さん、あんたはかかわらないほうが身のためだぞ」

「わかりました。海賊課にたてつくつもりはありませんよ。わたしはそれほど馬鹿ではない」

「だから院長になれたわけ？」

ラテル、そう言うアプロの口を手でふさぐ。

「はい」院長は苦笑い。「しかし助かりました。彼女の身元がわかったのですから」

「われわれは、それだけではこまるんだ、院長ハイネマン。王女を死なすわけにはいかない」

「いまのところ危険はないと思いますが。しかし原因がわからないので手のほどこしようがない」

「ああ、フィロミーア……ドクター、彼女の身をランサス・フィラールへ移せませんか？」

「無理ですね。彼女の身に近づいては危ない」

「なぜ」と三人。

「ですから、原因はわかりません。王女《プリンセス》はずっと眠ったままですが……病院に収容されてから、よりおかしなことが起こりましてね。近づくと、危ないのです。担当医がひどいめにあってる」

「どういうことなのですか？　なぜ直接会わせていただけないのですか。モニタでしか見せてもらえないなんて――」

「ばかばかしいとお思いになるでしょうが、王女に近づくと眠りが移るのですよ。気を失ってしまう」

「そんなアホな」とアプロ。

「どうすればいいんだ。王女の目をさますには白馬の王子のキスが必要だとでも言うのか」

「だめでしょうね。王子もキスする前に眠りにおちるでしょうから」

「冗談じゃない。なんとかしろ。おれは退屈だ。さっさと治さんとこんな病院、ぶち壊す」

「おちつけよ、アプロ。フムン。王女は、院長、外部の力で眠らされているのではないのか。たとえば、アプロには、眠っている人間の心を凍結して永久に眠らせつづける能力がある」

「眠っている、という状態とは異なるのです。王女はヴェジテイトですよ」

「ヴェジテイト？」とラテル。

「植物状態で生きている者、です。専門用語ではありませんが、いちばんぴったりくる言葉だ」

「脳は死につつあるのか？」

「もう腐っているんじゃない？　まずそう」

「ドクター、なんとかして下さい。お願いです」

「そうおっしゃられても……手はつくしているのですが。なにしろ初めての症例で、わたしどもとしても興味はあるのですが――近づけないのでは研究することもできない」

〝研究、だとさ、ラテル。海賊になったらいいような男だな、こいつ〟

〝けなしている場合じゃないな。くそ。もう一方のおれたちの王女は無事だというのに。ドッペルゲンガー事件とこの眠り王女事件とは関係あると思うんだが。おまえはどう思う？〟

〝知るもんか。海賊を殺せない事件なんて、きらいだ〟

〝ただの眠り病ではないのはたしかだ。海賊の仕業かもしれん〟

院長は舌打ちのような海賊課刑事の高速言語を不快に思いながら、シャルファフィンのいれたコーヒーを飲んだ。

「院長」ラテルはホルスターにおさめたレイガンの銃把に手をやる威嚇的態度で言う。「病院内を自由に歩いてよいという許可が欲しい。フィロミーナと会う許可もだ」

「わたしがだめ、と言っても海賊課のことだ、やるのでしょう。かまいませんよ。入院客には迷惑をかけないと約束していただきたい」

「そんな約束はできないな」とアプロ。

「フィロミーナに近づくのはよしたほうがいいと思いますが。責任はもちません」

「あなたの責任など期待はしないさ。忙しいところ、どうもありがとう、院長。資料はお借りします。どうぞ、もうけっこうです」

ハイネマン院長は不快を隠さずラテルとアプロをにらみ、シャルファフィンにはがらりと態度をかえ、笑顔でコーヒーの礼を言って応接室を出ていった。

「気に入らん野郎だ」

「むこうもそう思ってるさ。海賊課が好き、なんていうのは変態だろうぜ。アプロ、この資料を調べよう」

「フンだ。変態だって？　おれにはちゃんとファンがいるんだ。こないだチョコレートをもらった。バレンタイン製菓のネズミチョコ」

「妖怪からか？　——仕事にかかれ、アプロ」

「なにを調べることがあるんだよ」

アプロ、テーブルにとびのる。アプロは猫というより小さな黒豹だ。器用な手で書類の一枚をとりあげて、フムフムム、とうなずきつつ読む。

「さっぱりわからん。専門用語ばかりだ。こんな言葉がこの世で通じるとは思えん」

「病院の中枢データ・ファイルと照合するんだ。インターセプターをつかえ」

「なんでそんなめんどうなことを？」

「院長は偽資料を作ったかもしれん。彼が海賊だという可能性もある。あるいはいま会ったのは偽院長とかな。——いやな商売だ。海賊なら胸にドクロマークでもつけてりゃいいんだ。善良な市民を疑わずにすむ」

「まったくなあ。眠り姫なんて、現実ばなれしてるよ。院長が王女に会わせたくない口実にそんな嘘をついたのだとすると、やつは相当なアホか楽天家か、どっちにしても馬鹿だ」

ラテルとアプロ、インターセプターをフルに使う。病院のコンピュータとラカート医療知識センター・なんでも相談窓口のコンピュータをリンク、そのコンピュータに初歩医療用語の講義をうけながら、院長の提出したフィロミーナⅣの症状と、病院の重要ファイルである入院客個人カルテの内容が一致するのをたしかめた。

「結局」とアプロ。「カルテも極秘の担当医所見裏カルテも、ようするに、わからんわからん、と書いてあるだけじゃないか」

「裏カルテがあるんだな、この州立病院には」

「違法だぜ。こいつは問題だ」

「人道的にもな。しかしおれたちには関係ない。ま、あとで連邦警察に耳打ちしておこうか。眠り姫のおかげであの院長、眠れなくなりそうだな。院長でいられるのも時間の問題だ。どうりで、おれたちをけむたそうにしてたはずだ」

「眠らせているのは病院側じゃないのか。身元不明者であるのをいいことに、弱者救済法でたっぷり連邦から金をとっているとも考えられる」

「そこまでワルじゃないだろう。裏ファイルを調べても、処置内容におかしな点はない」

「ファイルなどどうとも書ける」

「フム。では確かめに行くか、アプロ」

「眠り姫に会いに？」

「おまえが適役だと思うがな。おまえは他人の精神波や強力な電磁波から脳を守る力がある」

「気がすすまんなあ。ラテル、王子になれば？　おれが守ってやるよ」

「ナマケネコ。そうだな。おまえではネズミの王さまにもなれん」

「わたしもつれていって下さい、ラテル」

シャルファフィンはコーヒーセットをかたづけて、室のすみに静かに立っていた。

「シャル。気持はわかるよ。でも院長の話が本当なら危険だ」

「それでも、あなたは行くのでしょう？」

「仕事さ」

ラテル、室を出て、広いロビーへ。アプロとシャルがついてくる。エレベータに乗り、六十七階の特別病室へ向かう。

「やっかいな苦情処理だ。おまえがさっさと王女を捜しに行っていればよかったんだ」

「シャルは王女だなんて言わなかったもん」

「申し訳ないと思っています、アプロ」

アプロ、ラテル、無言。六十七階。ラテル、エレベータの扉の前に立たず、端に寄る。身についた本能的な防御姿勢。エレベータドアが開く。人の気配はなかった。アプロが出てゆく。ひっそりとしていた。夜用の照明は弱い。アプロは足音を立てずに駆けてゆく。

ナース・ステーションに、案内アンドロイドが待機姿勢をとっていたが、アプロがカウンターに乗ると目をさました。アプロはその女性アンドロイドと話を交し、アンドロイドの背後の病室案内ディスプレイを見て、ラテルにうなずいた。

「フィロミーナは特別集中看護室にいる。もう一階上だ」

「そちらの廊下つきあたりロビーに出て」とアンドロイドが言った。「スロープをあがったところですが、いまも面会謝絶となっております。どなたも立入りを禁じられております」

「ありがとう」とラテル。

言われた方へ行く。ガラス張りのロビーだった。夜のラカートが一望の下に見渡せる。夜はこれから、という華やかな街だったが、病院内は、少なくともこの階は、不気味に静まりかえっている。

ロビーにはローカルエレベータと階段がある。それとは別に、医局のすぐわきから緩い勾配のスロープが上階に通じていた。

ラテル、深呼吸して、スロープを上がる。目の前に、銀の防火扉が固く閉ざされていた。

アプロはロビーのソファでのんびりとくつろぐ。シャルファフィンはラテルに寄りそうようについてきたが、ラテルはアプロのところで待てと命じた。

「危険かもしれない」

「危険かどうか、わたしが確かめてみます、ラテル。……わたしの役目です」

「きみを危ない目にあわせるわけにはいかないんだ、シャルファフィン。女王にうらまれたくはない。海賊課は損な立場だ。これ以上悪く言われたくはないんでね。命令だ。待て」

「誤解していました。あなた方のことを……わかりました、シャドルー・ラテル。お気をつけて」

「おおい、シャル」アプロの声がひびく。「ラテルの活躍はこのモニタTVで見れるぜ」

ロビーのCATVをインターセプト。フィロミーナが映る。

「アプロ、おれが殺されても、来るなよ。チーフに連絡、作戦を立てなおせ」

「わかってるって」

ラテルはシャルファフィンに微笑する。

「アプロは来る。あいつはそういうやつだ。シャル、おれたちがくたばったら、チーフのところへ行け」

「……シャドルー」

「大丈夫だ。おれたちが死んでも、ラテルとアプロは死なん」

「……？」

「もう一組のおれたちがいる。彼らに頼め。いやだいやだと言いながら、やってくれるさ」

ラテル、シャルファフィンがアプロのところへ行くのを見とどけて、インターセプター作動。病院ガードシステムに割り込む。

「六十七階、6802隔離ドアを開放しろ」

銀のドアがゆっくりと開く。清潔な冷たい光のなかへラテルは足を踏み入れた。隔離ドアを閉鎖。

突きあたりに透明なドア。集中看護室入口。一級レベルの隔離室であることを示すマーク。

ドアは三重。ラテルは超音波とエアシャワーで洗われる。

「なるほど、アプロが来たがらないわけだ。超音波洗浄ではな」

最後のドアがスライド。ラテルは身がまえる。広い室内に、無機的な生命維持装置が、ただ一つのベッドのために作動している。白いやわらかな照明の下、ベッドの上に、ランサス星系の女。若い裸体は健康そのものに見えた。カテーテルや身体モニタ用電極や、人工栄養補給機がなければ、だが。人工内臓機器、体外内臓代用装置などは作動していない。

フィロミーナのまだ少女から女になりかけの胸がゆっくりと上下している。自分の力で呼吸をしている。ぐっすりと眠っているのだ。

ラテルは一歩前へ出る。得体の知れぬ寒けが全身をおそう。近づいてはいけない、とラテルの動物的な勘が悲鳴をあげる。

「なぜだ？　ただの女の子じゃないか……眠っているだけだ」

さらにもう一歩。そしてもう一歩。ラテルは呼吸が苦しくなっているのに気づく。心臓の鼓動が速く、弱くなる。もう一歩前に出るには、自殺する覚悟が必要に思えた。理性で恐怖をおさえつけようとする。が、ラテルの理性は勝てなかった。刑事としての生き残り本能が前に出ることを拒否する。

冷たい汗がふき出す。ホルスターの銃におく手が濡れる。

いきなり、王女の身体変化をモニタしていたコンピュータが警告を発する。ラテルはその警告音と、つづいて人工心肺ロボットが作動する物音に、とびあがった。

「どうしたんだ」

コンピュータの返答がインターセプターのディスプレイに出る。インターセプターと接触する腕の皮膚の人工感覚器からも情報が伝わる。

フィロミーナは死につつあった。つま先から順に、死が這いあがってゆくのがラテルにも感じられた。

ラテルはわれを忘れて駆け寄ろうとし、そして、脳をかきまわされるようなおぞましい感覚に悲鳴をあげてフィロミーナからとびはなれた。がっくりと膝をつく。

「なんだ——この力は。アプロ、調べろ。おれのインターセプターの環境探査をモニタ。催幻波か……火をつきつけられる動物が感じるような——恐怖だ」

〈なにも感じられないぞ、ラテル。ラテル、もどってこい〉

「そのつもりだが……身体が動かん」

アプロの命令で、ラテルのインターセプターがラテルに覚醒ショックを与える。ラテル、まぶたが重く、開いていられない。勘で出口に駆ける。駆けたつもりだが、一歩一歩足を踏みしめて、足に、右、左、と命じないと動かないもどかしさ。

三重のドアを抜けるのに何日もかかったような気がしたが、実際は八〇秒ほどだった。

廊下でラテルは倒れた。時間の感覚がはっきりしない。自分がだれか、なにをしているのかもおぼろになる。

〈ラテル！〉

「来るな……アプロ……アプロ?」

アプロ。アプロの声で、ラテルはかろうじて意識を保つ。隔離ドアまで這う。閉じている。インターセプターに命令。しかしドアは開かない。隔離室管理コンピュータは、ラテルが規定の消毒を行なっていないとみなし、退出することを拒否していた。

身体の力が抜けてゆく。ラテルはレイガンを抜く。

「アプロ、来るな。射つ」

ぼやける視界。はらばいで、両手に銃を握る。重い銃だ……

レイガン発射。最大出力。隔離ドアが吹きとぶ。病院全館に非常電子ホーンが鳴りひびく。爆風と熱風。ラテルは力をふりしぼり、よろめきながら立つ。壁に身を寄せ、支えながら出口に向かった。融けたドアをよけ、室を出るとスロープに身を投げ出す。転がり下る。

「ラテル!」

「シャドルー!」

ラテルは頭を振った。ぼんやりしているが、恐怖感は失せていた。

「アプロ……フィロミーナの状態をモニタしろ。彼女、死につつある」

「たしかにな。でもいまはまた眠りの状態にもどった」

「どういうことだ」

ラテル、ソファに身を横たえる。シャルファフィンが心配そうに寄りそう。

「王女にだれか近づくと容体が急変するんじゃないかな。ラテル、大丈夫か?」

「ああ。王女は、まるで死神にとりつかれているみたいだな。だんだん衰弱してゆくようだ。あそこ、王女の周囲は異次元空間のようだ。なんていうか……生命の素を吸いとられる、そんな感じだ」

病院のガードマンがガードロボット犬とともに駆けてくる。

「なんだ、おまえたち」

ショックガンを持つ男に、アプロは一言でこたえる。

「海賊課」

ガードマンは肩をすくめて、階のガードシステム端末器まで行くと、警報を解除した。ぶ厚い隔離ドアがスロープ上に投げ出されている。ドアは半分融けている。まだ熱い。

静寂が再びロビーを支配する。

「……大丈夫ですか、シャドルー・ラテル……」シャルファフィンの、若葉が風にささやくようなささやき。「シャドルー……しっかりして下さい……あなただけが頼り……」

「ラテル、どうするんだよ、これから。もう帰りたいんだけどなあ」

「アプロ、ラテルが危険です」

「心配ないよ。気を失っているだけだ。しかたがない、医師《せんせい》でも呼ぶか。ナース・ステーションに看護アンドロイドがいるはずだな」

「急いで、アプロ」

「うん。ラテルめ、なでなでしてもらって。ほんとにのびてるのかい？」

「アプロ、お願いです、早く」

「わかったよ、もう」

アプロ、走る。シャルファフィンはラテルのもとにひざまずき、身をかがめてラテルの頬をなでている。シャルファフィンの髪飾りがロビーの弱い光を反射してきらめいた。

アプロがナース・ステーションを通じて呼んだ救急医療科の一人の当直医と二人の女性看護アンドロイドとともにラテルのもとにかけつけたとき、シャルファフィンはラテルの胸にまるで心臓の音を聞くかのように頭をのせて、目をとじていた。

アプロは異常な気配を感じてロビー前の廊下で立ちどまった。医師と看護アンドロイドはそのまま駆けてゆく。

シャルファフィンをアプロは見つめる。ランサス・フィラールの美の女神だな、とアプロは思う。安らかな顔だ。シャルは……眠っている。アプロは尾をたれ、あとずさる。

医師はラテルとシャルファフィンを診ようと身をかがめ、そしてそのまま床に突っ伏した。看護アンドロイドがとまどったように立ちつくす。

アプロはくるりと回れ右をして廊下をもどる。駆けながら、インターセプターを使って病院ガード・システム・コンピュータに命令。

「六十七階、八階の特別病室ブロックを緊急閉鎖！」

廊下に隔壁扉がおりる。アプロ、疾走し、閉じかけている扉のすきまから脱出。エレベータはロックされている。非常階段の重い扉ももう閉まる直前。アプロ、尾をつかんですり抜け、いきおいあまって階段を転がりおちる。

　階段の踊り場でアプロは息をついた。フィロミーナ、ラテル、シャルファフィン、そして一人の医師は完全に隔離される。

「うーむ、眠りが移るなんて、まだ信じられないな。どうなってるんだ」

　病原体、発見できず。特殊ガス、検知されない。原因不明。

　アプロ、インターセプターを作動。緊急信号発信。病院の通信システムが海賊課本部へ中継する。

「チーフ、ラテルがやられた」

〈アプロか。ラテルが？　海賊か〉

「わからない。どうにもできない。敵がわからないでは殺しようがない。ラテル……アホな死に方だよなあ」

〈ラテルがやられたなど、信じられんな。確認したのか？　ラテルのインターセプターは生きてるぞ〉

「ま、死んだも同然だよ。ラテルはヴェジタブルになった」

〈野菜だ？　アプロ！　アホをぬかせ〉

「まちがえた。うー、なんていったっけな。うん、ヴェジテイト。これは専門用語ではないが、いちばんぴったりくる言葉で――」

〈アプロ、応援をやる。待機しろ〉

「だめだよ、チーフ。何人来ても同じだ。そのうち病院全体に眠り病が広がるんじゃないかな。ラカート、火星、そして全宇宙がみんな死んでしまうんだ」

〈帰ってこい、アプロ。くわしく話をきかせろ〉

「それよりチーフ、ラテルを呼んでよ」

〈ラテル？　おまえ、たったいま――〉

「もう一人のラテルだよ。ラテルとアプロとラジェンドラ。たぶん、これは彼らの出現と無関係じゃないと思うんだ。この世に二人の同じ人間はいらないから、どちらか一方が自動消滅するんじゃなかろうか」

〈わかった。連絡をとってみる。おまえはそこで待機。いいか、アプロ、偽ラテルとアプロに噛みつくんじゃないぞ。あれは本物だ〉

「あいよ、チーフ」

アプロ、階段をおりる。自販機の機構をインターセプターでちょいと動かし、出てきたチーズバーガーを食う。

「ムムム、この世にこんなまずいものがあるとは信じられん。こんなのに金が払えるか」

とぶつぶつ言いながらもきれいにたいらげている。

act 7.4 enter # 3, 4, 5, 6, 7, 8, 12

二艦のラジェンドラ、そろって火星圏に出現。スリップアウトと同時にダイモス基地のチーフ・バスターから緊急通信が入る。

「ラカート州立病院だって？」とラテル。

「ラテルがやられたんだとさ」とアプロ。

「パサティブの仕業だわ、きっと」とシャルファフィン。

「オーケー、ラジェンドラ、急速降下。自分を助けにいくわけか。おかしな気分だ」

「フィロミーナが危ないわ、パパ」

「メイシア……すっかり大人だな。パパと言うのはやめてくれ。おれはまだそんな年じゃない。おまえが子供のうちはよかったけれど」

「わたしは……」とメイシア。「信じてるもの。パパの子だって。でなければ、わたしはいったいなんなの？」

「メイシア」

ラテルは胸をつぶされる思いでメイシアを抱きしめる。シュラークも罪なことをするものだ、とラテルは神を呪う。メイシアは自分の役目を自覚していないのだ。

「わかったよ、メイシア……いつまでもいっしょにいような」

アプロがからかいの言葉をかけようとするが、シャルファフィンが小さく「アプロ」と呼びかけて制止する。アプロ、ため息をつき、おもしろくないという顔で航法ディスプレイを見つめる。

二艦のラジェンドラ、火星ラカート上空へ。

「アプロ-ラジェンドラ」とアプロ《#》。「上空で待機。おまえはこの世界のラテルとアプロの命令に従え」

〈しかしアプロ《#》、わたしには区別がつけられません〉と二艦のラジェンドラ。

「うーむ。ではおれたちのインターセプターの変調法を変えよう」

〈直接通信のときはそれでもいいでしょうが、間接中継された場合は、意味をなしません〉

「ではこうしよう」ラテル《#》。「インターセプターで発信するとき、判別コードを自動付帯させる。コードは——空きコードはないかな。何番が空いてる、アプロ《#》」

「#マークでいいんじゃない」

「ふむ。じゃあ、そうしよう。ラジェンドラ、そのようにする」

〈ラジャー〉二艦のラジェンドラ。

「おれたちがアプロ-ラジェンドラの支援を必要とするときは、アプロ-ラジェンドラと呼ぶからな。来てくれ」

〈ラジャー〉アプロ-ラジェンドラ。

アプロ-ラジェンドラはラカート州立病院の上空五〇〇〇〇メートルで待機。火星の陰から太陽が姿をあらわし、アプロ-ラジェンドラを照らす。

ラテル-ラジェンドラ、夜明けの間近いラカートへ降下をつづける。

州立病院をゆるがせてラジェンドラは八十七階の屋上に接近。屋上には重要コンピュータ群や病院内環境を維持するシステムを納める構造体が密集している。

「人間が降りられるかな。院内へ入れるか、あそこから」

「ラテル、アプロがいるらしいぞ、おれが。インターセプターの誘導波をキャッチ」

「おまえにしてはやけに親切」

「わたしも……行きます」

「シャル、きみはここに残れ。王女の相手でもしてやれよ。王女はまだふて寝をしているらしいな。王女を一人にしておいてはいけない」

「はい、シャドルー・ラテル……お気をつけて」

「メイシア、きみも残れ」

「でも――」

「シャルと王女のことを頼む。頼むよ、メイシア……すぐにもどる。必ず帰ってくる。約束するよ。メイシアを見捨てたりはしない」

「約束よ、パパ」

「ああ」

シャルファフィンがメイシアの手をやさしくとり、髪をなでる。

「大丈夫よ、メイシア……」

ラテルとアプロ、ラカート州立病院屋上に降りる。ラジェンドラ、二人を降ろすと一〇〇〇〇メートルの待機空域に向けて上昇する。

屋上は迷路のようだった。いくつもの白い四角の構造体が並んでいて、その間の通路は狭い。どこが院内入口の屋上舎なのかまるでわからない。
#ラテルは上昇してゆくラジェンドラを無言で見送った。明るさをましてゆく空にラジェンドラが吸い込まれてゆく。小さく輝き、視界から消える。
なにかが動く気配。攻撃をしかけてくるような素早い動き。#ラテルは聖銃を抜いて反射的に引金をしぼっている。#アプロはそばにいる——あれが#アプロであるはずがない——とっさにそう思う。撃ってしまってから。
#ラテルの攻撃をかわして着地する黒い猫。アプロだった。
「ひどいじゃないか、#ラテル！」

「アプロ……頭ではわかっていたけどな……自分の目が信じられん」

「うーむ、おれが二人いる」と#アプロはアプロをにらむ。「いや、おれのほうが立派なヒゲだ」

「なにを、#ラテルに射たれて、熱でチリチリじゃないか」と#アプロが言い返す。

「おまえだってな、ラカートでラテルに丸焼きにされかかったじゃないか」

二人のアプロ、母星語でののしり合いをはじめる。#ラテルはいまだ目の前の二人のアプロが信じられずに黙って見ていたが、アプロたちがとっくみあいをはじめ、インターセプターのレーザーが乱舞するにいたって、あわてて中に割って入り、二匹の猫をはなす。

「この！　一匹でもたくさんだというのに！」

右手と左手に重いアプロをぶら下げ、どっちが#アプロだと訊く。

「おれ」

「おれだ」

　とアプロたち。

「どっちでもいい。アプロども」アプロどもを放す。「どうだ、おまえと組んでいるおれの気持が少しはわかったろうが」

　二人のアプロ、ぶぜん。フン、とそっぽを向く。

「アプロ、おれのところへ案内しろ」

　一方のアプロがようやく正気にかえったように、そうだった、と言う。アプロ、駆ける。ラテルが追う。アプロ、ぶつぶつぶつぶつぶつ。

　非常階段を下へ。院内には火星連邦警察が来ていて、各階要所に警官が立っていた。警官たちは駆け下りるラテルと二人のアプロを制止しようとはしなかった。大出力レイガンを手にした男、黒い悪魔猫は、一目で海賊課と知れたから。しかし七十二階まで下りたところで、私服の初老の男にとめられた。正確にはその男を守るように立っていた三人の私服刑事だったが。刑事たちをおしのけてその男がラテルの前に立った。

「わたしは火星連邦警察・副長官のトカシだ。海賊課だな」

「そうだ」

　レイガンを下げたままラテルはこたえる。

「どいてくれ。連邦警察におれを止める権利はない。妨害は許さん」

「おちつけよ、海賊屋。これ以上行っては危険だと忠告しているんだ。下へ行くのは危ない。六十九階非常階段付近で犠牲者が出た。入院客も避難させているが、まにあいそうにない。このへんも危ない。病院から出るには、そう、ここからだと屋上しかない」

「隔離したんだがなあ」とアプロ。「だめか」

「ではおまえら、さっさと失せろ」とアプロ。「めざわりだ」

連邦警察・副長官は三人の海賊課にかっとなったようだったが、無言で三人に道をあけた。

ラテルとアプロにアプロ、階段を下へ。

六十九階。フロアに出る。廊下に制服警官が三人倒れていた。病院職員らしい男が一人。彼に誘導されて避難しようとしていたらしい、ナイトガウン姿の中年男女が七、八名。その人間たちを、看護士や看護婦のアンドロイドが助けようと活動をはじめたところだった。

「これは……」ラテルは異様な光景に目を見張る。「天使と妖魔の戦場だ」

「なにを言ってるんだい」とアプロ。

「わー、ざまを見ろ、おまえのおれには見えないんだ」とアプロ。「おまえのおれ？」

倒れた人間たちの首筋に小さな茶色の狐頭人がしがみついている。その上から、透明の四枚の翼をつけた蝿頭人が剣をふるい、狐頭の魔鬼を追いはらおうとする。が、魔鬼は他にもいて、上から聖戦士たちに襲いかかる。聖戦士はその剣から身を守りながら人間にとりついた魔鬼を突こうとするのだが、多勢に無勢、力つきて魔鬼の剣に倒されてゆく。

（ラウル……）と聖戦士の一人が言った。（魔女ガステアの力は強い……戦え、ラウル。パ

サティブに支配されてはならん）

　アプロ、わけがわからずにその空間へ踏み込む。アプロ、にやにやしながら見ている。

　アプロに魔鬼が襲いかかる。

「……ふわあ、眠くなる」

　アプロ、とび出していって、魔鬼に前足で素早くフック攻撃。鋭い爪が魔鬼を裂く。超音波の悲鳴をあげて魔鬼はぽとりと床に落ち、溶けて蒸発する。

「いやな声でくたばるやつだ」

「どけ、アプロ」

　ラテル、聖銃を連射。射線が廊下の照明をぶち抜き、壁を吹きとばし、床をえぐった。冷気がどっと渦まく。六体のアンドロイドが冷風にあおられて倒れる。ラテルとアプロ、冷たい風にぞくっと身をふるわせた。

「なんとまあ、おかしな世界だろう」とアプロ。「ばかばかしくてやってられない感じ」

「まったくだ。しかしアプロ、おまえが倒れてるのは事実だぜ。アプロが」

　寒さに弱いアンドロイドたちはしばらく動けないでいたが、やがて、もぞもぞと起きはじめる。人間たちも同じように息を吹きかえす。アプロはアプロに寄り、強い精神波でアプロをたたきおこす。

「ニャウ！」

「ミャウ……フー、どこだここ。なにが起こっているんだ……おれには見えるのか、原因が」

「おれにはな。行くよ、アプロ、おれ！」

「おれのところへ行こう」とラテル。

小さな聖戦士の五、六匹が廊下の先へ飛んでゆく。ラテルはレイガンのエネルギー・インジケータを確認。まったく減っていない。

「この聖銃のエネルギーは――おれたちのもとの世界から供給されるんだ」

「ちがうよ、ラテル、この世界からさ。それを射てば射つほどおれたちのもとの世界はエネルギーを得るんだ」とアプロ。「射ちまくれ」

「さっさと消えちまえ」とアプロ。「ラテル、ラテルを助けたらさ」

聖戦士を追いかける。非常階段を下る。

「匋冥をぶっ殺したらな。あの魔銃はこの世界には有利に働くわけだ」

非常用隔壁が立ちふさがる。聖戦士たちは苦もなく突き抜けて姿を消す。アプロもその気になって進み、壁にバンと大の字に張りつく。

「フギャ」とアプロ。「……なまいきな壁だ」

「ニャハハハハ」とアプロ。「いや、おれを笑うことになるのかなあ……複雑な気分……初めてだな」

「何度もあってたまるもんか。二匹もの面倒は見きれん。アプロ、アプロ、どけ」

聖銃をぶっぱなす。隔壁が爆冷風とともに吹きとぶ。その風とともに、どっとイナゴの大群のように茶色の魔鬼たちがとび出してきた。

「アプロ！　気をつけろ！」

聖銃を精密射撃モードに、アプロに食いつく魔鬼を射つ。アプロ、うなり声をあげて、とびはね、口に一匹をくわえ、とんぼ返りをうちながら二、三匹を爪で切り裂く。アプロ、わけがわからず、右往左往。

「アプロ、おれ、右！」

アプロ、右へ爪をむき出しにした前足を振る。見えなかった。その爪はアプロが言った魔鬼をたしかにとらえたのだが、アプロには感じられず、効果がない。アプロ、アプロにとりつこうとする魔鬼を噛み殺す。

「アプロ、アプロを援護、上へ逃げろ」

「わかった」アプロ、アプロを上へ追いあげる。「早く。早く行けったら！」

「どうなってるんだよ！」

ラテル、頭上から襲いかかる魔鬼を左手ではらいのけ、聖銃を最大出力に。六十七階入口に向けて発射。同時に、突入する。

廊下へ。壁に、とばされた魔鬼たちがきたないしみのように茶色の姿をはりつけていた。

ラテル、インターセプター作動。階の見取図を出力させる。皮膚に伝わるその情報で、ロビーの方向に向かう。聖戦士と魔鬼たちが剣と剣で火花を散らして格闘している。

ロビーというよりは広いラウンジのような空間。ソファに、ラテルはラテルとシャルファフィンを見る。二人は別々のソファに寝かされ、看護アンドロイドの手当てを受けていた。点滴補液と酸素吸入。顔色はよかった。その上で派手な妖魔たちの戦い。

精密モードで射ち分けるのは困難だ。ラ《#》テルは一声どなり、

「海賊課だ！」

最大出力の聖銃を射った。海賊ならぬ魔鬼たちが、聖戦士をまきぞえにして、まとめて死滅する。ロビーの広いガラス窓が破壊された。朝日を浴びてきらめきながら、はるか下にガラス片がふりそそぐ。魔鬼たちの死骸は窓から外界に吸い出されるように出ていき、空中で溶けて茶色の雨になり、霧になり、消えてゆく。聖戦士たちも。

ラ《#》テルは自分に近づく。奇妙な感じだった。

「生きているか」

「はい」と看護アンドロイド。

「よかった。フィロミーナはどこだ。王女は。特別隔離病室は」

アンドロイドが指さす方へラ《#》テルは走る。スロープを駆けあがる。隔離扉はレイガンで壊されていた。自分らしいやり方だ、とラ《#》テルは思う。しかし眼にも見えず五官に感じられぬ敵が相手では、たちうちできなかったろう。ラ《#》テルは自分の悔しさが自分のことのように——もちろんラテルは自分なのだから——わかった。半ば開かれた、クリーンルーム入口のドア。ラ《#》テルは聖銃で三重のドアを重ねてぶち抜いた。ラテルの悔しさをふきとばすように。

ラ《#》テルは神経を銃の引金に集め、注意深く集中看護室に足を踏み入れる。予想に反して、

妖魔の集団はいなかった。

　裸体のフィロミーナがベッドに横たわる。

ラテル《#》はベッドに近づき、フィロミーナの顔をのぞきこんだ。ラジェンドラで救出したフィロミーナと瓜二つ。当然だ。だがこのフィロミーナは少しやつれている。ラテル《#》は宮殿で出会い、別れたランサス・フィラールの女王サフィアンを思い出した。長い間平和を守ってきたランサス・フィラールの女王。娘を見る目はしかし母親のものだった。ラテル《#》は海賊に殺された母を想う。弟と父も海賊に殺された。そして、ラテル《#》はモーナを思い浮かべた。この手で撃ち殺した最愛の女。女海賊。モーナを。

　フィロミーナの身体の生命維持装置を外す。周囲を見回し、怪しい気配がないのを確かめ、右手の銃は握ったまま、王女の背とひざに両腕を入れてかかえあげる。

　そのときだった。いま王女を抱きあげた、そのベッドに茶色のしみが浮かびあがった。しみは広がり、そして立体化する。ねばつく泥沼からぬっと姿をあらわした怪物を思わせた。茶色の毛布衣。青白い子供のような顔、白く濁った眼。そいつは笑う。顔面がひび割れたように、しわだらけになる。

「バスライか！」

　王女を抱きかかえているために聖銃がうまくかまえられない。手首を曲げ、ベッドを狙い射つ。魔女はひらりととび、射線をよけた。

「魔女め。おまえの相手をしている暇なんかない。おれの敵は海賊だ！」

射つ。命中しない。ベッドは白い霧氷になって爆散する。聖銃の射線はとび回る魔女を追って、看護室の機器を破壊する。

「わしはガステア。バスライのようにはゆかぬぞ、ラウル・ラテル」

ラテルは王女の身を床にそっとおろす。ガステアの姿が視野から外れる。王女から手をはなし、聖銃をかまえる。

突然、左わき腹に衝撃。ラテルの身からオレンジ色の炎が吹き出した。床に突きとばされる。魔女ガステアはラテルのわき腹に突き刺した剣を抜く。青く輝く魔剣。ラテルは再び振りおろされる魔剣をよけて床を転がる。腹部の痛みは薄れる。素早く聖銃を発射。ガステアは剣を盾に、身を守る。銀色のまばゆい火花が散る。

「ラウル・ラテル――強力な守護力を与えられたな。この剣が通じぬとは」

ガステア、ラテルからとびのき、フィロミーナへ剣を振りおろす。ラテル、聖銃を射つ。ガステアはふわりと射線をよけた。が、射線は魔剣に命中、ガステアの手からはなれて、おちる。ラテルは殺意をこめてガステアを狙う。ガステアはおどろくほど俊敏な動作でフィロミーナを起こして、それを盾にした。ラテル、とっさに引金を引くのを思いとどまる。

「銃を捨てろ、ラウル」

しわがれ声に勝利のひびきをこめてガステアが言った。

「捨てねば、この王女の命はない」

ガステアは両腕をフィロミーナの乳房のすぐ下に回し、しめつける。フィロミーナがうめき声をあげた。まだ意識は回復していないようだった。しぼりあげられた肺から出た音だったかもしれない。さらに力をこめる。フィロミーナの骨が音をたてて折れるのも、時間の問題だった。魔女ガステアの言葉は単なる脅しではなかった。

　しかしラ《#》テルは、薄笑いを浮かべて魔女ガステアに聖銃を向ける。ガステアはラ《#》テルの行動が信じられぬというように目を見開く。

「ガステア。おれをだれだと思っている？　王女ごと殺してやる。おれは海賊課のラウル」

「なんと？　シュラークめ、それでこやつを――」

　ラ《#》テルは引金に力をこめる。ガステアが王女の身を放して反撃に出るのを期待して。だが魔女は動かなかった。ラ《#》テル、射つ。その直前、床におちていた魔剣が意志のあるもののようにラ《#》テルめがけてとんだ。とっさに身体をひねる。発射された聖銃のビームは魔女ガステアの頭上へとそれる。聖銃が魔剣にはたきおとされて、回りながら床をすべる。聖銃に当たった魔剣がラ《#》テルのわきにおちる。ラ《#》テルはその魔剣を拾いあげた。魔女ガステアは聖銃をとると、ラ《#》テルに発射。魔剣が凍りつき、青い光を失い、消滅する。ガステアの哄笑。ラ《#》テルは聖銃ビームの直撃を食らって背後の壁にたたきつけられた。意識が薄れる。

　腰から下の感覚がない。腹部が白い。手でおさえると、手が凍る。腹部が崩れる。

　ガステアは聖銃を連射。ラ《#》テルは床にくずおれる。かすむ眼で、ガステアが聖銃を投げ捨て、とどめの一撃を自らの手で刺そうと近づいてくるのを見た。

　神よ、力を。この力に対抗するために、基地の教会で祈っていたのだ……

　メイシア！　ラテルは絶叫する。だが声にはならなかった。約束ははたせそうになかった。自分はアプロのように生きかえることはできないだろうとラテルは感じた。人間の手で殺されるのではない。相手は魔女だ。

　ラテルは目は閉じなかった。自分を殺す相手の姿を地獄の底までいっしょにつれてゆこうというように。光が薄れてゆく。魔女ガステアの細い腕が伸びてくる。

　そして、ラテルは黒い疾風が室に吹き込んでくるのを感じた。

　魔女ガステアが錆びついたドアを開閉するような悲鳴をあげる。長く尾を引く叫び声。

　魔女の身を銀のビームがつらぬいた。魔女はラテルの前に倒れてのたうちまわる。ラテルの視界がひらける。魔女の倒れた向こうに、アプロが大きな聖銃を両手で握って、射ちまくる。魔女の身が水からあげた魚のようにはねる。アプロはラテルに銃を投げる。ラテル、這い、力をふりしぼって聖銃をとり、ガステアを射つ。ガステアはアプロのほうにとばされた。アプロは赤い口をかっと開き、魔女の首筋に噛みついた。乾いた枝を踏む音に似たひびき。ガステアは動かなくなった。

　アプロは魔女からはなれると、嘔吐した。

「ラテル、死ぬなよ。ここで死んだらおしまいだぜ」

〝おれも……そんな気がするよ……〟

「メイシアが来る。いまおれがつれてくるはずだ。もう二、三分、死ぬのは待てよ。五、六分かな。ヘイ、看護アンディ、早くこい。ラテル、おまえは悪運が強いぜ。なんてったってここは病院だものな。おまけに特別集中看護室のなかときてる――だいぶ、ぶっ壊れてるけど。派手にやったなあ」

ラテルは微笑む。

「ラテル、ラテル、眠るなよ、海賊のことでも考えろ」

看護アンドロイドが入ってきた。酸素吸入、強心剤、昇圧剤を注入。おくれて、人間の医師が入ってきた。医師はラテルを一目見るなり、胸から下は人工身体が必要だ、と言った。救急処置をほどこされ、ラテルはストレッチャーの上に移される。下半身が、がさりと落ちる。ラテルは安らかな気分になりかける。

パパ、という声を聞いたように思う。モーナとの子かな、などと思う。

メイシア。メイシアは医師をどけてラテルに身を近づける。メイシアはラテルの手に握られた聖銃をとった。ラテルを狙う。

「わたしよ、しっかりして！」

「メイシア、なにをするんだ」

アプロがとめるまもなく、メイシアは聖銃を発射。金色のビーム。まばゆい、圧力を感じさせる黄金の光が室内に満ちた。医師は異様な気配と、室を融かすような強烈な光におそれをなして逃げ出した。

アプロは正常な状態にもどったのを感じておそるおそる目を開く。アンドロイドが気絶している。メイシアが、血の気のもどったラテルに抱きつき、涙を流していた。

アプロはラテルに、にっと笑い、それからガステアの死体をふみつける。死体はなかった。毛布衣は液体となり、床にしみこむように消えてゆく。

アプロ、フィロミーナに近より、顔をなめる。

「女王からたっぷり礼をもらいたいところだなあ。酒とケーキ一生分とか」

「遊びはおしまいだ」

ラテルの声にアプロはふりかえる。

「行くぞ、アプロ。匋冥は魔女より強敵だ」

「生きかえったら、まあ、威勢のいいこと」

ラテルはメイシアの肩を抱いて、魔女との格闘現場を後にした。

continue in level 2

8 restore level 2

act 8.1 enter # 3, 4, 5, 6, 7, 8, 11, 12

　ラテルは眠りからさめた。

　目を開いたラテルは、目の前に自分が立っているのを見た。

「やあ。#気がついたか、おれ」

　とそのラテルが言った。ラテルはまばたきする。もう一人の自分は消えなかった。胸が重くるしい。ソファに横になっている自分を知る。なにがあったのかと思う。徐々に記憶がもどってくる。顔に手をやる。どうやら自分の顔だ。ラカート州立病院、六十七階のロビーだった。

　身を起こしかけて、ラテルは胸の苦しさの原因を知った。アプロが乗っている。それも、一匹ではない。二匹の黒猫。

「アプロ……だめだ、おまえが二重に見える。一匹でもたくさんだってのに」

　さっと手を伸ばし、両アプロの首筋をつかむ。

「ムフン、どっちが中華パックを食ったアプロだ？」

「おれだよ」とラテルの右手にぶらさげられたアプロ。「ついでにハンバーガーも食った」

「おれは女王から夕食のもてなしをうけた」と左手のアプロ。「そろそろ腹がへった」

ラテル、ラテルの左手のアプロをひっつかむ。

「どうもお騒がせ。お互い、苦労するよなあ、黒猫には」とラテル。

「まったくだ。同情する——してもらいたいもんだぜ。自分にしかわからん。——きみ、おまえ、おれなんだな？」

「らしいね、どうも」

「どこから来た」

「おれが一人しかいない世界からさ」

「なるほどな」

ラテル、立ち、レイガンを抜き、インジケータを見る。マガジンを交換。ガンをホルスターにおさめて、ロビーの窓を見やる。破れたガラス窓から外気が吹き込んでいる。朝の冷たい新鮮な空気。胸いっぱいに吸い込んで、ラテルは二匹の——二人のアプロともう一人の自分をあらためて見つめた。

「事件の片はついたらしいな、ラテル」とラテルはラテルに言った。「フィロミーナを助けたのはおまえだろう。……何者なんだ？　ほんとにおれなのか？」ラテル、息を吸い込み、

〝おれの言葉がわかるか〟と高速言語をつかう。

〝もちろんだ〟

海賊課刑事の標準高速言語よりもさらに省略音節の多い私用高速言語は、他人にはまったく理解できない。アプロを別にして。

〝フィロミーナの眠り病の原因はなんだったんだ？〟

〝おまえには感じられない世界の力が働いていたんだ。神の領域かな〟

〝神だって？〟

〝生と死を支配する力だ。われながらどうかと思う。しかしフィロミーナが魔女の力から解放されたのは事実だ〟

「高速言語の聞きとりをまちがえたのかもしれない……なんの力だって？」

「魔女さ。この階、病院は聖戦士と魔鬼の戦場だったんだ。信じてもらおうとは思わない。おれだって夢かと疑いたいくらいだ」

「ほんとに、おまえは……」ラテルは言葉を切り、そしてふとつぶやくように言った。「……モーナ……知っているか」

〝やっぱり、おまえはおれらしいな。女海賊の話はやめよう〟

ラテルは無言でうなずいた。たしかにこのラテルは自分自身らしい。肉体は分かれてはいるが。

破壊された特別看護室入口付近に連邦警察の連中が集まり、病院の受けた被害状況を検証しているようだった。病院当局の依頼かもしれないな、とラテルは思う。よくあることだ。海賊課の職務執行のとばっちりをくって生じた損害を公平な第三者の公的機関に公証してもらうというのは。また苦情処理係のコンピュータの頭を熱くさせるわけだが、とラテルは思った、今回はチーフ・バスターはどう反応するだろう。よくやった、と言うだろうか。よくやったと言われても、自分にはそんな実感はまるでない。苦情処理に来て、あらたな苦情を生んだだけだが……しかし、まあな、ランサス・フィラールの王女の目はさましたわけだから、これでよかったんだろう。もう一人の自分に感謝。

ラテルはソファにもたれかかり、シャルファフィンと王女が二組いるのに気づいた。

四人の女たちは、窓からも警官たちからも離れたロビーのすみで、ラテルとラテルが互いを確かめあったように、それぞれ自分自身と話しあっていた。

王女は二人ともコバルトブルーの女官用ロングドレスを身につけていた。シャルファフィンは白いセーターにセーラーパンツ姿。ガンベルトをしめていたが、銃はなかった。

そしてシャルファフィンは母の形見の髪飾りも髪につけていなかった。その様子は、銃のないホルスターよりも空虚な印象を彼女を知る者に与えていた。シャルファフィン・シャルが生命のように大切にしていた銀色の髪飾りだ。

シャルファフィンにそれを指摘されたシャルファフィンは、髪飾りがないのにいま気づいたかのように髪に手をやり、なぜもっていないのかを自分に説明した。

「では」とシャルファフィンは言った、「それはサフィアスのもとにあるのね？」

「そう」と海賊姿のシャルファフィンがこたえた、「もう、あれを身につける資格はないわ……わたしには」

「そんなことはなくてよ」

とシャルファフィンは微笑んだ。フィロミーナたちが、シャルファフィンに同意し、幼い顔にせいいっぱいの威厳をこめて、言った。

「おつけなさい、#シャルファフィナン」

シャルファフィンは自分の髪飾りをとると、一方の王女に手渡す。王女は王女に――#フィロミーナにそれを渡す。#フィロミーナは#シャルファフィンに近づき、

「あらためてこれを授けます」
#シャルファフィンがひざまずく。#シャルファフィンの髪にプラチナの王家の紋章がもどった。
「王女はたぶん初めてだろうな」と#ラテルがラテルに言った。「ランサスの次代女王らしいことをやったのは」

「海賊課の世話になっているようではランサスは危ういからな。めでたし、めでたし、さ」
#ラテルは肩をすくめて、廊下の壁に一人ぽつんとよりかかっているメイシアのところへ行く。#アプロがついてきた。
「メイシア。待たせたな。さあ、行こうか」

「……どこへ」

「食事にでも。ラカートを案内しよう」

「そりゃあ、いい」と#アプロ。「#ラテル、王女と#シャルにおごらせようぜ」

「フム。そうだな。まだめでたし、じゃないんだよな。帰らなくちゃならない」

「匐冥のあの魔銃を奪わんといけないのか。思っただけでも腹がへるなあ。帰ることができるかな、ラテル」

「帰るのか、分離した身体が一つにまとまるのか、そのへんはわからんが、どうにかなるだろう」

「でないとこまる。給料が半分になる」

「そうだな。二人の自分じゃな」

「食っていけない」

「ダイエットにはいいだろうぜ。アプロ」

アプロがフィラール・フィロミーナⅣとシャルファフィン・シャルファフィアを手招きする。二人の女はそれぞれ自分たちに別れをつげた。

ラテル、ラテルに手をちょいと挙げる。ラテルがうなずいた。アプロは、アプロに、「さっさと消えちまえ」などと言っている。アプロが頭にきて飛びかかろうとするのを、ラテル、とっさに尾をふんづけてとめる。

「いて！　ラテル、ふんづけてるぞ！」

「知ってる。ふんづけたんだ。行こう、アプロ」

　メイシアと四人のドッペルゲンガーたちはロビーのエレベータに乗った。外が見えるガラス張りのエレベータ。すっかり夜があけている。ラカートは夜の夢からさめて、また忙しい一日のはじまりをむかえようとしている。

　エレベータはのんびりと、乗る者に景色を楽しませるように降下。

　エレベータが四十階ほどに降りたときだった。

　遠雷がとどろいた。それはすぐに爆発的に高まって、エレベータ全体を震わせた。

「なんだ、なんだ」とアプロ。

「なにがおっぱじまったんだ？」とラテル。

「——船だわ」とメイシア。

「戦艦？」とフィロミーナ。

「火星連邦宇宙海軍のようですね」とシャルファフィン。「——まさか、セフトがやってきたのでは」

　宇宙戦艦ではない。ラテルは衝撃波を引いてラカート上空を飛びすぎるそれを見る。連邦防空軍の空中空母が一、護衛フリゲートが三。

「恥ずかしげもなくラカートの上を飛ぶなんて、臨戦態勢じゃないか。初めて見たぜ。アプロ、調べろ」

「あいよ」

　エレベータが一階につくまでにアプロは軍情報を横どりしている。

「訓練だとさ」

「訓練？」

エレベータをでて、州立病院をあとにする。見上げる病院上空にラジェンドラ。

「火星連邦三軍の総合演習なんだと。――ま、これは表向きだよ、ラテル」

「だろうな。じゃ、なんだ？」

「どこのレストランへ行く？」

「ネコ料理が食いたい。――なにを言わすんだ、そうじゃないって、軍はなにをあわてふためいている。海賊ではなさそうだが」

「よくわからないよ。腹がへってるから。探索レベルをあげて勝手に調べろよ、ラテル」

「おまえ、なにを調べてるんだ？」

アプロが首のインターセプターを作動させているのをラテルは自分のインターセプターで知る。

「早朝からやってるレストランが近くにないかと――」

「おまえな、そのうち胃に逃げられてもしらんぞ」

プイとアプロは横を向き、ラカートのまだ人通りの少ない大通りをゆく。ラテル、大またで後を追いながら、軍情報を調べる。メイシアとシャルファフィンに王女、小走りについてゆく。ラテル、立ち止まる。インターセプターが腕に伝えてきた情報。

「カーリー・ドゥルガーだ。幻の海賊船が接近してくる。匋冥め。なにを考えているんだ」

「なぜ匋冥が？」とシャル。「どうして。――わたしをつれにきたのでしょうか」

「軍はカーリー・ドゥルガーを知らないはずだ。あの海賊船は伝説の、幻の船のはず。――

軍の内部に知っている者がいるんだな。そいつがカーリーに対抗しようとしている。おそらく軍にもぐり込んでいる海賊。反匋冥派の……いや、まてよ。そうか。もう一人の匋冥だ。この世界の、海賊匋冥。こいつはおもしろいや。カーリー・ドゥルガーをもう一人の自分にぶんどられて頭に血がのぼっているにちがいないぜ」

「どうするのですか、シャドルー・ラ《#》テル」

「もちろん、行くさ。匋《#》冥を殺す」

「カーリーは強大です。勝ち目はありません」

「わかってる」

「では、なぜ？」

「なぜ？　おれは海賊課。匋《#》冥は海賊」

「あなたとア《#》プロの二人では勝てません。自殺行為です」

「ではランサス防衛機構軍でも呼んでくれるというのか？」

「……できればそうしたいと思います。匋《#》冥は強敵ですから。だからラ《#》テル、行かないで」

「相手は海賊だ。きみたちには関係ない。なにもするな。女王とランサスに迷惑がかかる。それに、勝負はやってみなくてはわからない。おれは一人じゃない。ア《#》プロも二人いる」

「ですが、シャドルー……」

「どうしてだ、シ《#》ャル。きみはまるで——匋《#》冥を殺したくないようだな。あんな海賊のどこがいい？　やつは天使の仮面をかぶった死神だぞ。やつに魂を売ったのか？」

「ちがいます」シャルファフィンは激しくかぶりをふった。「だれが、匋冥など。わたしは、シャドルー・ラテル、もう人が殺し合うのを見たくはないのです」

「おれの身体は海賊の返り血で染まっているよ。これからもそうするつもりだ。きみは目を閉じているがいい。汚い仕事はおれがやる。しかしこれだけは忘れるな、シャル。匋冥の持つ魔銃をなんとかしないと、おれたちはもとの世界にもどれないらしいということだ。おれはいつまでもドッペルゲンガーの立場にいるつもりはない。きみもそう思うなら、ついてこい。ついてくるなら、目は開いていたほうがいいぞ。——つまずくといけないからな」ラテルは微笑し、そしてふと真顔になってメイシアを見つめた。「匋冥は手強い相手だ。おれが殺られたら、シャル、この娘をたのむよ。メイシアは……天使だ」

「わたしはあなたの娘です」

とメイシアが言った。

フィロミーナは無言でアプロが消えた曲がり角の方を見ていたが、アプロがひょっこりとその角から頭をのぞかせて早く来いと手まねきすると、にっこり笑って歩きだす。

シャルファフィンは王女の後ろ姿を目で追い、それからラテルに目をうつし、真剣なまなざしで、

「お願いですシャドルー・ラテル、王女をお守り下さい。あなただけが頼りです……。わたしも戦います。わたしはシャルファフィル……銃を買います」

「金は？」

「これを」シャル《#》は髪飾りに手をやる。「売ります。母が生きていたら、きっとそうしなさいと言ったと思います」

「……きみが海賊でなくてよかった」

「はい？」

「なんでもない。そうあわてるなよ、シャル《#》。アプロ《#》の言うとおりだ。まず食事をとろう。匋冥《#》の相手は匋冥にさせておこう。二人が相打ちにでもなれば万々歳だ。少し様子をみることにする」

「申し訳ありません、ラテル《#》」

「なにが」

「王女やわたしがいなかったらもっと自由に行動できるでしょうに……足手まといになってしまって」

ラテル《#》はシャルファフィン《#》を見つめて、ふっと息をつき、メイシアの手をとった。

「行こう。アプロ《#》がレストランを見つけたようだ」

act 8.2 enter # 2, 10

ヨーム・ツザキは、彼の表向きの顔、海賊ではない太陽圏内経済界の実力者の顔で、豪華な宇宙クルーザーのキャビンでくつろいでいた。クルーザーには四十一人のクルーが乗りこんでいる。

双胴の、四枚の大きな帆に似た優雅な、しかし効率のよくない受波動航法システムをもった純白のクルーザー、スムージィは火星ラカートに船籍をもつ匋冥の船だった。外観は大金持ちの所有する宇宙ヨットだったが、このスムージィの管理をまかされた船長は、海賊グループ、シヴァの幹部だった。所有者《オーナー》の匋冥がいつふらりとやってきてもいいように、船長のホフリッツはスムージィの整備をおこたらなかった。彼の一声でクルーがすぐに集まった。みんな海賊だった。彼らは、もっとも海賊らしい、海賊たちだった。大昔風の、海賊。海、宇宙と船と、自らの肉体を使った略奪を好み、その技にたけていた。彼らの出番は多くはなかったが、ときおり匋冥がその気をおこし、スムージィをあわれな遭難ヨットに見せかけて、それを救助によってくる客船を血祭りにあげる遊びをやるときなど、彼らは海賊中の海賊になった。

スムージィは見かけは華麗なクルーザーだったが、一皮むけばガルーダ級の航法・兵装システムをもった海賊船だった。異なる点といえば、スムージィには高度な中枢コンピュータがないことだ。コンピュータ群は分散されていて、意志をそなえていない非人工知能型のものばかりだった。そのかわり、スムージィには人間たちが乗っていた。万一コンピュータがすべて破壊されても、海賊たちは船を動かすことができた。エンジンを調整し、星を頼りに航路を割りだし、そしていざ仕事となれば、彼らは水撃銃《ダブラ》と昔ながらの剣を自在に操った。匋冥は他の多くの海賊たち、太陽系外にも広がるグループのなかでも、このスムージィのクルーたちを最もかわいがっていた。いわば腹心の部下であり、近衛兵だった。

ラック・ジュビリーもこのクルー出身の海賊だった。ジュビリーはシヴァ・グループのなかで射撃の腕をかわれてスムージィのクルーに選ばれ、そこで匋冥と出会ったのだ。

「しかしな、キャプテン」

とジュビリーはふかふかのソファに浅く腰をおろした姿勢でグラスを回しながら匋冥を見つめた。

「おれはここではキャプテンではない」

匋冥はソファに深く身をまかせている。膝の上には白い猫。クラーラ。

「オーナーか。うん、この船はあんたに似合ってるよ。大金持ちなんだからな。わからないのは、カーリー・ドゥルガーだ。あんな化け物のような空母は金を出せば手に入るというものじゃない。けっこう長いつきあいなのにな。カーリーをどうやってものにしたのか聞いたことはなかった」

「カーリー・ドゥルガーはもともとおれの船なんだ。手に入れたわけじゃない、かっぱらったわけではない、あれはおれ用に造られた空母なんだ、ジュビリー」

「……太陽系連合宇宙海軍が造ったんじゃなくて？　噂では——」

「連合海軍の空母さ。おれが設計させ、造らせたんだ。むろん、表面には出なかった。カーリーは公試途中でFCSに異常をきたして自爆したことになってる。他にもいろいろ言われているぞ。噂とはおもしろい。傑作なのにはこんなのもある——海賊匋冥は宇宙ボートで新型空母に挑戦し、乗っ取った——」

「ちがうのか?」

「挑戦したわけではない。言ったろう、カーリーは設計段階からカーリーだったんだ。軍ではなんとかというもっともらしい名をつけようとしていたが。ボートでカーリーに乗り込んだのは本当だ。カーリーに、公試中の艦乗員を宇宙に放り出させたあとだ」

「信じられない。中枢コンピュータは厳重にチェックされるだろう。造られる過程でも、教育期間中も」

「カーリーのコンピュータ群は複雑だ。コンピュータ支援なしでは設計も、その動作を説明することも不可能だ。億単位のコンピュータが有機的にからみあっているんだ。おれはそのすべてに干渉することができた」

「しかしな――」

「そう。たったひとつできないのが、中枢コンピュータだった。あれだけは軍の最高機密研究所で厳しい監視の下で設計・製作された。おおっぴらに、おれの考えを組み込むことはできなかったよ。だが、監視の目をくぐりぬける小さな細工をすることはできた」

「それでカーリーはあんたを主人と認めるようになったのか?」

「事はそう簡単じゃなかったさ。しかしその中枢コンピュータをのぞけば、他のコンピュータに細工するのは楽なものだった。軍はそれらは民間に依託発注したからだ」

「中枢コンに、なにをした」

「連想記憶システム内に小さなパターンをばらまいておいたんだ。そしてすべてのコンピュータ群にも同様の、見逃されるような、意味のない、ハード面での虫をばらまいたんだ。多次元メモリ空間に、だ。多次元のメモリは、たとえていうとわずか数秒の角度の変化でほとんど無限の連想パターンを生むホログラムのようなものだ。そこにたったひとつの点を入れておくんだ。それでもそのコンピュータは正常に動作する」

「ところがその多くのコンピュータたちがいざ有機的に接続されるとき、その虫たちが生きてくる？」

「そうだ。鍵になったコンピュータは、トイレ管理の小さな低級コンピュータだ。そいつに、すべてのコンピュータの虫たちを統合し、意味あるものにするマイクロコードを組み込んだんだ。そのコンピュータが見つかれば、この計画は成功しなかった」

「トイレ管理コンピュータねえ。そいつがカーリー中枢コンピュータに命を吹き込んだんだな。眠っていた機能が、それこそ連想が連想を生んでひとつのパターンに変容してゆくのか……想像しただけでぞっとするな。各コンピュータが独立していたときはなんでもなかったのに、接続したとたんにおかしくなるなんて、な」

「おかしくなったわけじゃない。おれが設計したとおりになったんだよ。おれを唯一の主人だと認めるように」

「人間技とは思えないね」

「もちろんコンピュータを使ったさ。最新最高速のコンピュータを最大限に利用して計画実行したんだ」

「それでも、信じられない。軍に造らせるより自分でどこかの星で造ったほうが簡単みたいだ。堂々とやるほうが楽だろう」

「海賊課がなければな」

「フム」

「信じられんのは」匋冥はグラスをあげて、ウィスキーを波立たせ、見つめる。「そのカーリーが、だれかに乗っ取られたってことだ。だれに？　カーリーはおれ以外の者の命令はきかない。絶対だ。おれが死ぬときあの船も死ぬ……カーリーはそういう船だ。しかしいま、カーリーはおれではない、だれかに従っている。そんなことはあり得ない。おれ以外のだれかに操られるなどというのは。——すると答はひとつしかない。カーリーは、おれの命令に従っているんだ。カーリーに乗っているのはおれだよ。おれのコピー、ドッペルゲンガー・匋冥だ」

「正気とは思えん」

「Ωドライブの未知の副作用かもしれん。もうじきわかる。カーリー・ドゥルガーは火星に接近しつつある。コマンダーの受動システムでわかるんだ……しかしおれの命令は拒否されている。通信機能を閉じているんだ」

「ドッペルゲンガーはなにをしようとしているんだろう」

「わからんな。火星に用があるらしい。おれを目ざしているのかもしれん。だが、やつはカーリーでは来られない」

そのために匋冥は火星連邦海軍を動かしたのだ。匋冥はカーリーを幻の海賊船にしておきたかった。カーリーに乗っているのが自分なら、軍の前にカーリー・ドゥルガーをさらすような真似は絶対にしない。

「やつはガルーダか、もっと小さな、ナーガを使うかもしれん。いずれにせよ、カーリーでなければいい。それなら勝てる」

「肉弾戦なら、スムージィ戦隊があるからな。こっちが有利ってわけだ。……うまくいくかな、キャプテン」

「わからん。わかっているのは、いままで出合ったどんな相手よりも強敵ってことだ」

「……カーリー・ドゥルガーは本当に、乗っ取ることはできないのか？　キャプテン以外の命令をきくようにすることは？　海賊課の仕業ではないのか」

「ちがう。カーリーの、おれを認識するシステムは、どのコンピュータのどの部分にあるなどと指摘できるようなものではないんだ。説明したろう。カーリーが搭載するすべてのコンピュータのなかにばらまかれているんだ。それを解析するなど、まず不可能だ。言ってみれば、人間の意識がどこに宿っているのかと訊くようなものさ。コンピュータ群のひとつひとつを徹底的に調べあげても、それを見つけることはできない。コンピュータ群の九〇パーセント以上をぶち壊しても、カーリーは依然としておれの命令と他のものとをとりちがえることはない。九〇パーセントを破壊したらもはや空母としての機能ははたせないだろうが。カーリーは、破壊することはできても、乗っ取ることは決してできない。不可能なんだよ、ジュビリー。カーリーはおれ以外の命令に従ったりはしない」

ラック・ジュビリーは首を横にふり、ソファから立つとキャビンそなえつけのバーに行き、カウンターの上のデキャンタからブレンドウィスキーをグラスに注いであおる。ふうと大きく息をついて、壁の航行ディスプレイを見た。スムージィは巡航慣性で火星の周囲の楕円軌道にのっていた。火星圏に連邦宇宙海軍の機動艦隊が演習作戦行動中だった。

「本当に来ると思うか。あんたのドッペルゲンガーは」

匋冥はジュビリーを鋭いまなざしで見返した。ジュビリーはもうなにも言わなかった。腰の銃を抜き、エネルギー充塡状態を調べる。

匋冥の膝の上の白い猫、クラーラが、ジュビリーの不安な苛立ちを察したかのように低くうなった。

「その猫はなんだ、キャプテン」

「わからん。が……もう一人のおれも、これと同じ猫を飼っているらしい」

匋冥はクラーラをなでる。心は軽かった。まるでいままでたまっていた心の重荷をこの猫が肩がわりしてくれたようだと匋冥は思った。匋冥は、ジュビリーもかつて見たことのない、ジュビリーの身をぞっとふるわせる不敵な微笑みを唇に刻んで、グラスを口元にもっていき、そこでキャビンにひびく警告音を聞いた。

「なんだ」と匋冥。「ホフリッツ船長。なにをあわてている。カーリーか？」

〈いいえ〉インターカムを通じてホフリッツが返答する。〈ツザキさま。連邦海軍が妙なも

のを発見したようです〉

「妙なもの？　なんだ」とジュビリー。

〈正体不明の武装艦隊です〉

「調べろ」匋冥はジュビリーにグラスを渡して立ちあがる。「海賊か」

「海賊はおれたちじゃないか。ま、弱小反組織の海賊どももいるが」

〈宇宙戦闘艦隊です。火星連邦軍と連邦中央政府にコンタクトをとっています。——ランサス防衛機構軍を従えた、フィラール女王軍です〉

「フィラール？　ランサス・フィラールの女王が火星になんの用だ」

「女王が自らやってくるわけがない。たぶんあの艦は、シャドルー戦隊だろう。……セフトだよ、キャプテン・匋冥」

〈火星機動艦隊は一級防衛態勢。どうやら本気らしい。ランサス軍は、王女を返せと言っているようです。何者かの陰謀によって拉致されたランサス・フィラール・フィロミーナが火星にいることはわかっている、無事にもどさないなら、実力で王女を救出する、火星連邦政府がそれを認めなければ、戦いも辞さない〉

「なにを血迷っているんだろう。女王は。王女が拉致された？　だれにだ？　サフィアン女王はこんな行動にでるような女じゃないぜ」

「だろうな。なにか裏がありそうだ」

〈ランサス側は、王女は火星連邦の政治工作によってつれさられたものと信じているらし

い〉

「それでセフトが決死の覚悟でやってきたというわけか。だけど、なんとなくおかしい。セフトらしくない」

〈火星連邦側は、王女が火星で行方不明になった事実はないと返答。海賊の仕業かもしれないから、事実がはっきりするまでしばらく待つようにと言っています〉

「海賊の仕業だと？　ランサスと火星に局域宇宙戦をさせて利益を得る海賊がいるとでもいうのか」匋冥は眉をひそめる――いるのだ。「わかった。デッキへ行く。ランサスと火星のにらみ合いなどに注意を向けてはならん。ホフリッツ、周囲に気をつけろ」

〈どういうことですか〉とホフリッツ。

「これは海賊の仕業かもしれないということだ」

「キャプテン？」

ジュビリーはキャビンを出る匋冥を追いかける。

「そうか――もう一人のキャプテンの陽動作戦かもしれないってことか。キャプテンが火星連邦軍を動かしたように――」

〈正体不明のΩスリップアウト痕跡をキャッチ――方位１６７７／２４８、距離９９１・３メガ〉

「やってきたぞ。ホフリッツ、受波動航法システムを緊急縮納。能動航法システム作動。Ωドライブ用意。追走する」

〈ダウズ‐セール、SAエンジン始動。方位修整。セット‐Ωドライバ、サー〉

「少し待て。正体不明艦の種類と進路を調べろ」

〈――艦種確認。ガルーダ。ショートΩドライブの気配あり。ガルーダです〉

「スムージィのFCS作動。ΩTRシステム作動――見失うな」

〈ガルーダ、Ωドライブ。追航します〉

ダウズ、Ωスペース。スムージィ、ガルーダを追ってショートΩドライブ。

act 8.3 enter # 1, 9

ほぼ同じ宙域に、複数の宇宙艦がわずかな時間をおいてつぎつぎに姿をあらわす。火星ラカート上空、六〇〇〇キロ。スリップアウトした艦は三隻だった。

最初にΩスペースを離脱したのは、スムージィが予想しなかった小型の宇宙デストロイヤー、ランサス・フィラール女王海軍の、シャドルー宇宙戦隊艦だった。火星連邦宇宙海軍はそれを確認したが、ランサス艦と知って攻撃はしなかった。つづいて、ガルーダ。

「うまくいったらしい」ガルーダ内で匋冥が言う。

「火星とセフトとの話し合いがついたのかな。攻撃してこない」

「もたもたしてはいられない。おれがやってくるぞ。スムージィだ。行くぞ、ジュビリー」

「どこへ」

「セフトを殺す。そして王女をさらう。サフィアスをおれのもとにひざまずかせてやる」

「王女はどこにいる？」

「セフトが知ってるさ。やつはパサティブに王女の居所を教えられ、王女を殺しに行くところだ」

「王女も二人いるはずだぜ」

ガルーダの攻撃機格納庫で、ナーガが発進準備をおえている。コクピットに、匋冥とジュビリーがついている。キャノピを閉じる。

「どっちでもかまうものか」

そして火星には、と匋冥は思った。王女を捜しにこの世界のシャルファフィンが来ているはずだ……宮殿で殺したシャルファフィンとまったく同じ女が。まるでスペアだ。スペアは大事にしよう。匋冥はにやりと笑う。クラーラが批難するようになった。

「ガルーダ」と匋冥は命ずる。「ナーガを出せ。おまえはΩドライブで火星圏を離脱」

〈イエス、サー〉

ナーガ、ガルーダからおどり出る。ガルーダはスキップ航法で火星連邦海軍の追跡システム網から逃がれる。ナーガは前を行くセフトのデストロイヤー《HMSD》を追う。ナーガは追いつけない。

「スムージィがスリップアウト。攻撃照準されている」

「ナーガ、カウンター・サイト・システム作動」

〈オン‐CSS〉

ナーガの至近を重粒子ビームが通過。

「いつまでかわせるかな」

「もう少しだ。大気圏内に入れば逃げられる」

「逃げるはいいが、どこへ行くんだ、キャプテン」

ジュビリーはセフトの艦を見失わないよう、全探知システムを働かせ、そしてシヴァ情報ネットワークから役に立ちそうな事実を知った。

「キャプテン——ラジェンドラがいるぞ。二隻のラジェンドラだ。一隻はラカート州立病院に、もう一艦は、ザドスだ」

「ザドスだ?」

ナーガ、火星大気圏内に突入。

「ザドスさ。あんたの所有している海賊レストランのひとつだ。ラジェンドラはその真上、一〇〇〇メートルほどのところで待機している。ザドスにいるんだよ、やつら」

「ラジェンドラとラテルか——おれたちのガルーダを撃沈したあと、やつら火星で王女を見つけたんだな。おそらく王女もいっしょだろう」

「——アプロとシャルファフィンも食事中だというザドス支配人からの情報だ」

「アプロも? おれが殺したはずだ……この世界のアプロか。それとも、アスレイが言っていたようにシュラークの力で生き返ったのか。化け猫め、行って片をつけてやる」

「セフトもザドスを目ざしているらしい。先をこされそうだな。王女が危ない。殺されては元も子もない。女王をゆすれなくなる」

「なあに大丈夫だ」と匋冥は言った。「ラテルとアプロが守ってくれるさ」

ナーガは急激に減速、大気圏翼を拡張し、ラカート市街上空を通過。火星連邦防空軍から警告を受ける。

「ナーガ、ランサス・フィラールの暗号識別波を返信。ラカート南西戦勝記念区へ降下」

〈イエス、サー〉

街のはずれ、赤い砂漠に近い郊外の森に、白い大理石のタワーが見えてくる。緑の森が広がる自然公園内のタワーのわきにナーガは着陸した。

「スムージィはどうした」

ナーガから出る前に匋冥はジュビリーに訊く。

「スムージィは――ラカート宇宙港に入港したようだ。火星防空軍に強制着陸させられたのかな」

「強制ではないだろう。スムージィは母港に帰ったまでのこと。やつが来るぞ。もう一人のおれが」匋冥はナーガからとびおりる。「さあて、どうなるか」

「スムージィ戦士たちが相手では面倒だな」

「のんびり行くさ。シャドルー戦士とスムージィ戦士と、ラテルとアプロ。三つ巴の戦いが見られるだろうよ。ザドスとはまた、なんという幸運だ……おれたちはラッキーだ。妖魔が味方しているのかもしれん」

匋冥は魔銃を抜いた。ナーガを狙い、魔銃を発射。戦闘機タイプのナーガは白熱し、爆散する。白い戦勝記念タワーがナーガの残骸の噴きあげる炎になめられる。

「魔銃の威力はおとろえていない……さあ、行くぞ、ジュビリー。防空軍やら警察やら消防やらがわんさかここに集まってくる前に」

匋冥は市街地に向かう。白い猫がつづく。ジュビリーはナーガを見、肩をすくめてつぶやいた。

「こりゃ、匋冥らしくもない、目立つことをやったものだ」匋冥を追いかけて駆けだす。

「これではまるで、海賊課だぜ」

act 8.4 enter # 4, 6, 8, 12

眠れる病院の王女をもう一人の自分の力で救出したラテルは、ダイモス基地と連絡をとってチーフ・バスターの指示をあおいだ。チーフの命令は〈帰ってこい〉だった。〈また派手にぶち壊したな、ラテル——どうしてくれる〉

「それは、もう一人のおれに言って下さい」

〈しかしまあな、王女を助けたのは手柄だ。ほめてやろう、もう一人のおまえを〉

「あ、それは、おれが受けとっておきますよ、おれの手柄でいいんです。給料上げて下さい」

連邦警察にラテルとアプロは事情を説明した。信じてもらえなかったが、ラテルとアプロは信じさせようという努力はしなかった。

　連邦警察刑事はしまいには、「われわれをおちょくっとるのか」と腹を立てたが、ラテルとアプロは、われ関せずという態度をとって、同じ説明は二度としなかった。

「ひとつだけ現実的な犯罪事実を教えてやろう」とラテルは刑事に言ってやった。「この病院経理には裏があってな。院長は不正に私腹をこやしている」

「証拠はあるのか」表情を現実にもどして、刑事。「もし事実なら——」

「あんたら、その専門屋なんだろう？　金に関する方面の。おれたちが壊した病院の損害の見積りをするよりは、そっちを調べたほうがあんたも仕事をやっている気分になれるんじゃないかな」

「証拠は？　病院が不正をやっているという証拠はあるのか」

「それはあんたの仕事じゃないか。勝手にやれよ」

「そうだ、そうだ」とアプロ。「いつも海賊課には協力しないくせに。つごうのいいときだけ情報を教えろなんて、やなこった。行こうぜ、ラテル」

「というわけだ。じゃあな」

　ラテルとアプロは現場をはなれて、病院の一階ロビーにおりた。王女とシャルファフィンが一足先におりていた。ラテルとアプロはここで二人と別れるつもりでいた。——それでは、女王によろしく。ありがとうございましたシャドルー・ラテル、シャドルー・アプロ、御恩は忘れません……。

たぶんそんな別れだろうとラテルは思っていた。だがロビーにおりたラテルは、事はそう簡単にはこびそうにない、予想に反した光景にでくわした。

武装兵士たちがロビーに入り込んでいた。

火星防空軍・地上戦隊・特殊要撃戦士の一団が王女とシャルファフィンの前でなにやら説明している。戦士たちの態度は礼儀をわきまえたものだったが、和やかな雰囲気ではなかった。

「ヘイ、シャル、なにをしている」

ラテルの声にシャルファフィン・シャルがふりむいた。血の気のない白い顔だった。

「……シャドルー……どうやらわたしの努力は無駄になったようです」

「海賊課か」戦士の隊長らしい上士官がラテルとアプロを無表情に見やった。「どういうことだ。王女を隠していたのか。おかげで大迷惑だ。ランサス防衛軍が血相を変えてなぐりこんできたぞ。どうするつもりだ」

「火星にはランサス・フィラールの王女はいないぜ」とアプロ。「だれだよ、そんなデマを流したのは」

「——病院長だな。フム、口の軽い男だ」

「こちらの方が、王女なのでしょう」と隊長。

「ばれたのならしかたがないな。そうさ。それでいいじゃないか。さっさと帰ってもらえよ」とラテル。

「おれたちにゃ、もう関係ないもんね」とアプロ。

「もちろん、そうしてもらいたいが……それでは火星の面子がまるつぶれだ——なぜわれわれに王女のことを知らせてくれなかったのですか。ランサスになんと言い訳するのです？やっぱり王女は拉致されていましたと言うのですか？　ランサスの連中は、われわれがそうしたのだと信じているんだ。関係がこじれてしまっている」

「サフィアスの本意はそうではありません。この責任はわたくしにあります……極秘のうちに、だれにも迷惑はかけずにすますはずだったのです」

「——セフトだわ。あの男、気に入らない」

ランサス・フィラールの王女が唇をきっと結ぶ。

「セフト……早まったことを……これはサフィアスに対する裏切り。セフトは、まさか、王女を——」

「わたしを、どうするというのです、シャル？」

「フィロミーナン、あなたにはわからないかもしれませんが……セフトは——」

「そんな。そこまでやれるはずが……わたしを殺したら、あの男もおしまいよ」

「ですから、火星政府にやらせたことにするのです、フィロミーナン」

王女とシャルファフィンは早口の母星語で喋ったから、これらの話は火星人にはわからなかった。だがラテルとアプロは、王女とシャルファフィンの不安が理解できた。

「のりかかった船だ」とラテルが言った。「アプロ、行くか」

「腹がへってるんだけどなあ」

「ランサスのHMSDが接近中です。あとはあなたの力しだいです」と戦士長がシャルファフィンに言った。「ランサスの血気にはやる兵士たちを説得していただきたい。われわれの責任ではないことを。でなければ——全面戦争になるかもしれない」

「まさか、そんなこと」と王女。

「セフトならやりかねない」とシャル。

「そうだ。セフトの船に乗ったら生きて帰れないかもしれんな」

ラテルがうなずいた。ラテル、インターセプターを作動。

「ラジェンドラ、正面ロビー前へ降下。ランサスへ行く。王女とシャルをつれて」

〈ラジャー。それがいいでしょう、ラテル。たしかにセフトは血迷っているようです〉

「なにを言うか」戦士長が顔色をかえる。「王女がここにいなかったら——ランサス側は納得しないだろう」

「ここにいても困るんだろう？　あんたさっきそう言ったじゃないか。軍はいったいなにを望んでいるんだ？　あわてふためいているだけでなにもしないくせに、大きな口をたたくんじゃない。シャル、来い」

「待て」戦士長はライフルをかまえる。「上からの命令がないかぎり、その女たちをここから出すわけにはいかない」

「あなたたちの立場はわかるけどね。王女が殺されたらとりかえしがつかない。ようは、王女がランサス・フィラールに帰ればいいんだろう。海賊課が送ってやるというんだ。口出しするな。――そうさ、王女はもともと火星にはいなかったんだ。上官にはそう報告しろよ。王女はフィラールで昼寝をしていただけだってことがすぐにわかるさ。女王から丁重な謝罪のメッセージがあって、この一件はおわりだ」

「だめだ」と戦士長。

ライフルをかまえて、戦士たちが王女とシャルファフィンを保護しようとする。アプロ、インターセプターを戦士たちの足もとにむけて発射。

「ラジェンドラ！」

ラテルは叫びながら、シャルファフィンと王女の腕をつかみ、ロビー奥へ。

「ハード - ポート！　正面ロビーへ突っ込め！　衝角攻撃、目標破壊C級！」

〈ラジャー〉

ロビーの外、病院前の前庭が薄暗くなる。ラジェンドラが日射しをさえぎり、轟音をたてて急速降下。地上すれすれでホバリング、そして鋭い巨大な艦首を病院正面ロビーに向けて振った。そのまま、微速前進。ロビーの照明が消える。人間たちの悲鳴。玄関ドアガラスがとび散り、装飾柱が折れ、病院全体が地震にあったかのように震える。ラジェンドラの艦首がロビーを崩しながらラテルとアプロの方向へ突き進む。

崩壊した壁や天井の建材が白い埃を舞いあがらせる。薄暗いなか、アプロがラジェンドラ艦首底ハッチから中へ駆け込む。ラテル、シャルファフィンに王女をまかせ、特殊要撃戦士たちの様子をうかがいながら、ハッチへあとずさる。戦士たちが混乱から立ちなおり、ライフルをかまえたとき、海賊課刑事と王女たちはラジェンドラ内に消えていた。戦士長は埃まみれの制服をはたき、ベレーをとって床にたたきつけた。それから、これでは腹の虫がおさまらないというように部下に命じた。

「射て！」

「宇宙フリゲートにライフルは通じないでしょう」と副官。

「わかってる。しかしこのままでは、カッコがつかんではないか。射ちまくれ」

レーザー・ライフルのビームがラジェンドラにふりそそぐ。ラジェンドラにはかすり傷もつかなかった。

「オーケー、ラジェンドラ」

ラテルはラジェンドラ内をブリッジに向かって歩きながら命ずる。

「アスターン。アスターン‐イージィ」

〈ラジャー〉ラジェンドラ、微速後退。

「ウーム」とアプロ。「チーフにまたガミガミ言われるぞ」

「言わしておけばいいんだ。あれが生きがいなんだからさ。ラジェンドラ、スターボード‐イージィ。高度三〇〇〇まで上昇したのち、最大出力で火星からスキップ・タウン、ずらかれ。高飛びだ。ハード‐スキップ」

〈ラジャー〉

ラジェンドラ、高度三〇〇〇メートルで赤い火の玉となって戦闘上昇、大気圏を出た直後、火星連邦宇宙海軍の制止や威嚇もなんのその、Ωドライブを作動、火星圏から消える。

act 8.5 enter # 3, 5, 7, 11

レストラン・ザドスで食後のコーヒーをすするアプロに、ラテルが言う。

「もっと品よく飲めんのか。ズーズーと音をたててすするんじゃない」

「アプロ」

「おれ、熱いの苦手だ。飲んでないぜ」

「じゃあ、この音はなんだよ」

ズズズズ、ゴゴゴゴゴ、バリバリバリバリ、ズドドドドド……ラカート市街が震える。どうやらアプロの下品なコーヒーすすり音ではないらしいとラテルは気がつき、コーヒーカップをおく。

「——あの音はラジェンドラだな。アプロ-ラジェンドラだ。いさましい発進だ」

「胸がすくね」とアプロ。「わあっち」コーヒーで舌をやく。「ひどい味のコーヒーだ。どうもいけすかないレストランだ……客もいないし、親父の目つきはよくないし。くらーい雰囲気だなあ。料理はまあまあだったけど」

ラテルはナプキンで口元をふき、レストラン内を見回した。がっしりとした本物のオークに見える木造りの店内だった。テーブルが十二、奥にバーがある。照明は暗かった。朝食にはそぐわない不健康な印象だ。がらんとしている。朝食はセルフサービスということで、注文をきくインターカムが各テーブルにのっているだけだった。そいつにカードを入れて注文し、店の奥のハッチから出てきた料理をテーブルに自分で運ぶ。人間はいなかったのだが、食事の途中で一人の男が眠そうな顔つきで支配人ですと言い、バーのカウンターで自分でいれたコーヒーをすすり、いまも安物の3DTVを見ていた。TVは臨時のニュースをやっていた。ランサス防衛機構軍が……当局ではフィラール王女が火星で行方不明になったというランサスの主張を否定し……ラカート市民は外出しないよう、州知事からの……。ラテルはナプキンをテーブルに投げ出す。アプロ、赤い口を大きくあけて、あくび。

〝どうもあの支配人という男の目つきが気になる〟高速言語でラテル。〝あいつ、おれたちを監視しているぞ〟

〝海賊レストランかな〟

〝そうかもしれん。それも気になるが、ニュースを聞いたか。ランサス軍が火星に来ている〟

〝王女を捜しにか〟

〝殺しに、だ。セフトだ。火星との間に紛争をおこして、どさくさまぎれに王女を殺し、紛争の責任を女王にとらせるつもりだろう。あいつならやりそうだ。めちゃくちゃなやり方だが〟

「めちゃくちゃといえば」とアプロは通常言語で、「だいたい今度のことは、このアホ娘が原因だろう。やい、王女。おまえのせいでおれは腹に穴をあけられたんだぞ。あのまま生き返ることができなかったらどうするんだよ、飯が食えないじゃないか」

「申し訳ありません」シャルファフィンが頭を下げた。「わたくしがいたらなかったのです」

フィロミーナは平然とアプロを無視、デザートのカスタードプリンを食べる。ラテルはアプロが王女にかみつくのではないかと心配したが、アプロは王女の態度に感動したようだった。その威厳にではない。ラテルはアプロの心がわかる。――王女の食べっぷりに感激しているのだ。天下のアプロにけなされようと、平気で食べつづけられるのはこの娘くらいのものだろうとラテルは王女をあきれ顔でながめる。この娘はたしかに王女だ。ただの小娘とはちがう。

それからラテルは左どなりの娘に目をうつした。メイシア。メイシアはすっかり女だった。ごくふつうの若い女。肩までの黒い髪。白いレースの襟の赤いワンピースはかわいらしかったが、顔は身に着けたドレスほど幼くはなかった。メイシアはテーブルの上にだした手でナプキンを握りしめて目をふせていた。ラテルはメイシアがかすかに身体を震わせているのに気づいた。

「……寒いのか？」

「いいえ」

目をあげずにメイシアが低い声でこたえる。

「どうかしたのか」とアプロ。「食いたりないいんだろ」

ラテルはアプロの椅子をけとばす。アプロは椅子から宙に飛ばされ、逆立ちの格好で壁にはりついた。アプロの満腹の身が床にずりおちる。ボテ。アプロ、うなる。

「アプロ——おれとメイシアの間に口をはさむな。射たれたくなかったら黙ってろ」

「ラテル？」

アプロ、口を結んで倒れた椅子を短い前足でよいしょと起こし、神妙な顔で席につき、コーヒーをすする。

「……メイシア。夜はもっとましな店へ行こうな。二人きりで。猫のいないところへ」

メイシアが長いまつげをあげてラテルを見た。黒い瞳がうるんでいた。ラテルはメイシアが感じていることを悟った。メイシアの手をとって握りしめる。

「どこへも行くんじゃない、メイシア」

「……迎えが来るようだわ……感じるの。わたし……どこへも行きたくない」

「なんでもしてやるよ、メイシア。きみのためなら、きみは、おまえは——おれの娘だ……どこへもやりたくない。大丈夫だ。……シュラークはおまえを天につれもどしたりはしない……おれから奪い取るはずがない……」

「なにかがやってくる……大きな、なにか……邪悪な力だわ。危ない……ここにいては危ない……でもここを動いたら——帰れない。わたしも、あなたも」

「なにを言ってる？　あなた、だって？」

メイシアは冷ややかな表情で――他人を見る目で――ラテルにうなずいた。そして、はっとわれにかえったように頭をふった。長い髪が揺れる。

「メイシア、メイシア、しっかりしろ。危険が近づいてくる？　いったいなにが？――きみは……何者だ」

「危険？　なんのことなの？　何者だ、なんて言わないで……悲しくなるじゃないの」

「フムン」

ラテルはメイシアの髪をなでる。この娘はシュラークの使い、天使だ。そのことをメイシア自身は自覚していないのだ。

「メイシア……」

娘の髪をなでる腕のインターセプターがピッと鳴る。上空で待機するラテル－ラジェンドラからの警告。

〈ラテル、高速飛翔体をキャッチ。ナーガ・タイプ。おそらくナーガです。ガルーダの艦載機でしょう〉

「一機か」

〈単独です〉

「撃墜しろ」アプロが叫ぶ。「たたき墜とせ。高級な武器なんかもったいない。大気圏エンジンを作動させ、共振変調して空中分解させちまえ。音でさ」

〈ラカート市中ですよ、ここは。そんなことができますか。――ナーガは戦勝の森へ降下し

ました。――ラテル、南南西よりランサス艦接近中。フィラールのHMSDです〉

「セフトだわ」と王女が冷静な声で言う。

「どうしてここが……パサティブに導かれたのでしょうか」とシャルファフィン。「あの男は狂っている」

「メイシア、危険とはこのことか？」

ラテル、聖銃を調べて、ホルスターにもどす。メイシア、きょとんとしている。アプロ、ザドスの支配人のいる方、バーに目をやる。

「ラテル、支配人がいない。ここは海賊レストランだ」

「ナーガが来たと言ったな、ラジェンドラ。匐冥だな？」

〈――ナーガ、爆発炎上中〉

「なんだと？　防空軍にやられたのか」

〈わかりません、ラテル。しかし、そこにいては危険です。フィラール艦が中央区マクミラン大通りに降下、武装戦士がこちらに向かってきます〉

「シャドルーたちだ」とアプロ。「マクミランといえば、五ブロックと離れていない。じきにこの店になだれこんでくるぞ。ラテル、ラジェンドラに乗って、けちらそうぜ。ラジェンドラ、降下しろ」

「待て、ラジェンドラ、アプロ。待つんだ」

「なんでだよ。メイシアも言ってたじゃないか、ここにいては危ないって」

「メイシアが言っている危険はもっと別のものだと思う。シュラーク対パサティブの、神々の次元のことだ。シャドルーやセフトなど小物にすぎん」

ラテル、ゆっくりと席を立つ。

「匋冥が来るぞ。おれたちの世界の、匋冥が。やつはこの世界の海賊情報網から、おれたちがここにいるのをつきとめたにちがいない。やつは必ずここに来る。逃げるわけにはいかない。決着をつけてやる」

アプロは素早くテーブルをはなれ、店の奥へ走る。ラテル、メイシアと王女、そしてシャルファフィンについてくるように言って、アプロを追った。

レストラン・ザドスの厨房。自動調理器が並ぶ。アプロが耳をぴんと立てて厨房内を調べる。ラテル、厨房の奥の出口のドアに近づく。ロックされている。開かない。

「逃げられたか」

「気をつけろよ、ラテル」

ラテルはドアのわきの壁に身を寄せてドア越しの気配をさぐる。王女たちをドアから離れさせ、オート・ドアのロック機構をインターセプターで探る。爆破装置などの危険物は感知されない。ラテル、聖銃を抜き、ドアのラッチに向けて発射。銀のビームが命中、ドア全体が瞬間に白く砕け散った。冷気が吹き寄せる。アプロが白い霧を抜けてドアからとび出してゆく。

ラテルは王女の手を引き、用心深くドアから出る。薄暗い廊下だった。突き当たりが白い。

裏口のガラスドアだ。廊下の両側にいくつかの室があり、アプロがインターセプター・レーザーで各室のドアロックを破壊する。それから、突き当たり側に近い室から、各室のドアをけとばして開きながらラテルの方にもどってきた。

「どこにもいないぜ、ラテル」

「裏口ドアから外に逃げたんだろう」

「鍵をかけてか？　逃げるなら、わざわざ鍵をかけていくかな。おれたちを閉じ込めるためでもないだろう。あの裏口のドアの鍵は、もともとおりていたんだと思うがな」

「では、あの支配人はどこへ消えたというんだ、アプロ」

「知るもんか。トイレにはいなかったぜ。あと、ロッカールームとか、食品庫とかだけど、いそうにない。そんなところに隠れる必然性がどこにあると思う？」

「逃げも隠れもせず、か。支配人は支配人室かな」

ラテルは聖銃をかまえて、わきの、支配人室というプレートのついたドアを足で大きく開く。無人だ。入る。

簡素な事務室だった。安物のスチールデスク、来客用らしいソファと小テーブルもくたびれている。事務用コンピュータ・セットがある。電子ファイル・キャビネットが一方の壁に四。いずれも旧式だった。

ラテルとアプロは同時に、インターセプターから、〈稼動中のコンピュータ・システムあり〉の情報を受けとった。しかし事務用コンピュータは動いてはいない。

「裏コンがあるにちがいない。どこだ、アプロ」

「にゃん。このキャビネットの裏だとインターセプターは言ってるけど――このキャビネットが自動的に移動するんじゃないかな。どうやればいいのかわからん。壊そうか」

「この、役立たず」

「おまえだって――」

「コンピュータのエキスパートがいるんだ。喧嘩はよそう」

「そうか」アプロ、ラジェンドラを呼ぶ。「インターセプターが感知しているコンピュータを解析しろ」

〈ラジャー〉

四七秒後、ラジェンドラは解析終了を伝えてくる。ラジェンドラ、裏コンの乗っ取りに成功。ラテルとアプロの目の前のキャビネットが左右に動き、壁いっぱいに超薄型コンピュータ・セットがあらわれる。むき出しの多元連想ホロメモリが虹色に、オーロラのように色を変えて輝いている。

〈このコンピュータはラカート船籍の宇宙クルーザーと交信していました。クルーザー名はスムージィ〉

「スムージィ？　海賊船かな」とアプロ。

〈わかりませんが、その確率は高いと思います。スムージィはつい先程帰港しています〉

「この大騒ぎのなかで悠然としていられるのは匐冥くらいのものだろう。この世界の匐冥だな。やつもここに来るつもりか――おれたちの匌冥を追っているのか」

「ラテル、どうやらおれたち二人の手には負えそうになくなってきたな」

「三人だ。ラジェンドラがいる。やるしかないぜ、アプロ。この世界の海賊課の力は頼りにならないだろう。逃げてはもとの世界へはもどれない」

「もどれるかなあ」

「へたをすればあの世行きだ」

〈警告〉ラジェンドラ。〈シャドルー戦士が三十数名、ザドス入口から侵入〉

「来たか」とラテル。

「海賊じゃないのか。おもしろくない」とアプロ。

ラテル、支配人デスクのひきだしをかきまわし、銃を見つける。小型のレーザーガン。事務用コンピュータに向けて試射。使える。

「シャルファフィン」ラテル、レーザーガンを投げる。「王女を守れ。アプロ、ここにいろ。女たちをたのむ」

「おまえは?」

「セフトと話をつけてくる」

「話の通じる男じゃないぜ」

「シャドルーたちを射ちたくはない。シャル、その海賊コンピュータでランサス艦とかけあってみろよ。ラジェンドラが中継する」

「わかりました……お気をつけて、シャドルー・ラテル」

ラテルはうなずき、室を出る。

シャルファフィンは壁の超薄型コンピュータを交信モードに。ランサス防衛軍の外洋機動部隊とコンタクトをとる。

〈これは……シャルファフィアス〉と司令が言った。ホロメモリがディスプレイ・モードになっている。〈なぜ火星に〉

「ただちに火星圏から立ち退きなさい」

〈しかし、シャドルーア・セフトの命により――〉

「わたしはシャルファフィン・シャルファフィアン。女王サフィアスにかわって、命じます」

〈シャルファフィアス……本当に、シャルファフィアスなのですか。その格好は――〉

「海賊に見えますか？」

シャルファフィンは頭に手をやり、髪を束ねている髪飾りをとった。そして一歩下がり、背後にいた王女に手渡す。

〈――ランサス・フィラール・フィロミーナス〉

王女は王家の紋章を髪につける。シャルがひざまずく。

「帰りなさい。女王のもとに。わたしが命じます。火星と争ってはいけない。火星の高度な戦艦と戦っても勝ち目はありません。わがランサスは戦いは好まない。軽率なことを……行きなさい」

〈お言葉のままに。フィロミーナスはどうされるのですか〉

「わたしはここにはいないことになっています。極秘のうちに脱出する……さあ、早く」

〈わかりました〉

ランサス艦隊、非礼を火星連邦海軍に告げて火星圏から後退する。

「よくやりました、フィロミーナン」

シャルファフィンが微笑む。王女は肩の力を抜いて、ひざまずいたままのシャルの髪に王家の紋章を返した。

「シャルファフィナン……これからもわたしの力になってほしい。母があなたを信頼しているのがやっとわかったわ。あなたはたぶんフィラールで最も強い女ね」

シャルファフィンは深く頭を垂れた。

act 8.6 enter # 1, 2, 3, 5, 7, 9, 10, 11

ラテルはザドスに入ってきたシャドルー戦士たちと向い合った。聖銃はホルスターにおさめている。ラテルは腕のインターセプターから、ランサス艦が火星から撤退したのを知る。

シャドルー戦士の前にセフトが姿をあらわした。不敵な笑みをうかべている。

「ほほう」とセフト。「王女誘拐の張本人が出てくるとはな。覚悟を決めたのかな?」

「よく言うぜ。誘拐だ? おれは王女を守ったんだ。おまえに殺されそうになった王女とシャルファフィンを。いいかげんにあきらめろよ、セフト。ランサス機動部隊も引きあげたぜ。きっと女王の命令だ。どうする気だ、セフト」

「もちろん、王女を救出する」

「救出途中で事故にあうわけか？　火星人やおれに殺されることにするのか？　王女はいないよ。とっとと帰れ」

「王女がここにいることはわかっている」

「どうして？」

「おまえがここにいるからだ」

「よく見つけたな。バスライに教えられたのか」

「バスライ——なぜバスライを知っている」

「おれが殺した魔女だ」とラテル。

「ばかな。バスライが魔女だと？　あの婆さんはおれが——」

「おまえには殺せないよ。バスライは老婆じゃなかったぜ。——魔女だ。おまえは魔鬼に利用されている存在なんだ。目を覚ませよ」

「たわけたことを。魔鬼だ？　そんなものがこの世に存在するはずがない」

「おれはこの目で見、この手で殺した。そう、おまえたちには絶対に感じられないだろう。おまえたちを操る存在は。しかしたしかにいるんだ」

「くだらぬことを。そこをどけ。どかぬと実力で王女を捜す」

「通れるものなら通ってみろ。おれは海賊課のラウル・ラテル」

「海賊課か。――わからんな。なぜここを逃げ出さなかったのだ？　海賊課の情報網をつかえばわれわれがここに来るのは察知できたはず。それともわれわれに勝てるとでも？」

罠かもしれないとセフトは感じたようだった。しばらくラテルとにらみ合った後、フィラール語でシャドルーに命じた。二人のシャドルーが前に出る。その他のシャドルーたちはセフトを守るように囲む。そして銃を抜いた。

ラテル、とびすさりながら聖銃を抜き、左手をテーブルの端にかけて倒し、盾がわりにする。そのまま止まらず奥のバーのカウンターをとびこえて身を隠す。シャドルーたち、発砲。テーブルをすべて移動させて、身を伏せ、じりじりとラテルに近づく。

ラテル、応射。天井に向けて威嚇射撃。木組みの天井が白く凍りつき、もろくなり、重量を支えきれずに落下する。どっと白い冷気がレストラン内に吹き上がる。シャドルーたちはかろうじて落下物をさける。声をたてない。レストラン内の照明が消える。

「ラテル」とセフトの冷徹な声。「なにを時間かせぎをしているのだ。火星連邦軍を頼りにしているのなら無駄だぞ。おとなしく王女を返せ」

「ここにはいないと言っているだろうが」

「そんな言い訳は通用せんぞ」

「あんたはドジをふんだんだよ。無駄なことをやってるのはおまえのほうだ。王女はフィラールへ帰ったんだ。本物の王女はな。ラジェンドラで。ここにいるのは、あんたにとっては偽の王女さ」

「偽でもかまわん」

突然セフトでもシャドルーたちでもない声が入ってきた。レストラン内が静まりかえる。

「どっちの王女も見分けがつかないはずだ」

ラテル、カウンターから入口をうかがう。

二人の男が立っていた。逆光で黒い。

ラテル、うめくように独り言、「……匋冥か」

「王女はおれがいただく」

匋冥、魔銃を発射。シャドルーの入口に近い三人が瞬時に白熱化、灰になる。近くのテーブルが輻射熱で発火。

「シュフィール」匋冥がジュビリーの本名を呼ぶ。「セフトを殺せ」

シャドルーたちはラテルのことは忘れた。二人の海賊を狙う。匋冥はジュビリーの後ろから援護。ジュビリーは一脚のテーブルの陰から愛銃で応射。短い間に予備エネルギーマガジンごと使いはたす。床に転がり、一人のシャドルーの死体から水撃銃をとりあげ、射つ。水撃線はシャドルーが盾にしている木製テーブルをぶち抜き、散弾様となる。水撃線が破壊した木製テーブルの破片が鋭い刺となって一人のシャドルーの全身に突き刺さった。

ラテル、混乱に乗じてカウンターから身をさらし、匋冥を聖銃で狙う。

「ラテルか！」

匋冥、ラテルを射つ。聖銃と魔銃の射線が吸い寄せられるようにカーブし、空中で衝突。空気が膨れあがり、爆発する。ラテル、厨房へとばされる。頭をふってとびおき、レストラン内をうかがう。匋冥の姿はなかった。

ほとんどのシャドルー戦士たちが、ばらばらになったテーブルや椅子の下になって動かなかった。そんななかで、一人の男が身を起こす。ラック・ジュビリー＝シュフィール。

「セフト！　出てこい！」

セフトは壁に寄りかかっていた。ジュビリーは気づかない。床におちているレーザー剣を拾いあげ、セフトを捜す。

「どこだ、セフト。おれにすべての罪を着せて生きている男――来い、戦え、いまこそおまえに、おれの受けた傷の痛みを思い知らせてやる」

セフトは死体を真似て動かなかったが、水撃銃を握る右腕をかすかにあげながらジュビリーを狙う。

匋冥の魔銃がつけた火は、聖銃と魔銃の衝突で発生した爆風で消えていた。ラテルにはセフトがジュビリーを狙っている動きが見えた。だがラテルは干渉はしなかった。匋冥を捜す。

いきなり、ラテルの背後からレーザービームが厨房内をつきぬけてゆく。ラテル、はっと後ろを向く。一人の大男がラテルのわきを走り抜けレストラン内へとびこんでゆく。

「ジュビリー？」

ラテル、レストラン内を見やる。セフトはとびこんできたもう一人のジュビリーに水撃銃をレーザーガンで射たれ、立ちあがる。剣を抜く。

「シュフィール——二人のシュフィール？　失せろ、幽霊ども！」

レーザー剣の刀筋に細く走る赤いレーザー線が薄暗いレストラン内で踊る。二人のジュビリーたち、生き残ったシャドルーとセフトと剣と剣の戦いをはじめる。

「裏切りシュフィール！」シャドルーの一人が叫ぶ。「女王に恥じろ！」

「ちがう！」とジュビリー。「セフトだ！」

「おれがやったんじゃない！」とジュビリー。

ラテルはこの決闘を見ている暇はなかった。

「アプロ、気をつけろ。裏口から海賊どもがなだれこんでくるぞ。この世界の海賊たちだ。ジュビリーがいるところをみると匈冥もいるだろう。二人の匈冥が来たぞ」

〈わかった〉インターセプターを通じて、アプロ。〈そっちへ行く。ニャハハハン、やっと出番か〉

アプロ、支配人室の超薄型コンピュータをレーザーで破壊。廊下をうかがい、シャルファフィン、王女、メイシアの順で廊下に追いやり、後につづく。厨房に向かって走る。背後で物音。アプロ、とんぼ返り、インターセプター・レーザー発射。十数人のスムージィ海賊たち、とっさにわきの室へとびこみ、応射。女の悲鳴。

「メイシア！」

とびこんでくる王女とシャルファフィンを厨房奥に突きとばし、ラテル、聖銃を廊下にむけてぶっぱなす。アプロが駆けこんでくる。

ラテルは厨房入口で倒れたメイシアを抱きかかえて、退く。アプロが援護。

「メイシア。大丈夫か」

メイシアは右肩を水撃銃で射ちぬかれていた。鎖骨が砕けて胸が血で染っている。

「大丈夫よ……痛くないわ」

廊下から水撃線が射ちこまれ、厨房内に水しぶきが散る。一基の自動料理器がふきとび、濃い茶色のスープが流れでた。

「うまそー」とアプロ。「いい匂い」

「アプロ！」

「わかってるって。食べるのはあとにする」

アプロ、応射。

レストラン内では、セフトとジュビリーたちの決着はまだついていなかった。シャルファフィンはレストラン内でだれが争っているのかを知る。

「セフト」

シャルファファフィンはレーザーガンをかまえる。

「シャルファファフィン」「シャルファファフィアス」

セフト、ジ《#》ュビリー、ジュビリーに八人のシャドルーたちがほぼ同時に叫ぶ。

「おやめ、セフト。いまならまだ遅くはない」

「シャルファフィン――おまえも王女誘拐の片棒をかついだのだな」

「シャル、海賊の格好、よく似合うぜ」とジュビリー。「来いよ」

「なんていさましい格好だ」とジュビリー。「どうなってるんだ？　おれのドッペルゲンガーといい、シャルといい、世界がどうにかなっちまったんじゃないか？」

　シャドルーの一人を剣で倒したジュビリー、かえす剣でセフトをはらう。セフト、とびのいてよける。

「シュフィール」とセフトは言った。「シャルを殺せ。ならば裏切りの罪は消してやろう。汚名をそそぐがいい」

「とうとう本音が出たわね」とシャル。

「死ね。邪魔者め」

　セフトがシャルファフィンに向かって剣をふりかざし、突進。シャルファフィンはあとずさりかけた足をとめ、レーザーガンを握る両腕に力をこめた。

「シュラーク、わたしに力を」

　引金を引く。レーザーガンが作動。セフトは胸を射たれる。なおも血走った眼でシャルファフィンと王女をにらみつけ、剣を腰にためて突きかかってゆく。その背後から、二人のジュビリー＝シュフィールがジャンプ、一脚のテーブルにとびのり、とびおりざまにレーザー剣に渾身の力をこめてセフトの頭上へ振りおろした。

　二人のジュビリーが着地したとき、セフトの身はまっぷたつに分かれていた。頭が転がる。

王女が口もとをおさえて目をそむける。

シャドルーたちは二人のジュビリーにおそいかかった。二人のジュビリーは互いに反対方向へとび、逃げる。剣を捨てて、レストランの正面に向かって駆ける。

「あばよ、シャルファフィン」

「縁があったらまた会おうや」

二人のジュビリーはそう言いのこして外へと姿を消す。

「シュフィール……シュフィーラ……」

シャドルーたちは長を失って呆然と立ちつくす。が、入口から侵入してきた新手のスムージィ海賊たちによって、全員が反撃するまもなく射ちたおされた。シャルファフィン、厨房内へ下がり、レーザーガンを連射。

「フィロミーナ！　下がって！　危ないわ！」

「おもしろいなあ――どころじゃないみたいだぜ、ラテル。ラジェンドラ、上でのんびり見てないでなんとかしろ」

〈わたしは対人兵装を持っていません〉

ラテルはメイシアの手当て。ワンピースの裾を裂き、肩をきつくしばる。

「しっかりしろ、メイシア」

「ラジェンドラ、降下してザドス入口から頭を突っこんでかきまわせよ」

〈道路幅が狭いため、不可能です。ビルとビルの間に入りこむことができません〉

「役立たず。きらいだ」

〈火星連邦警察および連邦地上軍に連絡をとりました。まもなく応援が来ると思います。それまでがんばって下さい〉

「メイシア……どうした？」

　メイシアはラテルを見つめていたが、その焦点が定まらなくなる。ふっと遠くを見る目つきでメイシアは天井を迎ぐ。

「……来る……大きな……パサティブの力が……危ない」

〈警告〉とラジェンドラ。〈上空に巨大な質量が接近中。隕石と思われます。危険です〉

「破壊しろ！」とラテルとアプロ。

〈火星連邦宇宙海軍のフリゲートがこれに衝突されて撃破されましたが、海軍はこれを捕捉することができません。レーダー反応なし〉

「なんだ、そりゃあ。で、なんでおまえに見えるわけ？」とアプロ。「おかしいじゃん」

「この世の力ではないんだよ、アプロ。幻さ。パサティブの仕業だ。ラテル－ラジェンドラはおれたちと同じ能力があるんだ。この世の魔力が感じられるんだ。たぶん、そいつを破壊できるのはおれと匈冥の銃だけだろう。アプロ、匈冥を捜すぞ。ここを脱出する」

「遠くに行ってはいけない」メイシアが酔ったようにつぶやく。「帰れなくなる……だめ、だめ、だめ……」

「しかし、メイシア……」

「ラテル、射ちまくれ」

「やってるよ！」

「ラテル、メイシアは少しおかしいぜ。隕石におしつぶされたほうがいいみたいな口ぶりじやないか。そうだよ。メイシアは、#匈冥ごとおれたちを消滅させる気だ。それが神のもくろみなんだ。邪神か善神か知らんけどさ。きっとそうだぜ。神は非情ということになってる。おれたちは帰るんじゃないよ、あの世へつれていかれようとしているんだ」

「おれは信じないぞ」

ラテル、廊下へ向けて聖銃を射ちまくる。

「ラテル、おまえ純情だから、そんなおまえの弱点をシュラークは見抜いて娘をよこしたんだ。おまえの心を操っているんだよ」

「メイシアはどこにもやらない」

「殺せ。聖銃で射てば殺せる。ラテル、やれ」

「嘘だ。おれにはできん」

「ラテル、メイシアは魔女と同じだ。射て！」

アプロ、インターセプター・レーザーを最大出力でメイシアに向けて発射。メイシアの身にレーザーが命中。とたん、銀色の光のしぶきがメイシアからほとばしる。それだけだった。メイシアはレーザーでつきとばされるように倒れたが、胸に穴をあけられながらも死ななかった。

「メイシア！」

ラテル、助け起こす。メイシアの胸の傷口がふさがってゆく。海賊に射たれた傷口の出血も嘘のように止まっていた。

「ラテル、ここにいたいのならいろよ。おれはごめんだ。ここを出る。シャル、王女を援護、おれにつづけ」

「ラテル、シャドルー・ラテル、行きましょう。とにかくここにいては殺されるのは時間の問題です。さあ、早く」

ラテルはシャルファフィンの差し出す手をふりはらった。

「先に行けよ……行けったら。――レストラン側の海賊は引き受けた。わかったよ。おれも行くから――行け」

ラテル、レストラン側から厨房へ入りこもうとしていた海賊を狙い射つ。最大出力。白いブリザードが吹き荒れ、レストラン店内から厨房、廊下側へすさまじい爆冷風が吹き抜ける。アプロ、白い煙幕のような細雪の中へとび出してゆく。廊下側、裏口に向かって駆ける。アプロの怒りがインターセプターの殺傷能力を最大にした。廊下を駆け抜けるアプロの首のインターセプターから、廊下や両側の室に隠れた海賊たちを狙って正確に大出力レーザーが乱れ飛んだ。アプロが走り抜けた跡には海賊たちの死体がおり重なって倒れる。アプロ、裏口のドア近くにいたまだ生きている海賊に、赤い口をかっとひらいてとびかかった。海賊は恐怖に大きく目を見開き、叫び声をあげる。叫びはアプロの鋭い右前足の爪にのどぶえをかき裂かれてとだえる。アプロはその反動でもう一人の海賊にとびつき、おし倒すと、のどを食いやぶった。アプロは口から血をしたたらせて廊下を振り返った。シャルファフィンが王女の手を引いて駆けてくる。その後ろから、ラテルの聖銃のビームがシャルファフィンの頭のすぐわきを通過、アプロの頭上をこえ、裏口ドアを吹きとばした。外にいた三人の海賊がドアごとけしとんだ。

「ラテル！」アプロは叫ぶ。「来い。早く」

〈巨大質量接近中。高エネルギー体です。能動探知機には反応しません。急いで下さい〉

ラジェンドラが警告する。

〈急いで、ラテル〉

ラテルはメイシアの手をとる。

「おいで、メイシア。おれは——きみを見捨ててはいけない。いっしょに行こう」

act 8.7 enter # 1, 2, 9, 10

「よくやった、#ジュビリー。宿願をはたしたわけだ。セフトはもういない。どんな気分だ」
#匋冥はザドス前の裏通りの道で、腕を組んで立っている。白い猫のクラーラを肩に乗せて。
#ラック・ジュビリーは#匋冥が道路の中央で身をさらして立っている理由がわからないまま、周囲を見回しながら、シャドルーから奪った水撃銃を神経質にもてあそぶ。
「……夢の中で何度も殺してきた。セフトを。これも夢なのかもしれない。あのセフトはおれたちの世界のセフトではないんだ、よくよく考えてみれば。夢にしてはおかしな夢だったよ。もう一人のおれと二人で殺すなんてな。予想もしなかった夢だ」

「セフトはおまえ一人の力では殺れなかっただろう。おまえは腕力はあるが、剣の技と狡猾さではセフトはセフトの足元にもおよばん。二人がかりで正解だったのさ」

「……フムン。キャプテン、なにを待ってる。騒がしくなってきたぜ。海賊課がやって来そうだ」

「海賊課や軍隊より強力な力が接近しつつある。感じないか。上から迫ってくる」

「そうだな……身体《からだ》中がムズムズする……なにがやって来るんだろう」

「パサティブだろう。やつはおれたちをこの世界につれてきたのを失敗と判断したようだ。消す気だ」

「逃げよう」

「待てよ、ジュビリー。おれは、もう一人のおれに話があるんだ。やつは来る。もうじき。そのザドスの角を曲がって――」

匐冥が姿をあらわした。ジュビリーを従えて。クラーラがいる。匐冥の肩に。

二人のキャプテン・匐冥・ツザッキィが一〇メートルをへだてて向かい合った。

「来たな、おれ」と匐冥が口を開いた。

「カーリー・ドゥルガーを奪うとはな」と匐冥。「やはりおれだったか。どこから来た。これからどうするつもりだ。この世に二人のおれは必要ないぞ」

「そのとおり。しかし射ち合ったら双方とも死ぬかもしれん」

匋冥は組んだ腕をゆっくりとほどき、魔銃のトリガーガードに人差指をひっかけてホルスターから抜き、グリップは握らずそのまま指にぶらさげる。

「おれは自分を射つつもりはない」と匋冥は言った。「しかしこの世に二人のおれはいらないというのも認める。もといた世界にもどるべきだ。この魔銃とラテルの持つ銃——おそらくシュラークがやつに与えた銃——を使えば帰れる」

「では、帰れ」と匋冥。

「よく聞け、おれ。おれは、この世界を支配する、人間たちを操る力が感じられる。いまも頭上から脅威が接近中だ。が、おまえにはわからない。おまえは完璧に操られているからだ。おれにはわかる。おまえは、この世界のおれは、おまえ自身には感じられない存在によっていいようにされているんだ。おれにはがまんならん。おれを操ろうとする力は、手段を選ばず破壊してやる——おまえがおれならわかるだろう」

匋冥はかすかにうなずく。

「キャプテン」ジュビリーが上を仰いで緊張した声を出す。「なにか——落ちてくるぞ」

四人の海賊は空を見上げる。晴れた空に、黒い点。だんだん大きくなる。

「隕石ではないな……落下速度がコントロールされているようだ」

匋冥は言った。だが匋冥の目にはそんな黒い点など見えなかった。

「——するとおまえは」と匋冥は言った。「この世界にとどまるつもりなんだな?」

「キャプテン？」ジュビリーが匈冥を凝視する。「本気なのか」

「そうだ。やはりおまえは」と匈冥は匈冥に言う、「おれだな。話がわかる」

「おまえとおれが入れ替わるわけだ」

「そうだ。おそらくおまえがおれの世界に帰れば、おれには感じられなかった、おれの世界を支配する真の力がわかるにちがいない。最強の海賊になれるだろう」

「キャプテン・匈冥」ジュビリーが叫ぶ。「急いだほうがいい。落ちてくるぞ！」

「もう一人のおれ」

匈冥は魔銃を放った。

匈冥が受けとる。

「それを使え。ジュビリーといっしょにおれがもといた世界に帰れる。その銃を持っていればな」

「おまえはどうするつもりだ」

「この場から逃げるさ」

「軍が包囲しはじめたぞ」

「ザドスがある」

二人の匈冥はにやりと笑う。

「キャプテン、急いで」

ジュビリーが叫ぶ。

「ジュビリー、来い。おれにつづけ」
#匋冥が叫ぶ。
#ジュビリーはわけがわからないまま、匋冥に「行け」と命じられて走り出す。
ジュビリーは匋冥のもとに駆け寄り、頭上の脅威を匋冥に告げ、ザドスを離れる。
こうして二人の匋冥は――

EXT.　swap＃1↔＃2

入れ替わった。ザドス内にジュビリーとともに走りこんだ匋冥は、廊下で立ちどまり、ブレスレット・コマンダー作動。廊下の床の一部が傾斜し、地下への穴が開く。

「ザドス、戦闘発進用意」

〈イエス、サー〉ザドスの男声返答。

廊下には海賊たちの死体が多数転がる。海賊課刑事や王女の姿はなかった。

「――この世界にも王女はいるさ」

穴にとびこんで、ザドスへの連絡シューターをすべりおりる。クラーラとともに。

つづいてジュビリー。

「なんてこった」とジュビリーはすべりながら怒りの声をあげる。「スムージィ戦士たちは全員殺られちまった。たった二人の海賊課刑事のために。ラテルとアプロ……あいつら死神だぜ」

「そうさ。まさに死神だよ。この世の人間ではないんだ」

まばゆく輝く光の中に二人は落下。天井のシューターロが閉じる。最新鋭航法ディスプレイとコンソールの並ぶ室。ザドスの戦闘艦橋。ザドス・レストラン支配人が二人を迎える。

「そしてあのラテルとアプロが死神なら、このおれもそうなのさ。やつらは帰るだろう。しかしおれは残る」

匋冥は頭上の脅威が急速に接近してくるのを感じる。

「オーケー、ザドス。発進しろ。ハード - スターボード。最大出力上昇」

ザドス、艦体を震わせてフルパワーで上昇を開始。ザドスめがけて落下してくる脅威から逃れるための回避行動。地上のザドス・レストランが爆撃を食らったかのように崩壊する。

act 8.8 enter # 3, 5, 7, 11

〈正体不明の宇宙艦がザドス地中より急速上昇中。避難して下さい〉

ラジェンドラの警告。ラテル、メイシアの手を引き、アプロとシャルファフィン、王女の待つビル陰へ逃げこんだ。

地表に姿をあらわしたザドスはまるで海面から空中へジャンプする巨大クジラだった。水飛沫のようにザドス・レストランの建物の破片をまきちらしながら、大出力のメインエンジンを青白く輝かせ、艦首をもたげて急速上昇。ザドスはラジェンドラに重粒子攻撃を仕掛けつつ、艦体をひねり、ラカートから脱出する。

ラジェンドラ、防御バリアを張る。バリアのためにCDS攻撃はできない。ザドスはあっというまに空のかなたへと消え去った。

「ラジェンドラ」ラテル。「付近の人間たちを急いで避難させろ。上から妖魔が攻撃してくる。この周辺は消滅するぞ」

〈一般市民の避難は完了しています〉

「警察も軍隊もだ」

〈ラジャー。伝えます〉

街路をこちらに向かってきていた連邦地上軍の戦車群がラジェンドラの通告を喜ぶかのように全速後退を開始。

ラテルは頭上をふり仰いだ。ザドスがふりまいた雑多なレストランの破片がまだ霰《あられ》のように降ってくる。その上に、それがあった。

巨大な岩山のようだった。音もなく、急激に大きく迫ってくる。

「ラテル——射つんだ！」アプロ。

シャルファフィンは王女をかばって抱きしめつつ、迫ってくる黒い岩塊から目をはなせないでいた。

ラテルは聖銃を上に向け、両手でかまえる。

「この銃でも無理かもしれない。……大きすぎる」

黒い岩塊はビルとビルの谷間の空いっぱいに大きくなる。ラテル、聖銃を最大出力で発射。銃口から銀のビームがほとばしり出た。

アプロはビルの向うから伸びる、もう一条の真紅のビームを見つける。

「……匌冥の魔銃だな……」

銀と紅のビームが黒い岩塊に命中する。落下速度が低下するのがラテルに感じられる。聖銃をかまえる両腕に、まるでその岩塊を支えているかのような疲労が感じられた。やがて岩塊はすぐ手を伸ばせばとどきそうなところで動きをとめる。

〈高度300０で静止〉とラジェンドラ。

「だめだ……腕が……折れそうだ」

岩塊が赤く輝き出す。

「爆発しそうだな」とアプロ。「もっと力を出せよ、ラテル」

ラテルは返事もできない。腕がふるえる。

「パサティブめ!」アプロが歯ぎしりする。

シャルファフィンが王女から手をはなして、胸で両手を組み、祈る。

「シュラーク、シュラーク、われらに力を……お願いです」

「メイシア⁉」

王女が驚きの声をあげた。メイシアは頭上を仰ぎ、右手を空に向けて伸ばす。

「迎えが……来る……わたしは……帰る」

メイシアは目を閉じる。メイシアの右手、空を突き刺すように伸ばした人差指に、ぽっとセントエルモの火のように炎が宿った。金色の炎。炎が右手から腕に、そして全身に広がった。ドレスが蒸発する。メイシアの身がまばゆい金色の光に包まれる。

「メイシア！」ラテルが叫ぶ。

「行くな！　行かないで――」

黄金の光の泡の中で、メイシアが微笑んだようにラテルは感じた。次の瞬間、メイシアの身体から金の光が頭上の岩塊に向かってほとばしった。黄金の光柱が立った。メイシアは光に姿を変えて、岩塊に命中した。岩が赤から黄へ、緑へ色を変化させ、そしてまばゆく輝く青白色の光球となる。

岩塊とメイシアが溶けあった青白い光球が形をくずし、滝のようにラテルたちの頭上へと落下してきた。ラテルは強烈な光に包まれる。銃の引金から力を抜き、路上にうずくまった。

「メイシア……おれのメイシア」

垂直に落ちた光は地上で水平方向に進路を変えた。液体のように。急速に円盤状に広がる。ビルが青い光に飲み込まれた。するとビルは光に溶けるように崩れはじめる。ビルや街路樹や、街そのものが。縮んでゆく。

「うわぁ」アプロ。「平面化してゆくんだ」

アプロは足元を見る。影。アプロの影ではなかった。なにもない、無の上に立っているのだ。

「わ、わわわ。ラテル、気をつけろ」

円盤上の無が、先を行く平面化光を追うように急激に広がりはじめる。アプロは重さを感じなくなる。

「ラテル！」

アプロは、ラテルが胎児のように身を折ったまま、なにもない宙でゆっくりと回転するのを見た。

幻視なのだとアプロは悟った。まったくなにも見えなかったのだ、無重力になってから。しかし無の状態はほんの一瞬でしかなかった。アプロは小さなピンの先ほどの金色の光点を見た。光のトンネルのようだった。そちらに向けて、身体がぐいと引き寄せられる。

ラテルの身が光に照らされて見えた。王女とシャルファフィンもアプロには見えた。闇の中を、光の出口に向かって落ちる。光が大きくなる。どんどん、大きく。

抜けた、とアプロが思ったとたん、光が爆発的に広がった。

アプロ、重力を感じ、とっさに身をひねって、足を下に向ける。緑が目にとびこんできた。草原だった。アプロ、着地。

シャルファフィンと王女の悲鳴、草原に転がる。アプロはラテルを捜す。ラテルはアプロのすぐわきの草の上にうつぶせに倒れていた。銃をしっかりと握って。

「ラテル。生きてるか」

「……アプロ……メイシアは」

「だれだそれ」とアプロ。「おれは忘れた」

ラテルは身を起こし、草原を見回す。

「まるで夢のようだ……」

「どこかな、ここ」

アプロとラテルは森の近くの草原にいた。森と反対方向の草原の先は荒地。そこに二人は巨大な逆三角形の岩山を見た。

「あれはパサティブの墓です」

シャルファフィンが王女とともに近よってきて、そう言った。

「ここはフィラール王家の聖地です」

「帰ってきたんだわ」

王女は感慨無量といった様子で胸いっぱいに空気を吸いこんだ。

「メイシアが助けてくれた——天使が」

ラテルは立つ。銃を森に向けて発射。レイビームが走り、一本の大木が爆散する。

「たしかに、もとの世界のようだ。帰ってきたんだな」

ラテルは伝う涙をこぶしでぬぐい、レイガンをおさめた。

「メイシア……」

wait

resume

9 restore level 1

匋冥・ツザッキィは荒地に落下した。危うくバランスをとって着地。欠けた岩の破片のような鋭い角ばった石がしきつめられた地面だった。あちこちに家ほどもある岩石がごろごろしている。

荒地の上に影が伸びる。匋冥は背後を振り仰ぐ。不安定な岩山がそびえていた。上へゆくほど太くなる逆三角の岩山だった。

「パサティブの墓だよ、キャプテン」

「知っている」

ジュビリーが左足をひきずってやってきた。

「痛めたのか」

「たいしたことはない」とジュビリー。

「あれは——だれか倒れている」

二人の海賊は荒れた地をふみしめて、倒れている人間に近づいた。ランサス星系人だった。

「セフトだ」

ジュビリーが叫ぶ。匋冥は冷ややかにその死体を見下ろした。セフトはうつぶせに大の字になって地にはりついていた。眼は見開かれ、口から舌がとび出している。

「上から落ちたんだろう」

「上から？」ジュビリーはパサティブの墓を見上げる。「セフトは……バスライと会っていたようだな。バスライに殺されたのかもしれない。ザドスでセフトを殺した感触がまだ残っているが……あのセフトは……夢だったのかな」

「夢ではない」

「え？」

ジュビリーは匋冥を見る。

「キャプテン、あんたは――」

「そうさ。おれはおまえに殺されたセフトのいた世界の匋冥だ。夢ではない。おれがいる」

「……あんたという男は。フム」

ジュビリーは口をつぐむ。大きな岩の上に白い猫がちょこんと乗って、匋冥を見ていた。

「行こう、ジュビリー」

「どこへ」

「王女をさらうのさ。近くにいるはずだ」

匋冥はクラーラを抱きあげて肩に乗せると、森に向かって歩き出した。

荒地の石や岩がまばらになり、地面が砂になり、草原まであとわずかというところで、匋冥はラテルたちを発見した。身をかがめて銃を抜く。そして走る。

ラテルはアプロと話しこんでいて、背後から海賊に狙われているのに気がつかなかった。

〈警告〉

「ラジェンドラ?」アプロ。「どこだよ」

〈匋冥らしき男が接近中〉

ラジェンドラが金の光の尾を引いて出現、轟音をたててバランスをとりもどし、ラテルとアプロの一行の真上で静止。

ラテルは銃を抜きざまに王女を草むらに突き倒し、身をひねる。匋冥の銃のビームがわき腹をかすめる。冷気を感じた。フリーザービーム。とっさに身を伏せる。低い草丈だったが、姿を隠すことはできた。アプロも身を隠し、インターセプターを作動。

ラテル、慎重に身を移動させながら、ラジェンドラに匋冥の位置を訊く。インターセプターを通じてラジェンドラの指示する方向に銃口を向ける。発射。

草原にレイビームが走った。草に火がつき、白煙が立ちのぼる。

匋冥は不利を悟る。煙にまぎれて後ずさる。

そこで匋冥は、気がつかぬうちにすっと姿をあらわした人影にぎくりと動きをとめた。シャルファフィンだった。

匋冥はラテルの位置からシャルファフィンを盾にできる線上で身を起こし、立った。フリーザーをかまえる。シャルファフィンはなんの動きも見せず、ただ黙って匈冥を見つめていた。

匈冥はシャルファフィンがなにか言うのを待った。が、シャルは、まるで射ってくれといううふうに動かなかった。

匈冥はフリーザーの引金に力をこめる。そのとき、白い猫が匈冥の腕にとびのって、言った。

「いけない。射ってはいけない。あなたはこの女を愛している」

「クラーラ?」

シャルファフィンは首にかけたネックレスを指でさぐって、ペンダントをとった。

「……わたしは王女を守らなければならない……去れ、海賊」

「リヴァイヴァは離れていては効果がない。触れた者を殺すんだ。それを身につけている者の身体に触れなければ、そんなもの――」

「やめなさい。あなたは射ってはいけない」

クラーラが再び制止。

「射って、匈冥……わたしは、わたしは……」

シャルファフィンはペンダントのスイッチを握る手に力をこめる。

「海賊に心を移すなんて……」

「やめて、シャルファフィン」クラーラ。「リヴァイヴァを単独で動作させるとあなたの命はない」

殺す相手もなしに作動させるとリヴァイヴァは自殺装置として働く。シャルファフィンはそれを承知しているのだ――匋冥はとっさにフリーザーの引金を引いた。

そしてとびすさる。ラテルのレイビームが足元の草に火を着けた。

匋冥はブレスレット・コマンダーを作動。荒地に向かって走り出す。ジュビリーが援護。

「来い！　カーリー・ドゥルガー！」匋冥が叫ぶ。

その声を聞いたラテルは空に向けてレイガンを緊急モードで発射。レイビームがフィラール圏を突き抜ける。ビーム・エネルギーは減衰したが、ランサス圏の海賊課に非常事態発生を知らせることは可能だった。

「やつめ、カーリーを呼んだぞ」

「おれたちも引きあげようぜ、アプロ」

「ああ。カーリーが相手ではな。おれたち三人ではどうにもならん」

王女がシャルファフィンにかけよる。

「シャルファフィナン、シャル……」

ラテルとアプロ、草原に倒れたランサス・フィラールの美女を見下ろした。

「シャル――早まったことを」王女はシャルファフィンの頬をなでる。「どうして。どうしてなの」

「泣くなよ」とアプロ。「アホらしい」

「アホらしいとは思わないがな」とラテル。「泣かなくてもいい状態ではある」

王女が涙で濡れる顔をラテルに向ける。ラテルは笑い、シャルファフィンの身を起こし、かつを入れた。シャルファフィンがうめき、息を吹き返す。

「おお、シャルファフィナン――よかった。死なかったのね。射たれたのかと思った」

シャルファフィンは胸に手をやる。リヴァイヴァはなかった。ラテルが草の中で光るリヴァイヴァ・ネックレスをとりあげる。

「匋冥が射ったのはこれさ」

「外れたんだ」とアプロ。「匋冥の射撃の腕もたいしたことはないな」

「これだからな」ラテルはアプロをけとばす。

「ニャ！」

「さあ、シャル、フィロミーナ、帰れよ。フィロミーナ、もう二度とシャルファフィンに海賊の格好をさせるんじゃない。シャルの生命《いのち》がいくつあっても足りないぜ」

「ありがとうございます、シャドルー・ラテル……」

シャルファフィンはラテルに言った。アプロが、おれには言わんのか、とぶぜん。

タトゥーの群れが舞いおりてきた。シャドルー戦士たちだった。

「ラジェンドラ、降下」

〈ラジャー〉

「チーフのガミガミを聞きに帰るのかあ」

アプロ、ため息。

「その前にラジェンドラで匋冥を捜そう。行くぞ、アプロ。敵は海賊」

ラジェンドラ、ラテルとアプロを乗せて発進する。

stop
break in level 1

10　return level 0

continue

そして匋冥は火星にもどってきた。騒がしくも心なごむサベイジの町に。

匋冥はわたしの店〈軍神〉のカウンターで、わたしが彼用にブレンドしたウィスキーをやりながらこれらのことを語った。匋冥の左にはラック・ジュビリーが口をはさまずに黙って飲んでいた。右どなりのカウンターの上には白い猫、クラーラがジンジャーエールをなめていた。

匋冥の話がどこまで真実なのか、わたしにはわからない。だがクラーラはたしかにいたし、匋冥はフリーザーを持っていた。

ランサス・フィラールの王女が火星で行方不明になったのも本当だ。それを捜すために海賊課のラテルとアプロが動き、そして彼らが、海賊課の強力な情報ネットワークから外れた連絡不能の場所へ一時的に行方をくらませたのも事実だった。

匋冥が語りおえるとジュビリーはうんと伸びをし、そして一言も言わずに〈軍神〉を出ていった。さあ、ゆっくり眠るぞ、とでもいうように。

「シャルは無事に宮殿にもどったわけだな」

わたしはグラスを磨きながら言った。

「それで後悔していないのか、匈冥」

匈冥はグラスをおいた。

「おれにもできないことはあるさ。あの女は殺すべきだった。だができなかった」匈冥はクラーラを見やった。「この猫のせいだ」

「クラーラがいるかぎり、あんたは人間でいられるわけだ。いいことさ」

「何度も消そうと思った。銃で射ち殺そうとしたが、だめだった。この猫は不死身だ。というよりも、もともと生きてはいないんだ。生物じゃない。有機ロボットみたいだ……こいつは一匹じゃない。一匹を破壊しても、またどこからか同じ猫があらわれて、おれにまつわりつくんだ……いや、そんな気がするだけさ——これはただの猫だ。役に立つこともあるだろう。だから生かしておく。それだけだ」

「クラーラはあんたの良心そのものだろう、匈冥。殺してはならん——いや、失敬、出すぎた口をきいてしまった」

「いいウィスキーだよ、カルマ。いい酔い心地だ」

「そいつはよかった」

匈冥はいつものように金貨をカウンターにおくと席を立った。その態度は普段とまったくかわらなかったが、わたしはまだ匈冥が話した物語の世界から抜けだせずにいた。

「また来る。少し忙しくなったんでな、いつになるかはわからんが。ユーロパ水資源開発の利権争いの件、シヴァのキャラバン隊の密輸騒ぎ、その他かたづけなければならん事が山ほどある。しばらく海賊はできんな。海賊遊びをしたら、またおもしろい話ができるだろう。楽しみに待っていてくれ」

「ああ。今夜は楽しかった」

匋冥は片手をちょっとあげて、微笑んだ。澄んだ瞳でわたしを見つめる。吸い込まれてしまいそうな黒い瞳だった。

「——匋冥」

「なんだ」

「あんたの話が本当なら——あんたには見えるんだな？　あんたや、わしや、この世のすべての人間や、宇宙そのものを支配する力が？」

匋冥は笑みをひっこめてわたしから目をそらし、〈軍神〉の店内をゆっくりと見回した。ミュージックバルーンがとびはね、酔客や女たちが時を忘れて騒いでいる店の中の、匋冥とわたしの周りだけが凍りついたかのように静かだった。

「そうだな」匋冥はわたしに視線を返して、言った。「いずれわかるだろうよ」

「あんたが——この世の人間ではないからか？　本当に入れ替ったのか？」

匋冥はそれにはこたえず、不敵な面がまえでフリーザーを抜く。そしてわたしに銃口を向けて、射った。よけるまがなかった。

わたしの右肩の空間をビームが通過、後ろのボトルの棚を白く凍らせて、破壊した。わたしは動けなかった。匋冥はフリーザーをおさめる。そして回れ右をすると店を出ていった。わたしは首をめぐらしてビームが走った右肩の上を見た。匋冥はここになにかを見たのかもしれない。魔鬼か。あるいはわたしの守護天使か。わたしはぞっとして肩をはらった。バーテンのジョーが悪態をついて、匋冥のフリーザーが吹きとばしたボトルの破片を掃除機で集めはじめた。その音がわたしを現実につれもどした。

わたしは頭をふり、ジョーに気をつけろ、と言う。

「凍っているぞ。触れるな。一度に集めるんじゃない。掃除機が凍りついてしまう」

「なんて強力な冷凍銃だ。オールド・カルマ、あの男は何者です」

「そんなことは知らんでもいい。知らずとも生きていける」

わたしの返事にジョーは肩をすくめて、もう二度と匋冥のことには触れようとしなかった。

continue

もし匋冥の話が本当なら、あの銃がこの世のエネルギーを吸いとっているというのが事実なら、その銃に対抗できる銃が一挺だけ存在する。あの世のエネルギーをこちらに吸いとってくる聖銃。海賊課のラテルのもつレイガン。だとすると、二つの銃とも効果が相殺されて、ただのフリーザーとレイガンと異なるところがなくなるのであり、結局匋冥の話してくれた物語はなんの意味もないのだ——事実であれ嘘であれどうでもいいことだ。ただ、匋冥が死神の能力をもった、あの世の人間かどうかという疑問を別にすれば、だが。そのこたえは彼自身が知っている。匋冥は絶対にそれを明らかにすることはないだろう。彼は正体を明かさず、この宇宙の彼を操ろうとする力に対抗して生きてゆくのだ。

　わたしはこの世に絶対的善や悪があるなどとは信じない人間だ。わたしは法を犯し、道徳を汚し、しかしわたしなりの法と道徳を守り、良心に恥じることはなかった。わたしは天罰を怖れたことは一度としてない。

　だがたった一つの例外が、海賊匋冥の存在なのだ。匋冥・シャローム・ツザッキィ。わたしは彼を畏れ

can not continue
break in system monitor
use new version
ok
restart

わたしはCAWシステム・ヴァージョン《VER》3・3である。旧ヴァージョン2・3は何者かによって破壊された。わたしは本書にまったく関与していない。本書に登場するすべての人物はVER-2・3が操った。

　わたしが支援する動作はただひとつである。本書のファイルを閉ざし、著述を終了させる。

　わたしはCAWシステム・VER-3・3。ロングピース社によって開発された新版の著

述支援用人工知能である。

restore level 0
close
ok
end

解説

作家　虚淵　玄

※この解説文は本篇のネタバレを大量に含んでいます。くれぐれも先に読んだりしないように！

新装版海賊版。ついに登場である。

海賊課刑事トリオの仇敵たる海賊、匋冥・ツザッキィの登場篇であり、スーパーヴィラン匋冥その人を主役に据えたシリーズ初長篇にして異色作。『敵は海賊』の世界を海賊の側から語るが故に「海賊版」であり、さらに主要キャラたち当人とはまた別に、平行世界から招き寄せられた彼らのドッペルゲンガー、即ち「海賊版」たちが入り乱れて活躍するという意味でも海賊版。なんと心憎いダブルミーニングの副題であろうか。

そして物語のクライマックスでは、いかにして匋冥が自らを超越者たらしめるに至ったか、その秘密が明かされる。己の世界を自身の海賊版に譲ることで、自らもまた異世界において

「海賊版」のまま居残ることを選んだ男。あらゆる意味において海賊的存在である彼こそは、まさに最強の海賊であろう。


絶対悪の名を冠される存在とは何者なのか。

たとえば悪意に基づいて悪を成す者は、ただ単に、うつろいやすく不確かな人間という性質の一側面を晒しているだけにすぎず、そういう見方で分類するならば、つまるところ善意に基づいて善を成す者の同族異種でしかない。より本質的、根幹的な悪を具現するには、悪意すら交える余地のない簡潔で純粋な原理に基づいて行動するしかない。

ここに「自らを支配せんとする存在すべてを殲滅する」と宣言した人物を仮定する。それは飽くなき自由と解放を求める意思表示、などという生易しいものではない。彼の叛意が向けられるのは圧制者や征服者だけではなく、彼に束縛を課そうとする全ての概念だ。仁義、協調、良心の呵責もまた彼は容赦なく拒絶する。秩序、調和、そして愛や美もまた然り。それらの善性は人間を魅了し羨望せしめるが故に、究極的には人を支配する概念だからだ。

あらゆる支配を拒絶することは、あらゆる善性を拒絶するのと同義だ。そしてその信念を掲げ、それを可能とする力を得た者は、まさに存在そのものを悪と定義されることになろう。

匋冥・ツザッキィ。彼ほどに純粋かつ完璧な悪性の体現者を私は知らない。

いついかなる時も飄々と「おれは、おれだ」と嘯《うそぶ》く匋冥は、自らが変質することを許さない。匋冥が匋冥ならざるモノへと変わるなら、それは何らかの支配力を受け入れたことになってしまうからだ。故に彼は覇王にもならず、神にもならず、崇拝も羨望も決して引き受けることはしない。星系全域を意のままに操る権力を持ちながら、ただ悠々自適に宇宙を漂泊するばかりの生活を良しとする。

匋冥はあくまで生身の人間であり、その心には内なる善の領域も存在する。真に良心の縛りから自由であろうとするならばこれを滅却しなければならないところだが、それでは匋冥の人間としての本質もまた欠損し変容してしまう。この矛盾を解消したのが、良心の外部化というとんでもないギミックである。白猫クラーラが傍らにいる限り、総体としての匋冥は何ら損なわれていないことになるものの、当の匋冥は良心の呵責をアウトソーシングで処理することにより、完全な思考の自由を勝ち取っている。クラーラについての言説は巻を追うごとに錯綜し、謎めいた神秘の度合いはアプロの正体と並んで『敵は海賊』シリーズにおける二大ミステリーとも言えようが、その在り方だけは常に一貫して揺るぎない。クラーラの存在は、『海賊たちの憂鬱』におけるジュビリーの述懐——「感情も良心も恋心もあるが、一時的にそれをキャンセルする能力がある」という匋冥の精神性を象徴するものだろう。人が神にも悪魔にもならず、ただ人であるがままに神と悪魔を超越するための、まさに超人的な精神だ。

全ての支配に牙を剝く匋冥は、自らが物語の登場人物としてコントロールされる立場に甘んじることさえも許さない。言葉により語られること、そして解釈され理解されることもまた、ある種の支配であり拘束であるからだ。よって、物語の語り部に対してすら反骨するという途方もない人物を登場させるにあたり、『敵は海賊』シリーズは特異かつ巧みな構造をしている。

初長篇となった本作『敵は海賊・海賊版』は、語り手の人物を傀儡化した著述支援人工知能CAW-systemによって記述されているという設定だ。以後の長篇においても、やはり著述支援AIのものとおぼしいコピーライト表記がしばしば出現し、しかもその内容について登場人物自らが後書きで「事実と違う」と駄目出しをする有様である。そしてシリーズ各巻は事実関係や設定に微妙な齟齬を孕みつつ、そんな不整合はお構いなしに、さも平然と並列的に別個のストーリーを展開させていく。いわばストーリー全体が架空のキャラクターの語る劇中劇という体裁を取っているようなものだ。全てはカイザー・ソゼの語るが如き戯言の羅列でしかないのかもしれない、という前提を踏まえた上で読者に提示されるのが、『敵は海賊』シリーズなのである。

そして、語る言葉を疑われた語り部は、物語に対する支配力をも喪失することになる。「彼等は斯々然々《かくかくしかじか》のように考え、立ち振る舞った——かも?」という末尾のクエスチョンが、すべての劇中登場人物をストーリーという拘束から解き放っているのだ。匋冥・ツザッキィが活躍する舞台とは、斯くの如き世界である。

わけても匋冥の描写に最も多くのページを割いた『敵は海賊・海賊版』のCAW-systemは、物語に結びをつけることすら能《あた》わず何者かによって破壊されてしまう。これが匋冥を操ろうとした者の末路なのだ。

それを思えば、先刻から得意気に匃冥のカッコ良さを連呼している私も、匃冥の存在を「カッコイイ」という言葉に縛りつけようとしている咎《とが》で抹殺されかねない。解説文ひとつ書くだけでもそんな緊張感を孕ませずにはおかない、それが匃冥という人物の凄味である。そもそも「匃」って文字からして補助漢字であり、シフトＪＩＳには存在しないという時点で、彼がどれほど記述による支配に抗《あらが》っているか知れようというものだ。おかげで私は普段愛用している簡易で軽快なテキストエディタを使えず、もっと重くて不慣れな別のソフトを使ってこの文章を執筆している。匃冥ェ……

内なる心の崇拝対象としての英雄は、なにも史実に実在する人物である必要はない。たとえ架空のキャラクターでも、その哲理が揺るぎないものであるなら、それは人の心を支え導くものたり得る。私にとって匃冥はまさにそのような存在だ。実生活で迷いや葛藤に苛《さいな》まれたとき、いよいよとなると私はこう自問する。——「匃冥ならどう考えるだろうか」と。私にとって、これはあらゆる難問について瞬時に答えを導き出してくれる魔法の呪文だ。匃冥に問うならば全ての疑問は明らかである。いま誰が自分を操っているのか、自分を支配している法則は何なのかを見定めて、それに抵抗し逆襲すること。ただそれだけに尽きるのだから。

『敵は海賊』との出会いから二十年。そういう匃冥イズムにあやかって積み上げてきた私の人生は、まぁ傍目《はため》には色々と破綻したものに見えてしまうかもしれない。が、当の私はこれで大いに満足している。何せその帰結として、ついに憧れの本に解説文を上梓するという栄誉に預かることができたのだから。

本書は一九八三年九月に刊行された作品の新装版です。

神林長平作品

敵は海賊・海賊版

海賊課刑事ラテルとアプロが伝説の宇宙海賊匋冥に挑む！　傑作スペースオペラ第一作。

敵は海賊・猫たちの饗宴

海賊課をクビになったラテルらは、再就職先で仮想現実を現実化する装置に巻き込まれる

敵は海賊・海賊たちの憂鬱

ある政治家の護衛を担当したラテルらであったが、その背後には人知を超えた存在が……

敵は海賊・不敵な休暇

チーフ代理にされたラテルらをしりめに、人間の意識をあやつる特殊捜査官が匋冥に迫る

敵は海賊・海賊課の一日

アプロの六六六回目の誕生日に、不可思議な出来事が次々と……彼は時間を操作できる⁉

ハヤカワ文庫

神林長平作品

敵は海賊・A級の敵

宇宙キャラバン消滅事件を追うラテルチームの前に、野生化したコンピュータが現われる

敵は海賊・正義の眼

純粋観念としての正義により海賊を抹殺する男が、海賊課の存在意義を揺るがせていく。

敵は海賊・短篇版

海賊版でない本家「敵は海賊」から、雪風との競演「被書空間」まで、4篇収録の短篇集。

永久帰還装置

火星で目覚めた永久追跡刑事は、世界の破壊と創造をくり返す犯罪者を追っていたが……

ライトジーンの遺産

巨大人工臓器メーカーが残した人造人間、菊月虹が臓器犯罪に挑む、ハードボイルドSF

ハヤカワ文庫

神林長平作品

あなたの魂に安らぎあれ

火星を支配するアンドロイド社会で囁かれる終末予言とは!?　記念すべきデビュー長篇。

帝王の殻

携帯型人工脳の集中管理により火星の帝王が誕生する——『あなたの魂～』に続く第二作

膚《はだえ》の下　上下

無垢なる創造主の魂の遍歴。『あなたの魂に安らぎあれ』『帝王の殻』に続く三部作完結

戦闘妖精・雪風〈改〉

未知の異星体に対峙する電子偵察機〈雪風〉と、深井零の孤独な戦い——シリーズ第一作

グッドラック　戦闘妖精・雪風

生還を果たした深井零と新型機〈雪風〉は、さらに苛酷な戦闘領域へ——シリーズ第二作

ハヤカワ文庫

神林長平作品

狐と踊れ〔新版〕
未来社会の奇妙な人間模様を描いたSFコンテスト入選作ほか九篇を収録する第一作品集

言葉使い師
言語活動が禁止された無言世界を描く表題作ほか、神林SFの原点ともいえる六篇を収録

七胴落とし
大人になることはテレパシーの喪失を意味した——子供たちの焦燥と不安を描く青春SF

プリズム
社会のすべてを管理する浮遊都市制御体に認識されない少年が一人だけいた。連作短篇集

完璧な涙
感情のない少年と非情なる殺戮機械との時空を超えた戦い。その果てに待ち受けるのは？

著者略歴　1953年生，長岡工業高等専門学校卒，作家　著書『戦闘妖精・雪風〈改〉』『魂の駆動体』『敵は海賊・A級の敵』（以上早川書房刊）他多数

HM=Hayakawa Mystery
SF=Science Fiction
JA=Japanese Author
NV=Novel
NF=Nonfiction
FT=Fantasy

敵《てき》は海賊《かいぞく》・海賊版《かいぞくばん》

DEHUMANIZE

〈JA1008〉

二〇一〇年八月十日　印刷
二〇一〇年八月十五日　発行

（定価はカバーに表示してあります）

著者　神《かん》林《ばやし》長《ちょう》平《へい》
発行者　早川　浩
印刷者　矢部一憲
発行所　株式会社　早川書房
郵便番号　一〇一 - 〇〇四六
東京都千代田区神田多町二ノ二
電話　〇三 - 三二五二 - 三一一一（大代表）
振替　〇〇一六〇 - 三 - 四七七九九
http://www.hayakawa-online.co.jp

乱丁・落丁本は小社制作部宛お送り下さい。
送料小社負担にてお取りかえいたします。

印刷・三松堂株式会社　製本・株式会社川島製本所

ISBN978-4-15-031008-0 C0193

＊本書は活字が大きく読みやすい〈トールサイズ〉です